TRANZLATY

Language is for everyone

Sproget er for alle

Life's Secret
Livets hemmelighed

Once upon a time there was a king.
Der var engang en konge.
This King had married two Queens.
Denne konge havde giftet sig med to dronninger.
The two queens were called Duo and Suo.
De to dronninger hed Duo og Suo.
Both of the queens were childless.
Begge dronningerne var barnløse.
One day a Faquir came to the palace gate.
En dag kom en fakir til paladsporten.
The Faquir had come to ask for alms.
Faquiren var kommet for at bede om almisser.
Queen Suo went to the door.
Dronning Suo gik hen til døren.
And she gave him a handful of rice.
Og hun gav ham en håndfuld ris.
The mendicant asked her a question.
Tiggeren stillede hende et spørgsmål.
"Do you have any children?"
"Har du nogen børn?"
The queen had no children.
Dronningen havde ingen børn.
"I wish had children, but I have none"
"Jeg ville ønske, jeg havde børn, men jeg har ingen"
The holy man refused to take alms from her.
Den hellige mand nægtede at tage imod almisser fra hende.
In these times there were different traditions.
I disse tider var der forskellige traditioner.
And the people believed many different things.
Og folket troede på mange forskellige ting.
Don't take charity from the hands of a childless woman.
Tag ikke imod velgørenhed fra en barnløs kvindes hænder.
Such hands were ceremonially unclean.
Sådanne hænder var ceremonielt urene.

The mendicant offered her a drug.
Tiggeren tilbød hende en medicin.
This drug was to remove her barrenness.
Dette lægemiddel skulle fjerne hendes ufrugtbarhed.
She expressed her willingness to take the drug.
Hun udtrykte sin villighed til at tage stoffet.
The mendicant told her how to take the drug.
Tiggeren fortalte hende, hvordan hun skulle tage stoffet.
"This is the potion you must swallow"
"Dette er den eliksir, du skal sluge"
"Prepare the juice of a pomegranate flower"
"Tilbered saften fra en granatæbleblomst"
"Swallow the drug with the juice"
"Sluk stoffet med saften"
"If you do this, you will soon have a son"
"Hvis du gør dette, vil du snart få en søn"
"Your son will be exceedingly handsome"
"Din søn bliver utrolig smuk"
"His complexion will be beautiful"
"Hans hud vil være smuk"
"He will have the colour of pomegranate flowers"
"Han vil have farven af granatæbleblomster"
"And you shall call him Dalim Kumar"
"Og du skal kalde ham Dalim Kumar"
"But he will also have enemies"
"Men han vil også have fjender"
"They will try to take your son's life"
"De vil forsøge at tage din søns liv"
"But there is a secret to his life"
"Men der er en hemmelighed i hans liv"
"And I will tell you this secret"
"Og jeg vil fortælle dig denne hemmelighed"
"In front of your palace is a pond"
"Foran dit palads er der en dam"
"In that pond there is a big Boal fish"
"I den dam er der en stor Boal-fisk"
"Your son's life is connected to that fish"

"Din søns liv er forbundet med den fisk"
"In the heart of the fish is a small box"
"I fiskens hjerte er der en lille æske"
"This small box is made of wood"
"Denne lille æske er lavet af træ"
"In the box of wood is a necklace of gold"
"I trækassen er en halskæde af guld"
"That necklace is the life of your son"
"Den halskæde er din søns liv"
The mendicant gave her the drugs.
Tiggeren gav hende stofferne.
And they said their farewells.
Og de sagde farvel.

Soon all in the palace whispered of an heir.
Snart hviskede alle i paladset om en arving.
Great was the joy of the King.
Stor var kongens glæde.
He had visions of an heir to the throne.
Han havde visioner om en tronarving.
A never-ending succession of powerful monarchs.
En uendelig rækkefølge af magtfulde monarker.
He dreamt of how they perpetuated his dynasty.
Han drømte om, hvordan de ville videreføre hans dynasti.
These ideas floated before his mind.
Disse tanker svævede forbi hans hoved.
It made him the happiest he had ever been.
Det gjorde ham den lykkeligste, han nogensinde havde været.
Many ceremonies were performed for the occasion.
Mange ceremonier blev udført i anledning af lejligheden.
The people of the kingdom played loud music.
Kongerigets folk spillede høj musik.
The birth of a prince was a truly special event.
En prins' fødsel var en helt særlig begivenhed.
Soon queen Suo gave birth to a son.
Snart fødte dronning Suo en søn.
He was more beautiful than anyone had imagined.

Han var smukkere, end nogen havde forestillet sig.
The King saw his son's face.
Kongen så sin søns ansigt.
And his heart leaped with joy.
Og hans hjerte sprang af glæde.
Soon the child ate his first rice.
Snart spiste barnet sin første ris.
Mukhe bhaat was celebrated with great joy.
Mukhe bhaat blev fejret med stor glæde.
And the whole kingdom was filled with gladness.
Og hele riget var fyldt med glæde.

Dalim Kumar grew up to be a fine boy.
Dalim Kumar voksede op og blev en fin dreng.
There was one activity he particularly liked.
Der var én aktivitet, han især godt kunne lide.
He loved playing with the pigeons.
Han elskede at lege med duerne.
However, the pigeons often flew to Queen Duo.
Duerne fløj dog ofte til Queen Duo.
Nobody knows why they did this.
Ingen ved, hvorfor de gjorde dette.
And they flew into her apartment.
Og de fløj ind i hendes lejlighed.
So Dalim Kumar often met Queen Duo.
Så Dalim Kumar mødte ofte Queen Duo.
At first, she happily gave the pigeons back.
I starten gav hun glad duerne tilbage.
But later she wasn't as willing to return the pigeons.
Men senere var hun ikke lige så villig til at returnere duerne.
She gave the pigeons up with some reluctance.
Hun opgav duerne med en vis modvilje.
She felt she could use this to her advantage.
Hun følte, at hun kunne bruge dette til sin fordel.
She naturally hated the child.
Hun hadede naturligvis barnet.
Since Dalim's birth the king had neglected her.

Siden Dalims fødsel havde kongen forsømt hende.
And the King idolized the mother of Dalim.
Og kongen forgudede Dalims mor.
Somehow, she had heard of the mendicant.
På en eller anden måde havde hun hørt om tiggeren.
She heard he had given queen Suo a medicine.
Hun hørte, at han havde givet dronning Suo medicin.
She had also heard about what he had said.
Hun havde også hørt om, hvad han havde sagt.
There was a secret to the prince's life.
Der var en hemmelighed i prinsens liv.
She had heard his life was bound to something.
Hun havde hørt, at hans liv var bundet til noget.
But she did not know what his life was bound to.
Men hun vidste ikke, hvad hans liv bar rammerne af.
She was determined to get the secret.
Hun var fast besluttet på at afdække hemmeligheden.

Of course, the pigeons came back to her.
Selvfølgelig kom duerne tilbage til hende.
And the pigeons flew into her room again.
Og duerne fløj ind i hendes værelse igen.
This time she refused to give the pigeons back.
Denne gang nægtede hun at give duerne tilbage.
"I won't just give you your pigeon back"
"Jeg giver dig ikke bare din due tilbage"
"First, you have to tell me something"
"Først skal du fortælle mig noget"
"What do you want, aunty?" the boy asked.
"Hvad vil du, tante?" spurgte drengen.
"Oh, my darling, do not worry"
"Åh, min skat, bare rolig"
"It's just a small thing I want"
"Det er bare en lille ting, jeg ønsker mig"
"I want to know where your life is hidden"
"Jeg vil vide, hvor dit liv er gemt"
The boy was very confused by this.

Drengen var meget forvirret over dette.
"What is that, aunty?"
"Hvad er det, tante?"
"Where can my life be, except in me?"
"Hvor kan mit liv være, hvis ikke i mig selv?"
"No, child, that is not what I meant"
"Nej, barn, det var ikke det, jeg mente"
"A holy mendicant told your mother a secret"
"En hellig tigger fortalte din mor en hemmelighed"
"Your life is bound up with something"
"Dit liv er forbundet med noget"
"I wish to know what that thing is"
"Jeg vil gerne vide, hvad det er for noget "
The boy was confused by what she said.
Drengen var forvirret over, hvad hun sagde.
"I never heard of any such thing"
"Jeg har aldrig hørt om noget lignende"
But Queen Duo insisted it was true.
Men dronning Duo insisterede på, at det var sandt.
"Promise to find out from your mother"
"Lov at finde ud af det fra din mor"
"Ask her where your life is hidden"
"Spørg hende, hvor dit liv er gemt"
"Then I will let you have the pigeons"
"Så lader jeg dig få duerne"
"Otherwise, I will keep the pigeons"
"Ellers beholder jeg duerne"
The boy wanted his pigeons back.
Drengen ville have sine duer tilbage.
So he agreed to get the information.
Så han indvilligede i at indhente oplysningerne.
But first she made him promise.
Men først fik hun ham til at love det.
"Promise me you won't tell your mother"
"Lov mig, at du ikke fortæller det til din mor"
And the boy promised not to tell her.
Og drengen lovede ikke at fortælle hende det.

"I promise I won't tell my mum"
"Jeg lover, at jeg ikke fortæller det til min mor"
Queen Duo freed the prince's pigeons.
Dronning Duo befriede prinsens duer.
Dalim was overjoyed to have his birds again.
Dalim var overlykkelig over at have sine fugle igen.
And he forgot the entire conversation.
Og han glemte hele samtalen.

The next day Dalim was playing again.
Næste dag spillede Dalim igen.
You can imagine what happened again.
Du kan forestille dig, hvad der skete igen.
The pigeons flew to Queen Duo's apartment.
Duerne fløj til Dronning Duos lejlighed.
And they flew into her room again.
Og de fløj ind i hendes værelse igen.
Dalim went in to his stepmother's apartment.
Dalim gik ind i sin stedmors lejlighed.
And he asked her for the pigeons.
Og han spurgte hende om duerne.
Of course she asked him for the information.
Selvfølgelig spurgte hun ham om oplysningerne.
Dalim could not tell her where his life was hidden.
Dalim kunne ikke fortælle hende, hvor hans liv var gemt.
"I promise I will ask her today"
"Jeg lover, at jeg spørger hende i dag"
"But please can I have my pigeons"
"Men må jeg ikke få mine duer?"
She didn't give the pigeons back so quickly.
Hun gav ikke duerne tilbage så hurtigt.
But, in the end, he got his pigeons again.
Men til sidst fik han sine duer igen.

After playing, Dalim went to his mother.
Efter at have leget, gik Dalim hen til sin mor.
"Mamma, please tell me where my life is hidden"

"Mor, fortæl mig venligst, hvor mit liv er gemt"
"What do you mean, child?" asked the mother.
"Hvad mener du, barn?" spurgte moderen.
She was astonished at the question.
Hun var forbløffet over spørgsmålet.
Why would her child ask her this?
Hvorfor skulle hendes barn spørge hende om det?
"Yes, mamma," replied the child.
"Ja, mor," svarede barnet.
"I have heard of a holy mendicant"
"Jeg har hørt om en hellig tigger"
"He told you something about my life"
"Han fortalte dig noget om mit liv"
"He said my life is hidden in something"
"Han sagde, at mit liv er skjult i noget"
"Tell me what that thing is"
"Fortæl mig, hvad den ting er"
"My child, my darling, my treasure"
"Mit barn, min elskede, min skat"
"My golden moon," his mother pleaded.
"Min gyldne måne," tryglede hans mor.
"Do not ask such a question"
"Stil ikke sådan et spørgsmål"
"Cover my enemies' mouths with ashes"
"Dæk mine fjenders mund med aske"
"Let my Dalim live forever," she begged.
"Lad min Dalim leve for evigt," tryglede hun.
But the child insisted knowing the secret.
Men barnet insisterede på at kende hemmeligheden.
He refused to eat or drink until he knew.
Han nægtede at spise eller drikke, før han vidste det.
Queen Suo had no choice but to tell him.
Dronning Suo havde intet andet valg end at fortælle ham det.
Eventually she told him the secret of his life.
Til sidst fortalte hun ham hans livs hemmelighed.

The next day Dalim was playing again.

Næste dag spillede Dalim igen.
You can imagine where the pigeons flew.
Du kan forestille dig, hvor duerne fløj hen.
Dalim chased after the birds into the apartment.
Dalim jagtede fuglene ind i lejligheden.
His stepmother told him many sweet words.
Hans stedmor sagde ham mange søde ord.
And finally, she got his secret from him.
Og endelig fik hun hans hemmelighed fra ham.
She wasted no time to start her wicked plan.
Hun spildte ingen tid med at begynde sin onde plan.
And she gave orders to her servants.
Og hun gav sine tjenere ordrer.
"Get some dried stalk from the hemp plant"
"Få noget tørret stilk fra hampplanten"
"Make sure the stalks are very brittle"
"Sørg for at stilkene er meget sprøde"
Brittle hemp stalks make a cracking sound.
Sprøde hampstilke laver en knitrende lyd.
The sound is similar to the cracking of joints.
Lyden minder om knitren i samlinger.
And it sounds like the bones of old people.
Og det lyder som knoglerne fra gamle mennesker.
She put the brittle hemp stalks under her bed.
Hun lagde de sprøde hampstængler under sin seng.
And then she lied on her bed.
Og så lå hun på sin seng.
She wanted to test the hemp stalks.
Hun ville teste hampstilkene.
The stalks cracked just as much as she wanted.
Stilkene revnede lige så meget, som hun ville.
She was satisfied with how her plan was going.
Hun var tilfreds med, hvordan hendes plan gik.
She gave more orders to her servants.
Hun gav flere ordrer til sine tjenere.
"Tell the King I am very ill"
"Sig til kongen, at jeg er meget syg"

"He must come to see me immediately"
"Han skal komme og se mig med det samme"
The king did not love this queen.
Kongen elskede ikke denne dronning.
But he still had a duty to care for her.
Men han havde stadig en pligt til at drage omsorg for hende.
If she was ill, he had to look after her.
Hvis hun var syg, måtte han passe på hende.
The King came to her bedroom.
Kongen kom til hendes soveværelse.
She rolled on the bed in pain.
Hun rullede rundt på sengen af smerte.
The King heard the cracking of her bones.
Kongen hørte knitren af hendes knogler.
He ordered his best physician to attend her.
Han beordrede sin bedste læge til at tage sig af hende.
But the queen had thought of this.
Men dronningen havde tænkt på dette.
She had already spoken with the physician.
Hun havde allerede talt med lægen.
"There is only one remedy," he told the king.
"Der er kun én løsning," sagde han til kongen.
"There's a pond in front of the palace"
"Der er en dam foran paladset"
"In the pond there's a large Boal fish"
"I dammen er der en stor Boal-fisk"
"The remedy is in that fish"
"Løsningen findes i den fisk"
So the king let the physician catch the fish.
Så lod kongen lægen fange fisken.
Meanwhile Dalim was busy playing.
Imens var Dalim travlt optaget af at spille.
He knew nothing of his aunt's illness.
Han vidste intet om sin tantes sygdom.
The fish was taken out the water.
Fisken blev taget op af vandet.
Dalim fell to the ground immediately.

øjeblikkeligt til jorden .
He flopped around on the floor.
Han vendte rundt på gulvet.
And he could not breathe.
Og han kunne ikke trække vejret.
The guards immediately noticed.
Vagterne bemærkede det straks.
Dalim was taken to his mother's room.
Dalim blev taget med til sin mors værelse.
And the King was informed of his son.
Og kongen blev underrettet om sin søn.
He couldn't believe his son's illness.
Han kunne ikke tro på sin søns sygdom.
The fish was taken to Queen Duo.
Fisken blev taget til Queen Duo.
Queen Duo was being saved.
Dronning Duo blev reddet.
At the same time Dalim was dying.
Samtidig var Dalim døende.
The fish was cut open.
Fisken blev skåret op.
And they found the wooden box.
Og de fandt trækassen.
In the box lay a necklace of gold.
I æsken lå en halskæde af guld.
Queen Duo put on the necklace.
Dronning Duo tog halskæden på.
And Dalim died at the very same moment.
Og Dalim døde i samme øjeblik.

News of the tragedy reached the king.
Nyheden om tragedien nåede kongen.
He was plunged into an ocean of grief.
Han blev kastet ud i et hav af sorg.
News of Queen Duo's recovery did not help.
Nyheden om Queen Duos bedring hjalp ikke.
He wept painful and bitter tears.

Han græd smertefulde og bitre tårer.
No one thought he would recover.
Ingen troede, at han ville komme sig.
He could not bear to bury his son.
Han kunne ikke klare at begrave sin søn.
Nor did he allow his body to be burned.
Han tillod heller ikke, at hans krop blev brændt.
He could not accept that his son had died.
Han kunne ikke acceptere, at hans søn var død.
His death was so sudden and senseless.
Hans død var så pludselig og meningsløs.
He had the dead body moved to a garden-houses.
Han lod liget flytte til et havehus.
This garden-house was in the suburbs.
Dette havehus lå i forstæderne.
Here his son was laid in state.
Her blev hans søn stedt i graven.
All sorts of provisions were put there.
Alle mulige slags forsyninger blev anbragt der.
Although everyone knew it was unnecessary.
Selvom alle vidste, at det var unødvendigt.
The young boy did not need food anymore.
Den unge dreng havde ikke længere brug for mad.
The house was kept locked day and night.
Huset blev holdt aflåst dag og nat.
Dalim had had one very close friend.
Dalim havde haft én meget nær ven.
Only this friend was allowed to visit.
Kun denne ven fik lov til at besøge ham.
He was the son of the prime minister.
Han var søn af premierministeren.
He was entrusted with the key of the house.
Han blev betroet husets nøgle.
Once a day he could visit his dead friend.
En gang om dagen kunne han besøge sin afdøde ven.

Queen Suo retired after the loss of her son.

Dronning Suo trak sig tilbage efter tabet af sin søn.
Now the King spent the nights with Queen Duo.
Nu tilbragte kongen nætterne hos dronning Duo.
The Queen wanted to avoid suspicion.
Dronningen ville undgå mistanke.
So she took the necklace off at night.
Så tog hun halskæden af om natten.
But Dalim's life was tied to the necklace.
Men Dalims liv var bundet til halskæden.
And his death was not so simple.
Og hans død var ikke så enkel.
He was dead when the queen wore the necklace.
Han var død, da dronningen bar halskæden.
But when she took the necklace off, he returned to life.
Men da hun tog halskæden af, vendte han tilbage til livet.
And so he returned to life every night.
Og sådan vendte han tilbage til livet hver nat.
Every morning she put the necklace on again.
Hver morgen tog hun halskæden på igen.
And so, he died again every morning.
Og således døde han igen hver morgen.
At night he ate whatever food he liked.
Om aftenen spiste han lige hvad han havde lyst til.
Because there was plenty of food for him.
Fordi der var rigeligt med mad til ham.
He walked around in the premises.
Han gik rundt i lokalerne.
And he meditated on the strangeness of his life.
Og han mediterede over sit livs besynderligheder.
Dalim's friend only visited him during the day.
Dalims ven besøgte ham kun i løbet af dagen.
So he always saw him as a lifeless corpse.
Så han så ham altid som et livløst lig.
But his body never seemed to change.
Men hans krop syntes aldrig at ændre sig.
There was no sign of putrefaction.
Der var ingen tegn på forrådnelse.

The body was lifeless and pale.
Kroppen var livløs og bleg.
But there were no symptoms of death.
Men der var ingen tegn på død.
It all seemed too strange for him.
Det hele virkede for mærkeligt for ham.
So he decided to watch the corpse more closely.
Så besluttede han sig for at holde øje med liget nærmere.
And he visited his friend at night.
Og han besøgte sin ven om aftenen.
He was astonished at what he saw that night.
Han var forbløffet over, hvad han så den nat.
His dead friend was walking about in the garden.
Hans afdøde ven gik rundt i haven.
At first he thought Dalim might a ghost.
Først troede han, at Dalim måske var et spøgelse.
So he went to see if he could touch him.
Så gik han hen for at se, om han kunne røre ved ham.
And then he saw it was really his friend.
Og så så han, at det virkelig var hans ven.
Dalim told his friend everything that had happened.
Dalim fortalte sin ven alt, hvad der var sket.
He told him all the circumstances of his death.
Han fortalte ham alle omstændighederne ved hans død.
And soon they solved the mystery.
Og snart løste de mysteriet.
They understood why he revived only at night.
De forstod, hvorfor han kun genoplivedes om natten.
Every night the king came to see Queen Duo.
Hver aften kom kongen for at se dronning Duo.
When the King visited, she took off her necklace.
Da kongen kom på besøg, tog hun sin halskæde af.
The life of the prince depended on the necklace.
Prinsens liv afhang af halskæden.
So the two friends worked on a plan.
Så de to venner arbejdede på en plan.
Night after night they consulted together.

Nat efter nat rådførte de sig med hinanden.
But they could not think of any feasible scheme.
Men de kunne ikke komme i tanke om nogen brugbar plan.

Eventually the Gods must have taken pity.
Til sidst må guderne have forbarmet sig over ham.
And they decided to free Dalim.
Og de besluttede at befri Dalim.
But we must understand how the Gods work.
Men vi må forstå, hvordan guderne fungerer.
These things are planned long before.
Disse ting er planlagt længe i forvejen.
The sister of Bidhata-Purusha had had a daughter.
Bidhata-Purushas søster havde fået en datter.
Bidhata-Purusha was a great fortune teller.
Bidhata-Purusha var en stor spåkone.
He had written something on the child's forehead.
Han havde skrevet noget på barnets pande.
"This child will marry the dead bridegroom"
"Dette barn skal gifte sig med den døde brudgom"
Her mother was very saddened by this.
Hendes mor var meget ked af dette.
She did not want this destiny for her daughter.
Hun ønskede ikke denne skæbne for sin datter.
But she could not argue with him.
Men hun kunne ikke argumentere med ham.
He never changed what he had written.
Han ændrede aldrig det, han havde skrevet.
The child became exceedingly beautiful.
Barnet blev overordentlig smukt.
But the mother could not take any pleasure in this.
Men moderen kunne ikke finde nogen glæde i dette.
Because she knew the destiny of her child.
Fordi hun kendte sit barns skæbne.
Eventually the girl came to marriageable age.
Til sidst nåede pigen den giftefærdige alder.
She had to find a way to avoid her fate.

Hun måtte finde en måde at undgå sin skæbne på.
So the mother fled the country with her child.
Så flygtede moderen fra landet med sit barn.
Perhaps she could avoid her dreadful destiny.
Måske kunne hun undgå sin frygtelige skæbne.
But what was written was written.
Men hvad der blev skrevet, blev skrevet.
And fate cannot be overruled like this.
Og skæbnen kan ikke tilsidesættes på denne måde.
Together they journeyed through the land.
Sammen rejste de gennem landet.
You can imagine how fate was working.
Du kan forestille dig, hvordan skæbnen virkede.
They wandered past Dalim's resting place.
De vandrede forbi Dalims hvilested.
The shade of the evening was approaching.
Aftenens skygge nærmede sig.
"Mother, I am thirsty," said her child.
"Mor, jeg er tørstig," sagde hendes barn.
"Sit at this gate," replied her mother.
"Sæt dig ved denne port," svarede hendes mor.
"I will search for water in the village"
"Jeg vil lede efter vand i landsbyen"
The girl was curious about the garden.
Pigen var nysgerrig omkring haven.
And in the garden she saw strange house.
Og i haven så hun et mærkeligt hus.
She pushed the gate, which opened itself.
Hun skubbede til porten, som åbnede sig selv.
When she went in, she saw a beautiful palace.
Da hun gik ind, så hun et smukt palads.
But she had an uneasy feeling about the palace.
Men hun havde en urolig følelse omkring slottet.
However, the door had shut itself.
Døren havde imidlertid lukket sig selv.
So she had no way of getting out.
Så hun havde ingen mulighed for at komme ud.

When night came the prince revived.
Da natten kom, genoplivedes prinsen.
As usual, he walked around in the garden.
Som sædvanlig gik han rundt i haven.
But this time he saw a female figure.
Men denne gang så han en kvindeskikkelse.
The figure was standing near the gate.
Skikkelsen stod nær porten.
Soon he saw that it was a girl.
Snart så han, at det var en pige.
And he saw she was of unsurpassed beauty.
Og han så, at hun var af uovertruffen skønhed.
"Who are you?" he asked her.
"Hvem er du?" spurgte han hende.
She told Dalim everything that had happened.
Hun fortalte Dalim alt, hvad der var sket.
All the details of her little history.
Alle detaljerne i hendes lille historie.
"My uncle is the divine Bidhata-Purusha"
"Min onkel er den guddommelige Bidhata-Purusha"
"He wrote on my forehead at birth"
"Han skrev på min pande ved fødslen"
"This child will marry the dead bridegroom"
"Dette barn skal gifte sig med den døde brudgom"
"My mother did not want that life for me"
"Min mor ønskede ikke det liv for mig"
"So we left our house and city"
"Så vi forlod vores hus og by"
"And we wandered through the country"
"Og vi vandrede gennem landet"
"We had come to the gate of your palace"
"Vi var kommet til porten til dit palads"
"After our journey I was thirsty"
"Efter vores rejse var jeg tørstig"
"So my mother went to look for water"
"Så gik min mor ud for at lede efter vand"

"And now I am standing here before you"
"Og nu står jeg her foran dig"
Dalim Kumar knew the meaning of the story.
Dalim Kumar kendte historiens betydning.
"I am the dead bridegroom," he told the girl.
"Jeg er den døde brudgom," sagde han til pigen.
"It is me who you will marry"
"Det er mig, du skal gifte dig med"
"Come with me to the house," he asked of her.
"Kom med mig hjem," spurgte han hende.
But the girl wasn't so easily persuaded.
Men pigen lod sig ikke overtale så let.
"You are standing and speaking to me"
"Du står og taler til mig"
"How can you be the dead bridegroom?"
"Hvordan kan du være den døde brudgom?"
The prince understood her objection.
Prinsen forstod hendes indvendinger.
"You will understand it afterwards"
"Det vil du forstå bagefter"
The girl followed the prince into the house.
Pigen fulgte prinsen ind i huset.
She had been fasting the whole day.
Hun havde fastet hele dagen.
So the prince gave her wonderful food.
Så gav prinsen hende lækker mad.
Meanwhile, the girl's mother had come back.
I mellemtiden var pigens mor kommet tilbage.
She was standing at the gates of the garden.
Hun stod ved havens porte.
But her daughter was not there anymore.
Men hendes datter var der ikke længere.
She cried out for her daughter.
Hun græd efter sin datter.
But she got no reply from her daughter.
Men hun fik intet svar fra sin datter.
So she went looking for her in the village.

Så gik hun ud og ledte efter hende i landsbyen.

As usual, Dalim's friend came that night.
Som sædvanlig kom Dalims ven den aften.
Dalim was still entertaining his guest.
Dalim underholdt stadig sin gæst.
He was not expecting to see a stranger.
Han havde ikke forventet at se en fremmed.
And the girl retold him her story.
Og pigen genfortalte ham sin historie.
You can imagine his surprise when she told him.
Du kan forestille dig hans overraskelse, da hun fortalte ham
det.
He was able to confirm Dalim's story.
Han kunne bekræfte Dalims historie.
Soon they had all accepted destiny.
Snart havde de alle accepteret skæbnen.
That night they fulfilled their fates.
Den nat opfyldte de deres skæbne.
They decided to unite the couple in matrimony.
De besluttede at forene parret i ægteskab.
It was going to be impossible to get a priest.
Det ville være umuligt at få en præst.
So Dalim's friend performed the hymeneal rites.
Så udførte Dalims ven hymenealritualerne.
The friend of the bridegroom left the palace.
Brudgommens ven forlod paladset.
The newly-weds had the palace to themselves.
De nygifte havde slottet for sig selv.
The happy couple did not sleep much that night.
Det lykkelige par sov ikke meget den nat.
So it was long after sunrise that they woke up.
Så det var længe efter solopgang, at de vågnede.
Of course it was only the young wife that woke up.
Selvfølgelig var det kun den unge kone, der vågnede.
The prince had become a cold corpse again.
Prinsen var igen blevet et koldt lig.

The queen had put on her necklace.
Dronningen havde taget sin halskæde på.
And life had departed from him again.
Og livet var forladt ham igen.
You can imagine how the young wife felt.
Du kan forestille dig, hvordan den unge kone havde det.
She shook her husband to try and wake him.
Hun rystede sin mand i et forsøg på at vække ham.
She kissed him on his cold lips.
Hun kyssede ham på hans kolde læber.
But all her efforts were in vain.
Men alle hendes anstrengelser var forgæves.
He was as lifeless as a marble statue.
Han var livløs som en marmorstatue.
The young wife was stricken with horror.
Den unge kone blev ramt af rædsel.
She smote her breast with her fists.
Hun slog sig for brystet med næverne.
She struck her forehead with her palms.
Hun slog sig på panden med håndfladerne.
And she tore her hair from her head.
Og hun rev sit hår af hovedet.
She ran through the garden like a mad woman.
Hun løb gennem haven som en gal kvinde.
Dalim's friend did not come during the day.
Dalims ven kom ikke i løbet af dagen.
He did not want to see his friend this way.
Han ønskede ikke at se sin ven på denne måde.
The poor girl did not know what to do.
Den stakkels pige vidste ikke, hvad hun skulle gøre.
Time could not pass quickly enough.
Tiden kunne ikke gå hurtigt nok.
The day seemed as long as a year.
Dagen føltes lang som et år.
But the even longest day has its end.
Men selv den længste dag har sin ende.
The shades of evening were descending.

Aftenens skygger faldt på.

Her dead husband was awakened into consciousness.

Hendes afdøde mand blev vækket til bevidsthed.

He rose up from his bed again.

Han rejste sig igen fra sin seng.

And he embraced his new wife.

Og han omfavnede sin nye kone.

Again they ate, drank, and became merry.

Igen spiste og drak de og blev muntre.

His friend made his usual appearance.

Hans ven dukkede op som sædvanlig.

And the whole night was spent celebrating.

Og hele natten blev brugt på at fejre.

They spent the next seven years this way.

De tilbragte de næste syv år på denne måde.

During the day Dalim was lifeless.

I løbet af dagen var Dalim livløs.

But at night he came to life.

Men om natten vågnede han til live.

And their life was quite usual.

Og deres liv var ret normalt.

The princess gave her husband two lovely boys.

Prinsessen gav sin mand to dejlige drenge.

They were the exact image of their father.

De var det nøjagtige billede af deres far.

Of course the king and Queens did not know.

Selvfølgelig vidste kongen og dronningen det ikke.

They did not know they were grandparents.

De vidste ikke, at de var bedsteforældre.

And they did not know Dalim was alive.

Og de vidste ikke, at Dalim var i live.

To be precise I should say he was alive at night.

For at være præcis, bør jeg sige, at han var i live om natten.

They all thought he had long been dead.

De troede alle, at han for længst var død.

They assumed his corpse would now be gone.

De antog, at hans lig nu ville være væk.
But the heart of Dalim s wife was yearning.
Men Dalims kones hjerte længtes.
She wanted nothing more than her mother-in-law.
Hun ønskede sig intet højere end sin svigermor.
Over the years she had come up with a plan.
Gennem årene havde hun udtænkt en plan.
Perhaps she could see her mother-in-law.
Måske kunne hun se sin svigermor.
Maybe they could get hold of the necklace.
Måske kunne de få fat i halskæden.
She asked for the consent of her husband.
Hun bad om sin mands samtykke.
And he allowed her to disguise herself.
Og han tillod hende at forklæde sig.
She took on the appearance of a female barber.
Hun tog udseendet af en kvindelig barber.
Like every female barber, she needed equipment.
Som enhver kvindelig barber havde hun brug for udstyr.
She took the following tools;
Hun tog følgende værktøjer;
An iron instrument for preparing finger nails.
Et jerninstrument til at forberede fingernegle.
Another iron instrument for scraping the feet.
Endnu et jerninstrument til at skrabe fødderne.
A piece of burnt jhama brick.
Et stykke brændt jhama-mursten.
For rubbing the soles of the feet.
Til at gnide fodsålerne.
And paint for the edges of the feet.
Og maling til kanterne af fødderne.
She took all her tools with her.
Hun tog alt sit værktøj med sig.
And she stood at the gate of the King's palace.
Og hun stod ved porten til kongens palads.
I forgot something else she brought.
Jeg glemte noget andet, hun havde medbragt.

She had come with her two sons.
Hun var kommet med sine to sønner.
She spoke with the guards.
Hun talte med vagterne.
"I work as a barber"
"Jeg arbejder som barber"
"I have come to offer my services"
"Jeg er kommet for at tilbyde mine tjenester"
"I desire to see Queen Suo"
"Jeg ønsker at se dronning Suo"
Queen Suo quickly gave her an interview.
Dronning Suo gav hende hurtigt et interview.
The queen was quite fond of the two little boys.
Dronningen var ret glad for de to små drenge.
They strangely reminded her of her own son.
De mindede hende mærkeligt nok om hendes egen søn.
And she remembered her lost treasure.
Og hun huskede sin mistede skat.
Tears fell profusely from her eyes.
Tårer faldt rigeligt fra hendes øjne.
She had not the remotest idea who they were.
Hun havde ikke den fjerneste anelse om, hvem de var.
Of course we know who they are.
Selvfølgelig ved vi, hvem de er.
The two little boys are her grandsons.
De to små drenge er hendes børnebørn.
She spoke to the barber.
Hun talte med barberen.
"My son died when he was young"
"Min søn døde, da han var ung"
"I have given up these vanities"
"Jeg har opgivet disse forfængeligheder"
"I stopped having my feet ceremoniously dyed"
"Jeg stoppede med at få mine fødder ceremonielt farvet"
"But I would be glad to see your two fine boys"
"Men jeg ville være glad for at se dine to fine drenge"
The barber agreed to let Queen Suo see her boys.

Barberen indvilligede i at lade dronning Suo se sine drenge.
But she had one question before she went.
Men hun havde et spørgsmål, inden hun tog afsted.
"Are there other ladies in the palace?
"Er der andre damer i paladset?"
"Someone else I could provide my service to"
"En anden jeg kunne tilbyde min service til"
She was told there was another queen.
Hun fik at vide, at der var en anden dronning.
And she was also allowed to go to that queen.
Og hun fik også lov til at gå til den dronning.
Queen Duo allowed her to prepare her nails.
Dronning Duo lod hende forberede sine negle.
And she was allowed to scrape her feet.
Og hun fik lov til at skrabe sine fødder.
She painted her feet with alakta.
Hun malede sine fødder med alakta.
And the queen was very pleased with her skill.
Og dronningen var meget tilfreds med hendes dygtighed.
She also enjoyed the sweetness of her disposition.
Hun nød også sødmen i sit gemyt.
So she booked to have more of her services.
Så bookede hun flere af hendes tjenester.
The female barber had come for something else.
Den kvindelige barber var kommet for noget andet.
And she quickly noticed the necklace.
Og hun lagde hurtigt mærke til halskæden.
The necklace was around the Queen's neck.
Halskæden var om dronningens hals.

The day of her second visit had come.
Dagen for hendes andet besøg var kommet.
She gave her eldest son the instructions.
Hun gav sin ældste søn instruktionerne.
"We are going into the palace again"
"Vi skal ind i paladset igen"
"When in the palace you have to cry"

"Når man er i paladset, må man græde"
"Say you would like the queen's necklace"
"Sig, at du gerne vil have dronningens halskæde"
"Don't stop crying until you have her necklace"
"Hold ikke op med at græde, før du har hendes halskæde"
The female barber went to queen Duo's apartment.
Den kvindelige barber tog til dronning Duos lejlighed.
Soon the elder boy started to cry.
Snart begyndte den ældste dreng at græde.
The boy acted his role well.
Drengen spillede sin rolle godt.
Nothing would console the boy.
Intet ville trøste drengen.
"What is wrong?" Queen Duo asked.
"Hvad er der galt ?" spurgte Dronning Duo.
They boy could hardly speak.
Drengen kunne næsten ikke tale.
"Your necklace is so beautiful"
"Din halskæde er så smuk"
And he continued to sob.
Og han fortsatte med at hulke.
"Can I please hold the necklace?"
"Må jeg venligst holde halskæden?"
Queen Duo did not want to let him.
Dronning Duo ville ikke lade ham.
"I cannot part with my necklace"
"Jeg kan ikke skille mig af med min halskæde"
"It is my most valuable jewel"
"Det er min mest værdifulde juvel"
But the boy did not stop crying.
Men drengen holdt ikke op med at græde.
So she took the necklace off her neck.
Så tog hun halskæden af halsen.
And she put the necklace into the boy's hand.
Og hun lagde halskæden i drengens hånd.
The boy quickly stopped crying.
Drengen holdt hurtigt op med at græde.

And he held the necklace in his hand.
Og han holdt halskæden i hånden.
The female barber had finished her work.
Den kvindelige barber havde afsluttet sit arbejde.
She was packing up her tools.
Hun var ved at pakke sine værktøjer sammen.
And she was about to leave the palace.
Og hun var lige ved at forlade paladset.
So the queen wanted the necklace back.
Så dronningen ville have halskæden tilbage.
But the boy would not let her have the necklace.
Men drengen ville ikke lade hende få halskæden.
His mother attempted to snatch the necklace from him.
Hans mor forsøgte at rive halskæden fra ham.
But he wept bitterly when she tried.
Men han græd bitterligt, da hun prøvede.
And he cried as if his heart would break.
Og han græd, som om hans hjerte ville briste.
The female barber politely asked the queen;
Den kvindelige barber spurgte høfligt dronningen;
"Please let the boy take the necklace home"
"Lad drengen venligst tage halskæden med hjem"
"He will fall asleep after drinking his milk"
"Han falder i søvn efter at have drukket sin mælk"
"And then I will bring your necklace back"
"Og så bringer jeg din halskæde tilbage"
She could see she had no choice.
Hun kunne se, at hun ikke havde noget valg.
The boy would not allow her to take the necklace.
Drengen ville ikke tillade hende at tage halskæden.
So she agreed to the proposal.
Så hun indvilligede i forslaget.
"Dalim must now be long dead," she thought.
"Dalim må være død for længst nu," tænkte hun.
And she had nothing to worry about.
Og hun havde intet at bekymre sig om.

The princess had the prized necklace.
Prinsessen havde den eftertragtede halskæde.
The treasure bound to her husband's life.
Skatten bundet til hendes mands liv.
She rushed back to the garden-house.
Hun skyndte sig tilbage til havehuset.
And she gave the necklace to Dalim.
Og hun gav halskæden til Dalim.
Dalim had been alive all morning.
Dalim havde været i live hele morgenen.
It was the first time he saw the sun again.
Det var første gang, han så solen igen.
Their joy of his life knew no bounds.
Deres glæde over hans liv kendte ingen grænser.
Their friend advised them to go to the palace.
Deres ven rådede dem til at tage til paladset.
"Go to the palace tomorrow"
"Tag til paladset i morgen"
"Present yourselves to the King and Queen"
"Præsenter jer for kongen og dronningen"
"Let them know you're alive and well"
"Lad dem vide, at du lever og har det godt"
The couple accepted their friend's advice.
Parret tog imod deres vens råd.
And they prepared everything for their arrival.
Og de forberedte alt til deres ankomst.
An elephant was brought for the prince.
En elefant blev bragt til prinsen.
A pair of ponies were brought for the boys.
Et par ponyer blev medbragt til drengene.
And there was a grand chaturdala.
Og der var en stor chaturdala.
It was furnished with curtains of gold lace.
Den var møbleret med gardiner af gylden blonde.
Word was sent to the king and the Queen Suo.
Der blev sendt besked til kongen og dronningen Suo.
"Prince Dalim Kumar is alive and well"

"Prins Dalim Kumar lever og har det godt"
"And he is coming to visit you"
"Og han kommer og besøger dig"
"Now he has a wife and two sons"
"Nu har han en kone og to sønner "
The King and Queen Suo could hardly believe it.
Kongen og dronningen Suo kunne næsten ikke tro det.
But they were assured that it was all true.
Men de blev forsikret om, at det hele var sandt.
Queen Duo quickly realized her predicament.
Dronning Duo indså hurtigt sin situation.
And she became overwhelmed with grief.
Og hun blev overvældet af sorg.
A band of musicians followed the prince.
Et orkester af musikere fulgte prinsen.
Prince Dalim Kumar approached the palace-gate.
Prins Dalim Kumar nærmede sig paladsporten.
The King and Queen Suo went to the gates.
Kongen og dronningen Suo gik til portene.
And they welcomed their long-lost son.
Og de bød deres længe savnede søn velkommen.
You can imagine how happy they were.
Du kan forestille dig, hvor glade de var.
Dalim told his parents of his death.
Dalim fortalte sine forældre om sin død.
He told them of the pond by the palace.
Han fortalte dem om dammen ved paladset.
And he told them of the fish in the pond.
Og han fortalte dem om fiskene i dammen.
He told them of the wooden box in the fish.
Han fortalte dem om trækassen i fisken.
He told them of the necklace in the wooden box.
Han fortalte dem om halskæden i trækassen.
And he told them the secret of his life.
Og han fortalte dem sit livs hemmelighed.
He told them how he died each night.
Han fortalte dem hver nat, hvordan han døde.

Of course he also mentioned his new wife.
Selvfølgelig nævnte han også sin nye kone.
The king was inflamed with rage at the news.
Kongen var optændt af raseri over nyheden.
He ordered Queen Duo into his presence.
Han beordrede dronning Duo til sin nærvær.
A large hole was dug in the ground.
Et stort hul blev gravet i jorden.
The hole was as deep as the height of a man.
Hullet var lige så dybt som en mands højde.
Queen Duo was made to stand in the hole.
Dronning Duo blev tvunget til at stå i hullet.
Prickly thorns were heaped around her.
Stikkende torne var dynget omkring hende.
The thorns went up to the crown of her head.
Tornene nåede hende op til isen af hovedet.
And in this manner she was buried alive.
Og på denne måde blev hun levende begravet.

Phakir Chand
Phakir Chand

There was once a king, who had a son.
Der var engang en konge, som havde en søn.
The king's minister also had a son.
Kongens minister havde også en søn.
The two sons loved each other dearly.
De to sønner elskede hinanden højt.
And they did everything together.
Og de gjorde alt sammen.
The two sons sat and stood up together.
De to sønner sad og stod op sammen.
They walked together to the same places.
De gik sammen til de samme steder.
They ate their meals together.
De spiste deres måltider sammen.
They slept and got up together.
De sov og stod op sammen.
They spent years in each other's company.
De tilbragte år i hinandens selskab.
One day they both felt a new desire.
En dag følte de begge et nyt ønske.
They wanted to see foreign lands.
De ville se fremmede lande.
And so they set out on their journey.
Og således begav de sig ud på deres rejse.
One of them was the son of a king.
En af dem var søn af en konge.
One of them was the son of his chief minister.
En af dem var søn af hans øverste minister.
So of course they were both quite rich.
Så selvfølgelig var de begge ret rige.
But they did not take any servants with them.
Men de tog ingen tjenere med sig.
They went by themselves, on horseback.
De gik alene, til hest.

The horses were beautiful to look at.
Hestene var smukke at se på.
They were Pakshirajes horses.
De var Pakshirajes heste.
Such horses are known as the kings of birds.
Sådanne heste er kendt som fuglenes konger.
The two sons rode together for many days.
De to sønner red sammen i mange dage.
They passed through extensive plains.
De passerede gennem vidtstrakte sletter.
And the plains were covered with paddy.
Og sletterne var dækket af ris.
And they passed through strange cities.
Og de rejste gennem fremmede byer.
And they passed through towns, and villages.
Og de gik gennem byer og landsbyer.
They passed through treeless deserts.
De passerede gennem træløse ørkener.
And they passed through forests.
Og de gik gennem skove.
And the forests were dense with trees.
Og skovene var tætte med træer.
These forests were the abode of the tiger.
Disse skove var tigerens hjemsted.
And the bear also lived in these forests.
Og bjørnen levede også i disse skove.
One evening they were overtaken by the night.
En aften blev de overhalet af natten.
They had not seen any human habitations.
De havde ikke set nogen menneskelige beboelser.
But it was getting darker and darker.
Men det blev mørkere og mørkere.
So they dismounted beneath a lofty tree.
Så steg de af under et højt træ.
They tied their horses to the tree.
De bandt deres heste fast til træet.
And then they climbed up the tree.

Og så klatrede de op i træet.
They covered the branches with thick foliage.
De dækkede grenene med tykt løv.
So that they could sit on the branches.
Så de kunne sidde på grenene.
The tree had grown near a large body of water.
Træet var vokset nær et stort vandområde.
The water was as clear as the eye of a crow.
Vandet var så klart som en krages øje.
The two friends made themselves comfortable.
De to venner gjorde det behageligt for sig.
Of course it wasn't very comfortable in a tree.
Det var selvfølgelig ikke særlig behageligt i et træ.
But it wasn't uncomfortable in the tree either.
Men det var heller ikke ubehageligt i træet.
They had decided to spend the night there.
De havde besluttet at tilbringe natten der.
They sometimes chatted together in whispers.
De snakkede sommetider hviskende sammen.
They felt whispering was better than talking.
De syntes, det var bedre at hviske end at tale.
Because the region seemed very strange to them.
Fordi regionen virkede meget mærkelig for dem.
And soon they were falling into a doze.
Og snart faldt de i døs.
But their attention was suddenly jolted.
Men deres opmærksomhed blev pludselig trukket tilbage.
From the water they heard a noise.
Fra vandet hørte de en lyd.
It sounded like the rushing of water.
Det lød som brusen af vand.
In front of them was a terrible sight!
Foran dem var et forfærdeligt syn!
A huge serpent came from under the water.
En kæmpe slange kom frem fra under vandet.
The snake swam ashore and slithered around.
Slangen svømmede i land og gled rundt.

But something else attracted their attention.
Men noget andet tiltrak deres opmærksomhed.
The crested hood of the serpent was shining.
Slangens kamhætte skinnede.
The snake had a brilliant manikya embedded.
Slangen havde en strålende manikya indlejret.
The jewel shone like a thousand diamonds.
Juvelen skinnede som tusind diamanter.
The crystal lit up the water in the tank.
Krystallen lyste op i vandet i tanken.
The embankments and trees were irradiated.
Volde og træer blev bestrålet.
The serpent doffed the jewel from its crest.
Slangen tog juvelen af sit kam.
And the serpent threw the jewel on the ground.
Og slangen kastede juvelen på jorden.
And then the serpent went in search of food.
Og så gik slangen på jagt efter føde.
They could not believe what they had seen.
De kunne ikke tro, hvad de havde set.
They stayed in the safety of the tree.
De blev i træets sikkerhed.
But they greatly admired the jewel.
Men de beundrede juvelen meget.
The ruby shed an ineffable luster.
Rubinen udstrålede en ubeskrivelig glans.
Everything had a magical glow around it.
Alt havde en magisk glød omkring sig.
They had never seen anything like it.
De havde aldrig set noget lignende.
Although, they had heard of this treasure.
Selvom de havde hørt om denne skat.
The jewel equaled the treasures of seven kings.
Juvelen svarede til syv kongers skatte.
But their admiration soon changed to fear.
Men deres beundring ændrede sig hurtigt til frygt.
The serpent came to the foot of their tree.

Slangen kom til foden af deres træ.
The serpent had found their horses!
Slangen havde fundet deres heste!
The poor horses had been tied to the tree.
De stakkels heste var blevet bundet til træet.
The animals had no way of escaping.
Dyrene havde ingen måde at flygte på.
One by one the serpent ate their horses.
En efter en åd slangen deres heste.
But the serpent's appetite did not seem satisfied.
Men slangens appetit syntes ikke at være tilfredsstillet.
They feared they would be the next victims.
De frygtede, at de ville blive de næste ofre.
But their fears were soon relieved.
Men deres frygt blev hurtigt lettet.
The gigantic cobra had not seen them.
Den gigantiske kobra havde ikke set dem.
And eventually the snake left again.
Og til sidst forsvandt slangen igen.
The minister's son saw an opportunity.
Ministerens søn så en mulighed.
This was his chance to take the gem.
Dette var hans chance for at tage juvelen.
But there was one problem they had.
Men der var ét problem, de havde.
The jewel shone incredibly bright.
Juvelen skinnede utrolig klart.
The serpent would know what had happened.
Slangen ville vide, hvad der var sket.
But there was a way to overcome this problem.
Men der var en måde at overvinde dette problem på.
And the minister's son knew the solution.
Og ministerens søn kendte løsningen.
He had to cover the stone with horse-dung.
Han måtte dække stenen med hestegødning.
And there was some horse-dung by the tree.
Og der lå noget hestegødning ved træet.

He quietly came down from the tree.
Han kom stille ned fra træet.
He picked up the horse-dung off the floor.
Han samlede hestegødningen op fra gulvet.
And he threw the dung upon the precious stone.
Og han kastede gødningen på den ædelsten.
And then he climbed up into the tree again.
Og så klatrede han op i træet igen.
The serpent noticed something had happened.
Slangen bemærkede, at noget var sket.
The light of the jewel had vanished.
Juvelens lys var forsvundet.
The serpent rushed back with great fury.
Slangen stormede tilbage med stor raseri.
The serpent returned to where it had left the stone.
Slangen vendte tilbage til det sted, hvor den havde efterladt stenen.
The serpent let out a frightful hiss at the night.
Slangen udstødte en frygtelig hvæsen om natten.
The snake's groans and convulsions were terrible.
Slangens støn og kramper var forfærdelige.
The snake went round and round the jewel.
Slangen gik rundt og rundt om juvelen.
But the stone was covered with horse-dung.
Men stenen var dækket af hestegødning.
This way the serpent could not see its treasure.
På denne måde kunne slangen ikke se sin skat.
Finally, the serpent breathed its last breath.
Endelig udåndede slangen sit sidste åndedrag.

The two friends did not sleep much that night.
De to venner sov ikke meget den nat.
In the morning they came down from the tree.
Om morgenen kom de ned fra træet.
They went to where the crest-jewel was.
De gik hen til hvor våbenskjoldet var.
The mighty serpent was still laying there.

Den mægtige slange lå der stadig.
But now the snake's body was perfectly lifeless.
Men nu var slangens krop fuldstændig livløs.
The friend of the prince stepped over the dead snake.
Prinsens ven trådte over den døde slange.
And he picked up the dung covered jewel.
Og han samlede den gødningsdækkede juvel op.
Both of them went to the bank of the water.
De gik begge ned til vandbredden.
And they washed the precious stone.
Og de vaskede den ædelsten.
Finally, all the dung had been washed off.
Endelig var al gødningen blevet vasket af.
And the jewel shone as brilliantly as before.
Og juvelen skinnede lige så strålende som før.
The jewel lit up the entire bed of the tank of water.
Juvelen oplyste hele bunden af vandtanken.
Now they could see the innumerable fishes.
Nu kunne de se de utallige fisk.
But the light also revealed something else.
Men lyset afslørede også noget andet.
This astonished them more than all the fishes.
Dette forbløffede dem mere end alle fiskene.
In the bottom of the water there was something.
På bunden af vandet var der noget.
They could see there were lofty walls.
De kunne se, at der var høje mure.
The walls were from a magnificent palace.
Murene var fra et storslået palads.
The prince's friend was feeling venturesome.
Prinsens ven følte sig dristig.
He convinced the king's son to follow him.
Han overtalte kongens søn til at følge ham.
And then they wanted to swim to the palace below.
Og så ville de svømme til paladset nedenfor.
The prince's friend took the jewel in his hand.
Prinsens ven tog juvelen i sin hånd.

And they both dived into the waters.
Og de dykkede begge ned i vandet.
Soon they stood at the gate of the palace.
Snart stod de ved paladsets port.
To their surprise the gate was open.
Til deres overraskelse var porten åben.
They saw no being, human or superhuman.
De så intet væsen, hverken menneske eller overmenneske.
So they decided to venture inside the gate.
Så de besluttede sig for at vove sig indenfor porten.
Inside the walls there was a beautiful garden.
Inden for murene var der en smuk have.
In the middle of the garden was a house.
Midt i haven lå et hus.
No one had ever seen so many flowers.
Ingen havde nogensinde set så mange blomster.
There were roses of all imaginable varieties.
Der var roser i alle tænkelige sorter.
There were endless numbers of yellow jessamine.
Der var uendelige mængder af gul jessamin.
And there were numerous white bell flowers.
Og der var talrige hvide klokkeblomster.
These flowers were the king of smells.
Disse blomster var kongen af dufte.
The most scented lily of the valley.
Den mest duftende liljekonval.
There were the flowers from the champaka tree.
Der var blomsterne fra champaka-træet.
And a thousand other sweet-scented flowers.
Og tusind andre sødt duftende blomster.
Acres covered with the delicious jessamine.
Hektar dækket af den lækre jessamine.
All the plants were gemmed with flowers.
Alle planterne var prydet med blomster.
And all the flowers were in full bloom.
Og alle blomsterne stod i fuldt flor.
So the air was loaded with rich perfume.

Så luften var fyldt med rig duft.
A wilderness of sweet scents everywhere.
Et vildnis af søde dufte overalt.
They went through this paradise of perfumery.
De gik gennem dette parfumeriparadis.
And eventually they reached the house.
Og endelig nåede de huset.
The house was surrounded by lofty trees.
Huset var omgivet af høje træer.
Soon they stood at the door of the house.
Snart stod de ved husets dør.
Now they could see it was a fairy palace.
Nu kunne de se, at det var et fepalads.
The walls were of burnished gold.
Væggene var af poleret guld.
Here and there shone diamonds of dazzling hue.
Her og der skinnede diamanter i blændende farve.
But they did not see any beings.
Men de så ingen væsener.
So they went inside the palace.
Så gik de ind i paladset.
The palace was richly furnished.
Paladset var rigt møbleret.
They went from room to room.
De gik fra rum til rum.
But they did not see anyone.
Men de så ingen.
It seemed to be a deserted house.
Det så ud til at være et øde hus.
At last, however, they found a special room.
Til sidst fandt de dog et særligt værelse.
In this room there was a young lady.
I dette rum var der en ung dame.
She was sleeping on a golden bed.
Hun sov på en gylden seng.
The young lady was of exquisite beauty.
Den unge dame var af udsøgt skønhed.

Her complexion was a mixture of red and white.
Hendes hudfarve var en blanding af rød og hvid.
She seemed to be about sixteen years of age.
Hun så ud til at være omkring seksten år gammel.
The two friends gazed upon her.
De to venner stirrede på hende.
They were enchanted by her beauty.
De var fortryllede af hendes skønhed.
But they could not admire her for long.
Men de kunne ikke beundre hende længe.
Because the young lady opened her eyes.
Fordi den unge dame åbnede øjnene.
Her eyes seemed like the eyes of a gazelle.
Hendes øjne lignede en gazelles øjne.
On seeing the strangers she said;
Da hun så de fremmede, sagde hun:
"How have you come here, ye unfortunate men?"
"Hvordan er I kommet hertil, I uheldige mænd?"
"Be gone, be gone! I beg of you two"
"Væk, væk! Jeg beder jer to"
"This is the abode of a mighty serpent"
"Dette er en mægtig slanges bolig"
"The serpent which has devoured my parents"
"Slangen, som har fortæret mine forældre"
"And my brothers, and all my relatives"
"Og mine brødre og alle mine slægtninge"
"I am the only one that he has spared"
"Jeg er den eneste, han har skånet"
"Flee for your lives while you still can"
"Flygt for jeres liv, mens I stadig kan"
"Or else the serpent will eat you both"
"Ellers æder slangen jer begge"
The prince's friend told her what had happened.
Prinsens ven fortalte hende, hvad der var sket.
"The serpent has breathed his last breath"
"Slangen har udåndet sit sidste åndedrag"
"The snake's body lies lifeless on the floor"

"Slangens krop ligger livløs på gulvet"
"We took the head-jewel of the serpent"
"Vi tog slangens hovedjuvel"
"The jewel's light showed us to the palace.
"Juvelens lys viste os paladset."
She thanked the strangers for their bravery.
Hun takkede de fremmede for deres tapperhed.
"You have freed me from the infernal serpent"
"Du har befriet mig fra den infernalske slange"
"Please live with me in my palace"
"Vær sød at bo hos mig i mit palads"
"But please promise never to desert me"
"Men lov mig venligst aldrig at svigte mig"
They gladly accepted the invitation.
De tog med glæde imod invitationen.
The king's son was smitten with the princess.
Kongens søn var forelsket i prinsessen.
He adored the charms of the peerless princess.
Han elskede den uovertrufne prinsesses charme.
And he married her after a short time.
Og han giftede sig med hende efter kort tid.
There was no priest at the palace.
Der var ingen præst på paladset.
So the hymeneal knot was tied by other means.
Så blev hymenealknuden bundet på andre måder.
A simple exchange of garlands of flowers.
En simpel udveksling af blomsterguirlander.
The king's son became inexpressibly happy.
Kongens søn blev ubeskrivelig lykkelig.
He delighted in the company of the princess.
Han nød prinsessens selskab.
The prince's friend also had a wife.
Prinsens ven havde også en kone.
Of course she was living in the upper world.
Selvfølgelig levede hun i den øvre verden.
But he participated in his friend's happiness.
Men han deltog i sin vens lykke.

The time they spent together passed merrily.
Den tid, de tilbragte sammen, gik lystigt.
But they could not live here forever.
Men de kunne ikke bo her for evigt.
The prince had to return to his kingdom.
Prinsen måtte vende tilbage til sit kongerige.
But he knew the return would require some planning.
Men han vidste, at tilbagevenden ville kræve en vis
planlægning.
The occasion would come with a lot of pomp.
Lejligheden ville komme med masser af pomp og pomp.
There were going to be many ceremonies.
Der skulle være mange ceremonier.
Because there was a lot to be celebrated.
Fordi der var meget at fejre.
First the prince's friend was going to go.
Først skulle prinsens ven afsted.
And then he was going to return with the attendants.
Og så skulle han tilbage med tjenerne.
Horses, and elephants for the happy pair.
Heste og elefanter til det lykkelige par.
The prince accompanied his friend.
Prinsen ledsagede sin ven.
Together they went back to the surface.
Sammen gik de tilbage til overfladen.
And they saw the upper world again.
Og de så den øvre verden igen.
The two friends bid each other adieu.
De to venner sagde farvel til hinanden.
The prince returned to his lovely wife.
Prinsen vendte tilbage til sin dejlige kone.
Before leaving everything had been organized.
Inden afrejse var alting organiseret.
The prince's friend arranged his return.
Prinsens ven arrangerede hans tilbagevenden.
He said when he was going to go the embankment.
Han sagde, hvornår han skulle gå op ad dæmningen.

He was going to have the horses that they needed.
Han skulle have de heste, de havde brug for.
Elephants were going to be there too, and attendants.
Der skulle også være elefanter, og der var også hjælpere.
They were going to wait upon the prince and princess.
De skulle vente på prinsen og prinsessen.
The snake-jewel gave them the rights to this.
Slangejuvelen gav dem rettighederne til dette.
The prince's friend went back to his country.
Prinsens ven vendte tilbage til sit land.
To prepare for the return of his friend.
For at forberede sin vens tilbagevenden.

One day the prince was sleeping.
En dag sov prinsen.
He had just had his midday meal.
Han havde lige spist sin middag.
The princess had never seen the upper regions.
Prinsessen havde aldrig set de øvre regioner.
She felt the desire to see the upper world.
Hun følte et ønske om at se den øvre verden.
For this she needed the snake-jewel.
Til dette havde hun brug for slangejuvelen.
Only this could help her through the water.
Kun dette kunne hjælpe hende gennem vandet.
The jewel was shining its bright light in the room.
Juvelen skinnede sit klare lys i rummet.
She took the snake-jewel into her hand.
Hun tog slangejuvelen i sin hånd.
And then she left the palace and the garden.
Og så forlod hun paladset og haven.
She successfully swam to the upper world.
Hun svømmede med succes til den øvre verden.
No mortal had caught sight of her.
Ingen dødelig havde fået øje på hende.
At the edge of the water were some steps.
Ved vandkanten var der nogle trin.

The steps were for the convenience of bathers.
Trappen var til bekvemmelighed for badende.
And this is also where she sat.
Og det var også her, hun sad.
She scrubbed her body with the sand.
Hun skrubbede sin krop med sandet.
She washed her hair with the fresh water.
Hun vaskede sit hår med frisk vand.
And she played with the water for fun.
Og hun legede med vandet for sjov.
She walked about on the water's edge.
Hun gik rundt på vandkanten.
And she admired all the scenery around.
Og hun beundrede hele landskabet omkring.
But finally she returned back to her palace.
Men endelig vendte hun tilbage til sit palads.
Her husband was still deep in sleep.
Hendes mand sov stadig dybt.
But eventually he had slept enough.
Men til sidst havde han sovet nok.
She did not tell him about her adventures.
Hun fortalte ham ikke om sine eventyr.
The next day her husband fell asleep again.
Næste dag faldt hendes mand i søvn igen.
And again she paid a visit the upper world.
Og igen besøgte hun den øvre verden.
And she remained unnoticed by mortal man.
Og hun forblev ubemærket af det dødelige menneske.
Her success was starting to give her courage.
Hendes succes begyndte at give hende mod.
So she repeated her adventure a third time.
Så gentog hun sit eventyr en tredje gang.
The rajah's son was out hunting that day.
Rajahens søn var ude på jagt den dag.
He had his tent not far from the water.
Han havde sit telt ikke langt fra vandet.
His attendants were cooking his meal.

Hans tjenere var i gang med at lave mad til ham.
So, he wandered about along the water.
Så vandrede han rundt langs vandet.
Nearby an old woman was gathering sticks.
I nærheden var en gammel kvinde i gang med at samle brænde.
She was collecting dried branches of trees.
Hun samlede tørrede grene fra træer.
She needed the sticks for kindling wood.
Hun havde brug for pindene til at optænde brænde.
This was when the princess came out the water.
Det var på det tidspunkt, at prinsessen kom op af vandet.
She gazed around and she saw a man.
Hun kiggede sig omkring, og hun så en mand.
And then she saw there was also a woman.
Og så så hun, at der også var en kvinde.
The princess knew she didn't want to be seen.
Prinsessen vidste, at hun ikke ville ses.
So she went back down to her palace.
Så gik hun tilbage ned til sit palads.
But the rajah's son had caught a glimpse of her.
Men rajaens søn havde fået et glimt af hende.
And the old woman gathering sticks saw her too.
Og den gamle kvinde, der samlede kviste, så hende også.
The rajah's son stood gazing on the waters.
Rajahens søn stod og stirrede på vandet.
He had never seen such a beautiful woman.
Han havde aldrig set så smuk en kvinde.
She seemed to him to be a deva-kanyas.
Hun forekom ham at være en deva-kanyas.
Heavenly goddesses he had read of in old books.
Himmelske gudinder han havde læst om i gamle bøger.
They are said to visit the upper world.
Det siges, at de besøger den øvre verden.
And the upper world is honored to have them.
Og den øvre verden er beæret over at have dem.
But it is said to happen only rarely.

Men det siges kun at ske sjældent.

The way that angels only visit rarely.

Den måde, hvorpå engle kun sjældent besøger dem.

He had seen the princess' unearthly beauty.

Han havde set prinsessens ujordiske skønhed.

She had made a deep impression on his heart.

Hun havde gjort et dybt indtryk på hans hjerte.

Although he had seen her only for a moment.

Selvom han kun havde set hende et øjeblik.

But her beauty distracted his mind.

Men hendes skønhed distraherede hans tanker.

He stood there like a statue, for hours.

Han stod der som en statue i timevis.

All he could do was gaze into the waters.

Alt han kunne gøre var at kigge ned i vandet.

In the hope of seeing the lovely figure again.

I håbet om at se den dejlige skikkelse igen.

But all his time was spent in vain.

Men al hans tid blev brugt forgæves.

The princess did not appear again.

Prinsessen viste sig ikke igen.

The rajah's son became mad with love.

Rajahens søn blev rasende af kærlighed.

He kept muttering, "now here, now gone!"

Han blev ved med at mumle: "Nu her, nu væk!"

He refused to leave the water's edge.

Han nægtede at forlade vandkanten.

His attendants had to forcibly remove him.

Hans ledsagere måtte med magt fjerne ham.

They took him to his father's palace.

De tog ham med til hans fars palads.

But he was in a state of hopeless insanity.

Men han var i en tilstand af håbløs vanvid.

He couldn't be made to speak to anyone.

Han kunne ikke tvinges til at tale med nogen.

And he spent his days sobbing heavily.

Og han tilbragte sine dage med at græde højlydt.

No others words came out of his mouth.
Ingen andre ord kom ud af hans mund.
"Now here, now gone!"
"Nu her, nu væk!"
"Now here, now gone!"
"Nu her, nu væk!"
You can imagine the rajah's grief.
Du kan forestille dig rajahens sorg.
"What could have deranged my son's mind?"
"Hvad kunne have forstyrret min søns sind?"
"'Now here, now gone,' what does it mean?"
"'Nu her, nu væk', hvad betyder det?"
He could not unravel the words' meaning.
Han kunne ikke opklare ordenes betydning.
His attendants couldn't decipher the words either.
Hans tjenere kunne heller ikke tyde ordene.
The land's best physicians were consulted.
Landets bedste læger blev konsulteret.
But their consultation had no effect.
Men deres konsultation havde ingen effekt.
The sons of æsculapius were not able to help.
Æsculapius' sønner var ikke i stand til at hjælpe.
No one could ascertain the cause of the madness.
Ingen kunne fastslå årsagen til galskaben.
Without knowing the cause there was no cure.
Uden at kende årsagen var der ingen kur.
The physicians tried to ask the prince.
Lægerne forsøgte at spørge prinsen.
But all he said was, "now here, now gone!"
Men alt, hvad han sagde, var: "Nu her, nu væk!"
The rajah was distracted with grief.
Rajahen var distraheret af sorg.
Day and night he worried for his son.
Dag og nat bekymrede han sig for sin søn.
He wished for his son's intellects to return.
Han ønskede, at hans søns intellekt skulle vende tilbage.
A proclamation was made in the capital.

Der blev udstedt en proklamation i hovedstaden.
Town criers were sent into the city.
Byråbere blev sendt ind i byen.
And they beat their drums for attention.
Og de slog på trommerne for at få opmærksomhed.
"The rajah's son has lost his mental faculties"
"Rajahs søn har mistet sine mentale evner"
"The rajah seeks a cure for his son"
"Rajahen søger en kur til sin søn"
"A reward is offered for the cure"
"Der tilbydes en belønning for kuren"
"The hand of the rajah's daughter"
"Rajahs datters hånd"
"Her hand comes with half his kingdom"
"Hendes hånd kommer med halvdelen af hans kongerige"
The drum was beaten around the city.
Trommen blev slået rundt om i byen.
But no one felt they could touch the drum.
Men ingen følte, at de kunne røre ved trommen.
No one knew the cause of his madness.
Ingen kendte årsagen til hans vanvid.
At last an old woman came forward.
Endelig kom en gammel kvinde frem.
And she stepped up to touch the drum.
Og hun trådte frem for at røre ved trommen.
"I will discover the cause of his madness"
"Jeg vil finde årsagen til hans vanvid"
"And I will cure him from his disease"
"Og jeg vil helbrede ham fra hans sygdom"
She had seen what happened to the boy.
Hun havde set, hvad der skete med drengen.
She was at the water's edge that day.
Hun var ved vandkanten den dag.
It was her who was gathering up sticks.
Det var hende, der samlede pinde.
This woman had a crack-brained son.
Denne kvinde havde en hjernesvag søn.

Her son was named of Phakir-Chand.
Hendes søn hed Phakir-Chand.
So she was called Phakir's mother.
Så blev hun kaldt Phakirs mor.
The woman was brought before the rajah.
Kvinden blev ført for rajaen.
And the following conversation took place.
Og den følgende samtale fandt sted.
"You are the woman that touched the drum"
"Du er kvinden, der rørte ved trommen"
"You know the cause of my son's madness?"
"Ved du årsagen til min søns vanvid?"
"Yes, oh incarnation of justice!"
"Ja, åh, retfærdighedens inkarnation!"
"I know the cause of your son's madness"
"Jeg kender årsagen til din søns vanvid"
"But I will not say the cause of his madness"
"Men jeg vil ikke sige årsagen til hans vanvid"
"First I will cure your son of his madness"
"Først vil jeg kurere din søn for hans vanvid"
"How can I believe you are able to?"
"Hvordan kan jeg tro, at du er i stand til det?"
"The best physicians of the land have failed"
"Landets bedste læger har fejlet"
"You need not now believe, my king"
"Du behøver ikke at tro nu, min konge"
"Wait till I have performed the cure"
"Vent til jeg har udført kuren"
"Many an old woman knows many secrets"
"Mange gamle kvinder kender mange hemmeligheder"
"Secrets wise men are unacquainted with"
"Hemmeligheder, som vise mænd ikke kender til"
"Very well, let me see what you can do"
"Jamen, lad mig se, hvad du kan gøre"
"In what time will you perform the cure?"
"På hvilket tidspunkt vil du udføre kuren?"
"It is impossible to fix the time"

"Det er umuligt at fastsætte tidspunktet"
"Ff course I will begin work immediately"
"Selvfølgelig begynder jeg at arbejde med det samme"
"But I need your lordship's assistance"
"Men jeg har brug for Deres Nådes hjælp"
"What help do you require from me?"
"Hvilken hjælp har du brug for fra mig?"
"Your lordship will please order a hut"
"Deres Lordskab vil venligst bestille en hytte"
"Have the hut raised on the embankment of the water"
"Få hytten opført på vandbredden"
"Where your son first caught the disease"
"Hvor din søn først blev syg"
"I mean to live in that hut for a few days"
"Jeg har tænkt mig at bo i den hytte i et par dage"
"And please order some of your servants"
"Og bestil venligst nogle af dine tjenere"
"They have to be in attendance at a distance"
"De skal være til stede på afstand"
"Tell them to be about a hundred yards away"
"Sig til dem, at de skal være omkring hundrede meter væk"
"That way I can call them over when we need them"
"På den måde kan jeg tilkalde dem, når vi har brug for dem"
The king had listened attentively.
Kongen havde lyttet opmærksomt.
"I will order that to be immediately done"
"Jeg vil beordre, at det skal ske med det samme"
"Do you want anything else?"
"Vil du have noget andet?"
"Those are all the preparations I need"
"Det er alle de forberedelser, jeg har brug for"
"But let me remind you of the agreement"
"Men lad mig minde dig om aftalen"
"You promised the hand of your daughter"
"Du lovede din datters hånd"
"And you promised half your kingdom"
"Og du lovede halvdelen af dit kongerige"

"But I can't marry your daughter"
"Men jeg kan ikke gifte mig med din datter"
"Because your daughter has to marry a man"
"Fordi din datter skal giftes med en mand"
"But I also have a son of marriageable age"
"Men jeg har også en søn i den giftefærdige alder"
"Allow my son to marry your daughter"
"Lad min søn gifte sig med din datter"
"Allow him to have half of your kingdom"
"Lad ham få halvdelen af dit kongerige"
The king was agreed with the terms.
Kongen var enig i betingelserne.
"If you find a cure, he marries my daughter"
"Hvis du finder en kur, gifter han sig med min datter"
"And half of my kingdom shall be his"
"Og halvdelen af mit rige skal være hans"
A temporary hut was quickly erected.
En midlertidig hytte blev hurtigt opført.
The hut was built on the embankment of the water.
Hytten blev bygget på vandkanten.
And Phakir's mother took up her abode.
Og Phakirs mor slog sig ned.
An outpost was also erected at some distance.
En forpost blev også opført i et stykke afstand.
Because the woman might require some attendance.
Fordi kvinden måske har brug for en vis tilstedeværelse.
Strict orders were given by Phakir's mother.
Phakirs mor gav strenge ordrer.
No one was allowed to go near the water.
Ingen måtte komme i nærheden af vandet.
Only she was allowed to stay by the water.
Kun hun fik lov til at blive ved vandet.

But let us leave Phakir's mother at the water.
Men lad os lade Phakirs mor blive ved vandet.
Let us hasten down the subterranean palace.
Lad os skynde os ned i det underjordiske palads.

To see what the prince and the princess are doing.
For at se, hvad prinsen og prinsessen laver.
The princess did want to go up again.
Prinsessen ville gerne op igen.
But she now knew that it would be dangerous.
Men hun vidste nu, at det ville være farligt.
And she had given up the idea of a fourth visit.
Og hun havde opgivet tanken om et fjerde besøg.
But women generally have greater curiosity.
Men kvinder har generelt større nysgerrighed.
And the princess was no exception to the rule.
Og prinsessen var ingen undtagelse fra reglen.
One day her husband was asleep.
En dag sov hendes mand.
He always slept after his noonday meal.
Han sov altid efter sit middagsmåltid.
She took the snake-jewel in her hand.
Hun tog slangejuvelen i hånden.
And she rushed out of the palace.
Og hun skyndte sig ud af paladset.
And she came up to the upper world.
Og hun kom op til den øvre verden.
There was an upheaval in the waters.
Der var en omvæltning i farvandet.
And Phakir's mother was on high alert.
Og Phakirs mor var i højeste beredskab.
She was hiding in the hut.
Hun gemte sig i hytten.
And she was looking through the chinks.
Og hun kiggede gennem sprækkerne.
The princess saw no human being nearby.
Prinsessen så intet menneske i nærheden.
So she came to the bank of the water.
Så kom hun til vandbredden.
Phakir's mother showed herself outside the hut.
Phakirs mor viste sig uden for hytten.
And she addressed the princess politely.

Og hun henvendte sig høfligt til prinsessen.
"Come, my child, thou queen of beauty"
"Kom, mit barn, du skønhedens dronning"
"Come to me, and I will help you to bathe"
"Kom til mig, så skal jeg hjælpe dig med at bade"
So saying, she approached the princess.
Med disse ord henvendte hun sig til prinsessen.
The princess saw she was just an old woman.
Prinsessen så, at hun bare var en gammel kvinde.
So she made no resistance to her offer.
Så hun gjorde ingen modstand mod sit tilbud.
The old woman was washing the princess' hair.
Den gamle kvinde vaskede prinsessens hår.
And she noticed the bright jewel in her hand.
Og hun bemærkede den skinnende juvel i sin hånd.
"Out the jewel here till you are bathed"
"Ud af juvelen her, indtil du er badet"
Now the jewel was in the hands of Phakir's mother.
Nu var juvelen i Phakirs mors hænder.
She wrapped the jewel up in a cloth.
Hun svøbte juvelen ind i et klæde.
And she wrapped the cloth around her waist.
Og hun svøbte klædet om sin talje.
Now the princess was unable to escape.
Nu kunne prinsessen ikke undslippe.
And Phakir's mother gave the signal.
Og Phakirs mor gav signalet.
The attendants rushed to the water.
Tjenerne skyndte sig til vandet.
And they took the princess captive.
Og de tog prinsessen til fange.
The news soon reached the city.
Nyheden nåede snart byen.
"Phakir's mother had captured a water-nymph"
"Phakirs mor havde fanget en vandnymfe"
And the people rejoiced at the news.
Og folket glædede sig over nyheden.

All came to see the"daughter of the immortals"
Alle kom for at se "de udødeliges datter"
She was brought to the palace.
Hun blev bragt til paladset.
And she was brought to the rajah's son.
Og hun blev bragt til rajaens søn.
The rajah's son was still of impaired intellect.
Rajahens søn var stadig intellektuelt svækket.
But that cloud on his brain soon dissipated.
Men den sky på hans hjerne forsvandt hurtigt.
"I have found you! I have found you!"
"Jeg har fundet dig! Jeg har fundet dig!"
His eyes had been vacant and lusterless.
Hans øjne havde været tomme og glansløse.
But now his eyes had the fire of intelligence.
Men nu havde hans øjne en glød af intelligens.
He had almost lost the use of his tongue.
Han havde næsten mistet evnen til at bruge tungen.
"Now here, now gone!" was all he had been able to say.
"Nu her, nu væk!" var alt, hvad han havde kunnet sige.
But this sense too was restored.
Men også denne sans blev genoprettet.
The joy of the rajah knew no bounds.
Rajahs glæde kendte ingen grænser.
There was great festivity in the city.
Der var stor festlighed i byen.
The people praised Phakir-Chand's mother.
Folket roste Phakir-Chands mor.
And everyone soon expected the marriage.
Og alle forventede snart brylluppet.
The rajah's son was to wed the water-nymph.
Rajahens søn skulle gifte sig med vandnymfen.
The princess, however, had made a promise.
Prinsessen havde imidlertid givet et løfte.
She told Phakir's mother of her promise.
Hun fortalte Phakirs mor om sit løfte.
"I won't as much as look at another man"

"Jeg vil slet ikke se på en anden mand"
"For one year my vows shall last"
"I et år skal mine løfter vare"
"The marriage cannot happen in that time"
"Ægteskabet kan ikke finde sted på det tidspunkt"
The rajah's son was somewhat disappointed.
Rajahens søn var noget skuffet.
But he readily agreed to the delay.
Men han indvilligede straks i udsættelsen.
"Delay enhances the sweetness of the pleasure"
"Forsinkelse forstærker nydelsens sødme"
Of course the princess spent her time in sorrow.
Selvfølgelig tilbragte prinsessen sin tid i sorg.
She spent her days and nights sighing.
Hun tilbragte sine dage og nætter med at sukke.
And she lamented her idle curiosity.
Og hun beklagede sin lade nysgerrighed.
The curiosity that led her to the upper world.
Nysgerrigheden, der førte hende til den øvre verden.
The curiosity that separated her from her husband.
Den nysgerrighed, der adskilte hende fra hendes mand.
She thought of her unfortunate husband.
Hun tænkte på sin uheldige mand.
She had left him all alone below the waters.
Hun havde efterladt ham helt alene nede i vandet.
And she wept bitter tears each day.
Og hun græd bitre tårer hver dag.
She wished that she could run away.
Hun ønskede, at hun kunne løbe væk.
But that would have been impossible.
Men det ville have været umuligt.
Because she was immured within walls.
Fordi hun var indespærret inden for mure.
And there were walls within the walls.
Og der var mure inden i murene.
And what use was getting out the palace?
Og hvad nyttede det at komme ud af paladset?

She couldn't get to her husband anyway.
Hun kunne alligevel ikke komme hen til sin mand.
She didn't have the serpent jewel.
Hun havde ikke slangejuvelen.
The ladies of the palace tried to comfort her.
Paladsets damer forsøgte at trøste hende.
And Phakir's mother tried to divert her mind.
Og Phakirs mor prøvede at aflede hendes tanker.
But their efforts were in vain.
Men deres indsats var forgæves.
She took pleasure in nothing.
Hun nød ingenting.
She hardly spoke to anyone.
Hun talte næsten ikke med nogen.
She wept throughout the day.
Hun græd hele dagen.
And she wept through the night.
Og hun græd gennem natten.

The year of her vow was drawing to a close.
Hendes løfteår var ved at være slut.
But she was still disconsolate.
Men hun var stadig fortvivlet.
The marriage, however, had to be celebrated.
Brylluppet skulle dog fejres.
The rajah consulted the astrologers.
Rajahen konsulterede astrologerne.
The day and the hour had been decided.
Dagen og timen var bestemt.
The nuptial knot was to be tied.
Bryllupsknuden skulle knyttes.
Great preparations were made.
Der blev truffet store forberedelser.
The confectioners were busy day and night.
Konditorerne havde travlt dag og nat.
They prepared all sorts of sweetmeats.
De tilberedte alle mulige slags søde sager.

Milkmen supplied the palace with tanks of curds.
Mælkemænd forsynede paladset med tanke med ostemasse.
Great quantities of gunpowder were manufactured.
Der blev produceret store mængder krudt.
There were going to be grand fireworks.
Der skulle være et stort fyrværkeri.
Stages were erected everywhere.
Der blev rejst scener overalt.
And musicians were selected to play music.
Og musikere blev udvalgt til at spille musik.
All the city assumed an air of mirth.
Hele byen antog en atmosfære af munterhed.
All looked forward to the festivities.
Alle så frem til festlighederne.

We must return out attention to the minister's son.
Vi må vende vores opmærksomhed tilbage til ministerens søn.
He had left his friend in the subterranean palace.
Han havde efterladt sin ven i det underjordiske palads.
And he had gone to his country.
Og han var taget til sit land.
He was bringing horses and elephants.
Han havde medbragt heste og elefanter.
And he had with him many attendants.
Og han havde mange tjenere med sig.
For the return of the king's son.
For kongens søns tilbagevenden.
And for the return of his lovely princess.
Og for hans dejlige prinsesses tilbagevenden.
So that the ceremony had due pomp.
Så ceremonien havde den rette pomp og pragt.
The preparations took him many months.
Forberedelserne tog ham mange måneder.
But eventually all was prepared.
Men til sidst var alt klar.
And the minister's son started on his journey.
Og ministerens søn begav sig ud på sin rejse.

He was accompanied by a long train of elephants.
Han var ledsaget af en lang flok elefanter.
And behind the elephants were horses.
Og bag elefanterne var der heste.
And all the horses had their own attendants.
Og alle hestene havde deres egne ledsagere.
He reached the water ahead of schedule.
Han nåede vandet før tid.
So he had two or three days to spare.
Så havde han to eller tre dage tilovers.
Tents were pitched in the mango slopes.
Der blev slået telte op på mangoskråningerne.
So the men and cattle had accommodation.
Så havde mændene og kvæget indkvartering.
The minister's son kept his eyes on the water.
Præstens søn holdt øjnene rettet mod vandet.
The sun of the appointed day sank below the horizon.
Solen på den fastsatte dag sank under horisonten.
But there was no sign of the prince.
Men der var intet tegn på prinsen.
Nor did the princess come to the surface.
Prinsessen kom heller ikke op til overfladen.
He waited two or three days longer.
Han ventede to eller tre dage længere.
Still the prince did not make his appearance.
Prinsen dukkede dog ikke op.
What could have happened to his friend?
Hvad kunne der være sket med hans ven?
And where was his beautiful wife?
Og hvor var hans smukke kone?
Had another serpent beaten them to death?
Havde en anden slange slået dem ihjel?
Possibly the mate of the one that had died.
Muligvis makkeren til den, der var død.
Had they somehow lost the serpent-jewel?
Havde de på en eller anden måde mistet slangejuvelen?
Or had they perhaps visited the upper world?

Eller havde de måske besøgt den øvre verden?
And had they been captured in the upper world?
Og var de blevet fanget i den øvre verden?
Such were the reflections of the prince's friend.
Sådanne var prinsens vens refleksioner.
The prince's friend was overwhelmed with grief.
Prinsens ven var overvældet af sorg.
The waters were quite close to the city.
Vandet var ret tæt på byen.
And often the sound of music could be heard.
Og ofte kunne man høre lyden af musik.
He asked passers-by what that music meant.
Han spurgte forbipasserende, hvad musikken betød.
He was told about the rajah's son.
Han fik at vide om rajaens søn.
And he was told of a wonderful young lady.
Og han fik fortalt om en vidunderlig ung dame.
And he was told they were going to marry.
Og han fik at vide, at de skulle giftes.
And he was told more about the wonderful lady.
Og han fik fortalt mere om den vidunderlige dame.
She had come out of the waters he was waiting by.
Hun var kommet op af vandet, han ventede ved.
The marriage ceremony was in two days.
Bryllupsceremonien var om to dage.
The minister's son made the connection.
Ministerens søn lavede forbindelsen.
The wonderful young lady was the wife of his friend.
Den vidunderlige unge dame var hans vens hustru.
He resolved, therefore, to go into the city.
Han besluttede derfor at gå ind til byen.
And he was going to find out all he could.
Og han ville finde ud af alt, hvad han kunne.
If he could, he would rescue the princess.
Hvis han kunne, ville han redde prinsessen.
He told the attendants to go home.
Han bad tjenerne om at gå hjem.

And he told them to take the elephants.
Og han sagde til dem, at de skulle tage elefanterne.
And he told them to take the horses.
Og han sagde til dem, at de skulle tage hestene.
And he himself went to the city.
Og han selv gik til byen.
And he took up his abode in the house of a Brahman.
Og han bosatte sig i en brahmins hus.
First, he rested from his journey.
Først hvilede han sig fra sin rejse.
Then the prince's friend had his dinner.
Så spiste prinsens ven middag.
And then he spoke to the Brahman.
Og så talte han til brahmanen.
"Throughout the city there are musicians and bands"
"Der er musikere og bands over hele byen"
"What is the cause of all the celebrations?
"Hvad er årsagen til alle festlighederne?"
The Brahman was rather surprised.
Brahmanen var temmelig overrasket.
"From what part of the world have you come?"
"Fra hvilken del af verden kommer du?"
"What rock have you been living under?"
"Hvilken klippe har du levet under?"
"Have you not heard the wonderful news?"
"Har du ikke hørt den vidunderlige nyhed?"
"A young lady of heavenly beauty"
"En ung dame af himmelsk skønhed"
"She rose out of the waters"
"Hun steg op af vandet"
"And she is going to the son of our rajah"
"Og hun skal hen til vores rajas søn"
The prince's friend wanted to know more.
Prinsens ven ville vide mere.
The information could be useful.
Oplysningerne kunne være nyttige.
"I have not heard of this news"

"Jeg har ikke hørt om denne nyhed"
"I have come from a distant country"
"Jeg er kommet fra et fjernt land"
"The story has not reached us yet"
"Historien har ikke nået os endnu"
"Will you kindly tell me the particulars?"
"Vil De venligst fortælle mig detaljerne?"
The Brahman was happy to relay the story.
Brahmanen var glad for at kunne fortælle historien.
"The rajah's son went out hunting"
"Rajaens søn gik på jagt"
"It must have been about this time last year"
"Det må have været omkring denne tid sidste år"
"They pitched their tents by the waters in the suburbs"
"De slog deres telte op ved vandet i forstæderne"
"One day, the rajah's son was walking near the water"
"En dag gik rajaens søn nær vandet"
"On this day, he saw a young woman"
"På denne dag så han en ung kvinde"
"I have to mention she was of uncommon beauty"
"Jeg må nævne, at hun var af usædvanlig skønhed"
"She had risen from the depth of the waters"
"Hun var steget op af vanddybden"
"She gazed about for a minute or two"
"Hun kiggede sig omkring i et minut eller to"
"And then the beautiful lady disappeared"
"Og så forsvandt den smukke dame"
"The rajah's son, however, had seen her"
"Rajahs søn havde imidlertid set hende"
"He had been struck by her heavenly beauty"
"Han var blevet betaget af hendes himmelske skønhed"
"And so he became desperately enamored by her"
"Og sådan blev han desperat forelsket i hende"
"Indeed, she had affected him greatly"
"Sandelig havde hun påvirket ham meget"
"And his mental faculties gave way to passion"
"Og hans mentale evner måtte give plads til lidenskab"

"He was carried home as a mad man"
"Han blev båret hjem som en galning"
"He spoke no words except a few"
"Han sagde ingen ord undtagen et par få"
"'now here, now gone!' was all he said"
"'Nu her, nu væk!' var alt, hvad han sagde"
"The rajah sent for all the best physicians"
"Rajahen sendte bud efter alle de bedste læger"
"They tried to restore his son to reason"
"De forsøgte at genoprette hans søns fornuft"
"But the physicians were powerless"
"Men lægerne var magtesløse"
"At last the rajah made a proclamation"
"Endelig udstedte rajahen en proklamation"
"And he had the drum beat around the kingdom"
"Og han fik trommeslagene til at spille rundt i kongeriget"
"There was a reward for anyone who cured his son"
"Der var en belønning til den, der helbredte hans søn"
"They would become the rajah's son-in-law"
"De ville blive rajaens svigersøn"
"And they would get half the kingdom"
" Og de ville få halvdelen af kongeriget"
"An old woman answered the call of the drum"
"En gammel kvinde besvarede trommens kald"
"All knew her as Phakir's mother"
"Alle kendte hende som Phakirs mor"
"She said she could cure the rajah's son"
"Hun sagde, at hun kunne helbrede rajaens søn"
"She had a hut built outside the town"
"Hun fik bygget en hytte uden for byen"
"In the suburbs, next to the waters"
"I forstæderne, ved vandet"
"An in the hut she took her abode"
"Og i hytten tog hun sin bolig"
"She also had some huts erected close by"
"Hun fik også opført nogle hytter i nærheden"
"And in those huts attendants waited"

"Og i disse hytter ventede tjenere"
"In case she might need their help"
"Hvis hun skulle have brug for deres hjælp"
"It seems the goddess rose from the waters"
"Det ser ud til, at gudinden steg op af vandet"
"Phakir's mother and the attendants seized her"
"Phakirs mor og tjenerne greb hende"
"And they carried her in a palki to the palace"
"Og de bar hende i en palki til paladset"
"The rajah's son saw the water-nymph"
"Rajahs søn så vandnymfen"
"And he was soon restored to his senses"
"Og han kom snart til fornuft"
"They would have married there and then"
"De ville have giftet sig der og da"
"But the water goddess had made a vow"
"Men vandgudinden havde aflagt et løfte"
"She wouldn't look at a man for one year"
"Hun ville ikke se på en mand i et år"
"The year of the vow is now over"
"Løfteåret er nu forbi"
"The music is from the rajah's palace"
"Musikken er fra Rajahs palads"
"This, in brief, is the story"
"Dette er kort sagt historien"
The prince's friend could put the story together.
Prinsens ven kunne sammensætte historien.
"a truly wonderful story!"
"En virkelig vidunderlig historie!"
"So where is Phakir's mother?"
"Så hvor er Phakirs mor?"
"And where is Phakir-Chand himself?"
"Og hvor er Phakir-Chand selv?"
"Has he received the hand of the rajah's daughter?"
"Har han modtaget rajaens datters hånd?"
"And has he received half the kingdom?"
"Og har han fået halvdelen af riget?"

The Brahman could also answer these questions.

Brahmanen kunne også besvare disse spørgsmål.

"No, they have not married yet"

"Nej, de er ikke gift endnu"

"And he doesn't yet have half the kingdom"

"Og han har endnu ikke halvdelen af kongeriget"

"And, I should say, he is a dimwitted lad"

"Og, jeg må sige, han er en tåbelig fyr"

"In fact, no one knows where the lad is"

"Faktisk ved ingen, hvor drengen er"

"He has been away from home for more than a year"

"Han har været væk hjemmefra i mere end et år"

"That is his manner," he explained.

"Det er hans måde," forklarede han.

"He stays away for a long time"

"Han holder sig væk i lang tid"

"And then suddenly he comes home"

"Og så pludselig kommer han hjem"

"And then suddenly he leaves again"

"Og så pludselig går han igen"

"I believe his mother expects him to come soon"

"Jeg tror, hans mor forventer, at han kommer snart"

This was very useful information.

Dette var meget nyttige oplysninger.

"What is he like?" he asked.

"Hvordan er han?" spurgte han.

"And what does he do when he returns home?"

"Og hvad gør han, når han kommer hjem?"

These questions the Brahman could also answer.

Disse spørgsmål kunne Brahman også besvare.

"Well, he is about your height"

"Nå, han er omtrent din højde"

"Though he is somewhat younger than you"

"Selvom han er lidt yngre end dig"

"He wears a small piece of cloth round his waist"

"Han har et lille stykke stof om livet"

"And he rubs his body with ashes"

"Og han gnider sin krop med aske"
"He carries the branch of a tree in his hand"
"Han bærer en gren af et træ i sin hånd"
"And there is a tune to which he dances"
"Og der er en melodi, som han danser til"
"He comes to the door of the hut of his mother"
"Han kommer til døren til sin mors hytte"
"And he sings 'dhoop! dhoop! dhoop!'"
"Og han synger 'dhoop! dhoop! dhoop!'"
"His articulation is very indistinct"
"Hans artikulation er meget utydelig"
"'Come, stay with your mother,' she says"
"' Kom og bliv hos din mor,' siger hun."
"And he always gives the same answer"
"Og han giver altid det samme svar"
"'No, I won't remain,' he says unintelligibly"
"'Nej, jeg bliver ikke,' siger han uforståeligt"
"You should hear him when he wants to say yes"
"Du burde høre ham, når han vil sige ja"
"To answer in the affirmative he says 'hoom'"
"For at svare bekræftende siger han 'hoom'"
A flood of light entered the prince's friend.
En strøm af lys strømmede ind i prinsens ven.
He now saw very well how matters stood.
Nu så han tydeligt, hvordan tingene stod til.
The princess must have taken the snake-jewel.
Prinsessen må have taget slangejuvelen.
And she must have left the palace alone.
Og hun må have forladt paladset alene.
And she was captured without the king's son.
Og hun blev taget til fange uden kongens søn.
Phakir's mother must have the snake-jewel.
Phakirs mor må have slangejuvelen.
His friend was still below the water.
Hans ven var stadig under vandet.
The prince had no means of escape.
Prinsen havde ingen mulighed for at flygte.

He could imagine his friends desolate state.
Han kunne forestille sig sine venners fortvivlede tilstand.
And he could imagine how hopeless he must be.
Og han kunne forestille sig, hvor håbløs han måtte være.
The prince's friend was filled with grief.
Prinsens ven var fyldt med sorg.
But that was not cause to give up hope.
Men det var ikke grund til at opgive håbet.
Perhaps he could rescue his friend.
Måske kunne han redde sin ven.
"I must get the jewel from the old woman"
"Jeg må få juvelen fra den gamle kvinde"
"Can I not do it by personating Phakir-Chand?"
"Kan jeg ikke gøre det ved at personificere Phakir-Chand?"
"His mother is expecting him soon"
"Hans mor venter ham snart"
"Maybe I can rescue the princess the same way"
"Måske kan jeg redde prinsessen på samme måde"

He resolved to act the role of Phakir-Chand.
Han besluttede sig for at spille rollen som Phakir-Chand.
In the morning he left the Brahman's house.
Om morgenen forlod han brahminens hus.
And he went to the outskirts of the city.
Og han gik til udkanten af byen.
He divested himself of his usual clothing.
Han afførte sig sit sædvanlige tøj.
Around his waist he put a narrow piece of cloth.
Om livet lagde han et smalt stykke stof.
The cloth scarcely reached his knees.
Stoffet nåede knap nok hans knæ.
And he rubbed his body well with ashes.
Og han gned sin krop grundigt med aske.
And finally he broke some twigs off a tree.
Og til sidst brækkede han nogle kviste af et træ.
And thus he was ready to play his role.
Og dermed var han klar til at spille sin rolle.

He went to the door of the hut of Phakir's mother.
Han gik hen til døren til Phakirs mors hytte.
And he commenced the operation by dancing.
Og han indledte operationen med at danse.
He danced in a most violent manner.
Han dansede på en yderst voldsom måde.
And he sung to the tune of"dhoop! dhoop! dhoop!"
Og han sang til tonerne af "dhoop! dhoop! dhoop!"
The dancing attracted the notice of the old woman.
Dansen tiltrak den gamle kvindes opmærksomhed.
The critical moment had come.
Det kritiske øjeblik var kommet.
The old woman looked to her door.
Den gamle kvinde kiggede hen til sin dør.
"Phakir-Chand, my son, have you come?"
"Phakir-Chand, min søn, er du kommet?"
"my darling; the gods have become propitious to us"
"Min kære; guderne er blevet os nådige"
Her supposed son uttered the monosyllable, "hoom"
Hendes formodede søn udtalte enstavelsesformen "hoom"
And he danced more violent than before.
Og han dansede mere voldsomt end før.
And he waved the twig in his hand.
Og han viftede med kvisten i hånden.
"this time you must not go away"
"Denne gang må du ikke gå væk"
"you must remain with me"
"Du skal blive hos mig"
"no, I won't remain," said the prince's friend.
"Nej, jeg bliver ikke," sagde prinsens ven.
"remain with me," the mother tried again.
"Bliv hos mig," prøvede moderen igen.
"i'll get you married to the rajah's daughter"
"Jeg skal nok få dig gift med Rajahs datter"
"will you marry, Phakir-Chand?"
"Vil du gifte dig, Phakir-Chand?"
The minister's son replied—"hoom, hoom"

Præstens søn svarede: "Hoom, hoom!"

And he danced even more like a madman.

Og han dansede endnu mere som en galning.

"will you come with me to the rajah's house?"

"Vil du komme med mig til Rajahs hus?"

"I'll show you a princess of uncommon beauty"

"Jeg skal vise dig en prinsesse af usædvanlig skønhed"

"She rose from the waters"

"Hun steg op af vandet"

"hoom, hoom," was the answer from his lips.

"Hoom, hoom," lød svaret fra hans læber.

And his feet stomped violently to "dhoop! dhoop!"

Og hans fødder stampede voldsomt til "dhoop! dhoop!"

"Do you wish to see a jewel, Phakir?"

"Ønsker du at se en juvel, Phakir?"

"The crest jewel of the serpent"

"Slangens våbenskjold"

"The treasure of seven kings"

"Syv kongers skat"

"hoom, hoom," was the reply.

"Hum, huum," lød svaret.

The old woman went back into the hut.

Den gamle kvinde gik tilbage ind i hytten.

And she brought out the snake-jewel.

Og hun bragte slangejuvelen frem.

She put the jewel into the hand of her supposed son.

Hun lagde juvelen i hånden på sin formodede søn.

The minister's son took the snake-jewel.

Præstens søn tog slangejuvelen.

He wrapped the jewel up in the piece of cloth.

Han svøbte juvelen ind i stoffet.

And he wrapped the cloth around his waist.

Og han svøbte klædet om sin talje.

Phakir's mother was delighted beyond measure.

Phakirs mor var ubeskriveligt henrykt.

Her son had come at just the right time.

Hendes søn var kommet på det helt rigtige tidspunkt.

She went to the rajah's house.
Hun gik til rajaens hus.
She announced the news of Phakir's appearance.
Hun annoncerede nyheden om Phakirs optræden.
And also in order to show Phakir the princess.
Og også for at vise Phakir prinsessen.
They were given access to the rajah's palace.
De fik adgang til rajaens palads.
And all parts of the palace were open to them.
Og alle dele af paladset var åbne for dem.
The old woman had saved the rajah's son.
Den gamle kvinde havde reddet rajaens søn.
So she was the most important person in the kingdom.
Så hun var den vigtigste person i kongeriget.
She took her supposed son around the palace.
Hun tog sin formodede søn med rundt i paladset.
And she took him to the princess' room.
Og hun tog ham med til prinsessens værelse.
Phakir's mother introduced her son to the princess.
Phakirs mor introducerede sin søn for prinsessen.
You can imagine the princess was not best impressed.
Du kan forestille dig, at prinsessen ikke var særlig imponeret.
She did not appreciate the company of a madman.
Hun satte ikke pris på selskabet af en galning.
A madman, half naked, and covered in ash.
En galning, halvnøgen og dækket af aske.
And he kept dancing in a wild manner.
Og han blev ved med at danse på en vild måde.

The three had spent the day together.
De tre havde tilbragt dagen sammen.
It was soon going to be sunset.
Det var snart solnedgang.
The woman asked her son to come with her.
Kvinden bad sin søn om at komme med hende.
But the supposed Phakir-Chand refused to comply.
Men den formodede Phakir-Chand nægtede at efterkomme.

He said he would stay there that night.

Han sagde, at han ville blive der den nat.

His mother tried to persuade him to come with her.

Hans mor prøvede at overtale ham til at komme med hende.

But he persisted in his determination.

Men han fastholdt sin beslutsomhed.

He said he would remain with the princess.

Han sagde, at han ville blive hos prinsessen.

Phakir's mother went home without him.

Phakirs mor tog hjem uden ham.

And she told the guards to look after her son.

Og hun bad vagterne om at passe på hendes søn.

Eventually all the palace retired to rest.

Til sidst trak hele paladset sig tilbage for at hvile.

The supposed Phakir spoke to the princess again.

Den formodede Phakir talte igen til prinsessen.

But this time he spoke in his own voice.

Men denne gang talte han med sin egen stemme.

"Princess! do you not recognize me?"

"Prinsesse! genkender du mig ikke?"

"I am the prince's friend"

"Jeg er prinsens ven"

"I am the friend of your princely husband"

"Jeg er din fyrstelige ægtemands ven"

The princess was astonished for a moment.

Prinsessen var forbløffet et øjeblik.

"Who? the prince's friend?"

"Hvem? Prinsens ven?"

"Oh, my husband's best friend"

" Åh, min mands bedste ven"

"Please rescue me from this terrible captivity"

"Redd mig venligst fra dette forfærdelige fangenskab"

"This is worse than death"

"Dette er værre end døden"

"All of this is my own fault"

"Alt dette er min egen skyld"

"Rescue me, oh please, thou best of friends!"

"Redd mig, åh, tak, du bedste ven!"
She then burst into tears.
Så brast hun i gråd.
The prince's friend spoke again.
Prinsens ven talte igen.
"Do not be disconsolate"
"Vær ikke fortvivlet"
"I will try my best to rescue you"
"Jeg vil gøre mit bedste for at redde dig"
"I will try to have you out of here tonight"
"Jeg skal prøve at få dig ud herfra i aften"
"But you must do whatever I tell you"
"Men du skal gøre, hvad jeg siger til dig"
The princess trusted the prince's friend.
Prinsessen stolede på prinsens ven.
"I will do anything you tell me"
"Jeg vil gøre alt, hvad du siger til mig"
After this the supposed Phakir left the room.
Efter dette forlod den formodede Phakir rummet.
He passed through the courtyard of the palace.
Han gik gennem paladsets gårdsplads.
Some of the guards challenged him.
Nogle af vagterne udfordrede ham.
"hoom hoom!" he replied.
"Hum hum!" svarede han.
"I'm just going out for a minute"
"Jeg går lige ud et øjeblik"
"And then I will come back again"
"Og så kommer jeg tilbage igen"
They understood that it was the madcap Phakir.
De forstod, at det var den gale Phakir.
True to his word he did come back shortly.
Tro mod sit ord kom han hurtigt tilbage.
And again he went to the princess.
Og igen gik han hen til prinsessen.
An hour afterwards he again went out.
En time senere gik han ud igen.

And again he was challenged by the guards.
Og igen blev han udfordret af vagterne.
He made the same reply as at the first time.
Han svarede det samme som første gang.
The guards began to talk among themselves.
Vagterne begyndte at snakke indbyrdes.
"This Phakir surely has no sense"
"Denne Phakir har helt sikkert ingen fornuft"
"He will go out and come in all night"
"Han går ud og kommer ind hele natten"
"Let us leave him to do what he likes"
"Lad os lade ham gøre, hvad han vil"
"There's no use guarding him all night"
"Det nytter ikke at bevogte ham hele natten"
The minister's son had worn down the guards.
Præstens søn havde slidt vagterne ned.
And he was looking for a way to escape.
Og han ledte efter en måde at flygte på.
He kept going in and out until three at night.
Han blev ved med at gå ind og ud indtil klokken tre om
natten.
This time there were no guards there.
Denne gang var der ingen vagter der.
Because all the guards had fallen asleep.
Fordi alle vagterne var faldet i søvn.
He was overjoyed at the auspicious circumstance.
Han var overlykkelig over den gunstige omstændighed.
Then he went back to the princess.
Så gik han tilbage til prinsessen.
"Now, princess, is the time for escape"
"Nu, prinsesse, er det tid til at flygte"
"The guards are all asleep"
"Vagterne sover alle sammen"
"You must mount on my back"
"Du skal sætte dig på min ryg"
"Tie the locks of your hair round my neck"
"Bind dine hårlokker om min hals"

"And keep tight hold of me"
"Og hold godt fast i mig"
The princess did what she was asked of.
Prinsessen gjorde, hvad hun blev bedt om.
He passed unchallenged through the courtyard.
Han gik uforstyrret gennem gårdspladsen.
And he had a lovely burden on his back.
Og han havde en dejlig byrde på ryggen.
Eventually he got to the gate of the palace.
Til sidst nåede han frem til paladsets port.
And he went through without being challenged.
Og han gik igennem uden at blive udfordret.
Then they went to the outskirts of the city.
Så gik de til udkanten af byen.
Eventually he reached the outer suburbs.
Til sidst nåede han de ydre forstæder.
They reached the water from which the princess had risen.
De nåede vandet, hvorfra prinsessen var steget.
The princess rejoiced at her escape.
Prinsessen glædede sig over sin flugt.
But she was still trembling with fear.
Men hun rystede stadig af frygt.
The prince's friend untied the snake-jewel.
Prinsens ven løsnede slangejuvelen.
And together they ascended into the water.
Og sammen steg de op i vandet.
And soon they found back to the subterranean palace.
Og snart fandt de tilbage til det underjordiske palads.
You can imagine how happy the prince was.
Du kan forestille dig, hvor glad prinsen var.
He had nearly died of grief.
Han var næsten død af sorg.
And you can imagine the princess' happiness too.
Og du kan også forestille dig prinsessens lykke.
All the three of them were mad with joy.
Alle tre var vanvittige af glæde.
For three days they remained in the palace.

I tre dage forblev de i paladset.
And they retold the prince the whole story.
Og de genfortalte hele historien til prinsen.
They told of how the princess was seized.
De fortalte om, hvordan prinsessen blev taget til fange.
They told him of her captivity in the palace.
De fortalte ham om hendes fangenskab i paladset.
They described the marriage that was planned.
De beskrev det planlagte ægteskab.
They told him of the old woman.
De fortalte ham om den gamle kvinde.
And they told him all about her Phakir-Chand.
Og de fortalte ham alt om hendes Phakir-Chand.
They told him how he had impersonated him.
De fortalte ham, hvordan han havde udgivet sig for at være ham.
And they told him how he freed the princess.
Og de fortalte ham, hvordan han befriede prinsessen.
I don't need to tell you how grateful they were.
Jeg behøver ikke at fortælle dig, hvor taknemmelige de var.
The prince's friend truly was a good friend.
Prinsens ven var virkelig en god ven.
They thanked him in the warmest terms.
De takkede ham på det varmeste.
And they vowed to always follow his counsel.
Og de svor altid at følge hans råd.

They were all resolved to return home.
De var alle besluttede på at vende hjem.
They wanted to return to their native country.
De ønskede at vende tilbage til deres hjemland.
The king's son, the minister's son, and the princess.
Kongens søn, ministerens søn og prinsessen.
They left the subterranean palace together.
De forlod det underjordiske palads sammen.
They lighted the passage with the snake-jewel.
De oplyste gangen med slangejuvelen.

And they made their way to the upper world.

Og de begav sig vej til den øvre verden.

They had neither elephants nor horses waiting for them.

De havde hverken elefanter eller heste, der ventede på dem.

So they had no choice but to travel on foot.

Så havde de intet andet valg end at rejse til fods.

The two friends had been bred in the lap of luxury.

De to venner var blevet opfostret i luksusens skød.

Both of them found walking troublesome.

Begge fandt det besværligt at gå.

But the princess found it infinitely more troublesome.

Men prinsessen fandt det uendeligt mere besværligt.

She was used to even finer treatment.

Hun var vant til endnu finere behandling.

The stones of the road were too rough for her.

Stenene på vejen var for ujævne for hende.

And the rough stones wounded her tender feet.

Og de ru sten sårede hendes sarte fødder.

Eventually her feet became very sore.

Til sidst blev hendes fødder meget ømme.

At times the king's son carried her on his shoulders.

Til tider bar kongens søn hende på sine skuldre.

The load he was carrying was of course lovely.

Den byrde, han bar, var selvfølgelig dejlig.

But although lovely, she was heavy to carry.

Men selvom hun var dejlig, var hun tung at bære.

And she could not be carried a great distance.

Og hun kunne ikke bæres over lange afstande.

And therefore she too had to walk often.

Og derfor måtte hun også ofte gå.

One evening they arrived beneath a tree.

En aften ankom de under et træ.

There were no visible signs of human habitations.

Der var ingen synlige tegn på menneskelig beboelse.

So they decided to make the tree their sleeping place.

Så besluttede de at gøre træet til deres sovested.

The prince's friend offered to keep guard.

Prinsens ven tilbød at holde vagt.
"Both of you can go to sleep"
"I kan begge sove"
"I will keep watch over you both tonight"
"Jeg vil holde øje med jer begge i nat"
"In order to prevent any danger"
"For at forhindre enhver fare"
The royal couple soon dozed off.
Kongeparret faldt snart i søvn.
And they were locked in the arms of sleep.
Og de var låst fast i søvnens arme.
The faithful friend of the prince did not sleep.
Prinsens trofaste ven sov ikke.
He stayed awake and watched for danger.
Han holdt sig vågen og holdt øje med faren.
It so happened they camped under a special tree.
Det skete så, at de slog lejr under et særligt træ.
In the tree swung the nest of two birds.
I træet svingede reden af to fugle.
The immortal birds Bihangama and Bihangami.
De udødelige fugle Bihangama og Bihangami.
These birds were endowed with human speech.
Disse fugle var udstyret med menneskelig tale.
And they could also see into the future.
Og de kunne også se ind i fremtiden.
The minister's son listened the bird's conversation.
Præstens søn lyttede til fuglens samtale.
He was more than a little astonished at what he heard!
Han var mere end bare lidt forbløffet over, hvad han hørte!
Bihangama: "The prince's friend risked his own life"
Bihangama: "Prinsens ven risikerede sit eget liv"
"He did everything for the safety of his friend"
"Han gjorde alt for sin vens sikkerhed"
"But more dangers will befall the king's son"
"Men flere farer vil ramme kongens søn"
"And he will find it difficult to save the prince"
"Og han vil have svært ved at redde prinsen"

Bihangami: "Why is that?"
Bihangami: "Hvorfor det?"
Bihangama: "Many dangers await the king's son"
Bihangama: "Mange farer venter kongens søn"
"The prince's father will hear of his son's approach"
"Prinsens far vil høre om sin søns tilnærmelse"
"He will send for him an elephant and some horses"
"Han vil sende en elefant og nogle heste efter ham"
"And he will arrange attendants to meet him"
"Og han vil sørge for, at der er tjenere, der kan møde ham"
"The king's son will ride the elephant"
"Kongens søn vil ride på elefanten"
"But he will fall from the back of the elephant"
"Men han vil falde ned fra elefantens ryg"
"And he will die from his fall from the elephant"
"Og han vil dø af sit fald fra elefanten"
Bihangami: "But suppose someone prevented this?"
Bihangami: "Men hvad nu hvis nogen forhindrede dette?"
"Suppose the king's son is not going to ride on the
elephant"
"Hvad nu kongens søn ikke vil ride på elefanten"
"What might happen if he rides on a horse instead?"
"Hvad kunne der ske, hvis han i stedet rider på en hest?"
"Will he not in that case be saved?"
"Vil han ikke i så fald blive frelst?"
Bihangama: "Yes, in that case he would escape that fate"
Bihangama: "Ja, i så fald ville han undgå den skæbne"
"But then a fresh danger would await him"
"Men så ville en ny fare vente ham"
"When the king's son is in sight of his father's palace"
"Når kongens søn har sin fars palads i syne"
"When he is in the act of passing through the lion-gate"
"Når han er i færd med at gå gennem Løveporten"
"In that moment the lion-gate will fall upon him"
"I det øjeblik vil løveporten falde over ham"
"And the stones will crush him to death"
"Og stenene vil knuse ham ihjel"

Bihangami: "But suppose someone gets there first"
Bihangami: "Men lad os antage, at nogen kommer derhen først"
"Suppose someone destroys the lion-gate"
"Forestil dig, at nogen ødelægger Løveporten"
"If that happens the king's son couldn't go through the lion-gate"
"Hvis det sker, kan kongens søn ikke gå gennem Løveporten"
"Will not the king's son in that case be saved?"
"Vil kongens søn ikke blive reddet i så fald?"
Bihangama: "Yes, in that case he would escape his fate"
Bihangama: "Ja, i så fald ville han undslippe sin skæbne"
"But then a fresh danger would await him"
"Men så ville en ny fare vente ham"
"When the king's son reaches the palace"
"Da kongens søn når paladset"
"When he sits at a feast prepared for him"
"Når han sidder ved en fest, der er beredt for ham"
"The head of a fish will be cooked for him"
"Der skal steges et fiskehoved til ham"
"He will put into his mouth the head of the fish"
"Han vil lægge fiskens hoved i munden"
"But the head of the fish will stick in his throat"
"Men fiskens hoved vil sætte sig fast i halsen på ham"
"And he will choke to death on the head of the fish"
"Og han vil kvæles ihjel i fiskens hoved"
Bihangami: "But suppose someone snatches the fish"
Bihangami: "Men lad os sige, at nogen snupper fisken"
"Suppose someone takes the head of the fish from his plate"
"Forestil dig, at nogen tager fiskens hoved fra sin tallerken"
"Suppose he can't put the fish's head in his mouth"
"Hvad nu han ikke kan putte fiskens hoved i munden"
"Will not the king's son in that case be saved?"
"Vil kongens søn ikke blive reddet i så fald?"
Bihangama: "Yes, in that case he will escape his fate"
Bihangama: "Ja, i så fald vil han undslippe sin skæbne"
"But a fresh danger would await him"

"Men en ny fare ville vente ham"
"When the prince and princess retire after dinner"
"Når prinsen og prinsessen går til rette efter middagen"
"When they go into their sleeping apartment"
"Når de går ind i deres sovelejlighed"
"They will lie together in bed"
"De vil ligge sammen i sengen "
"A terrible cobra will come into the room"
"En frygtelig kobra vil komme ind i rummet"
"And the cobra will bite the king's son to death"
"Og kobraen vil bide kongens søn ihjel"
Bihangami: "But suppose someone was in the room"
Bihangami: "Men lad os sige, at der var nogen i rummet"
"Suppose this person was waiting for the snake"
"Antag at denne person ventede på slangen"
"And suppose that this person cuts the snake into pieces"
"Og lad os antage, at denne person skærer slangen i stykker"
"Will not the king's son in that case be saved?"
"Vil kongens søn ikke blive reddet i så fald?"
Bihangama: "Yes, in that case he will escape his fate"
Bihangama: "Ja, i så fald vil han undslippe sin skæbne"
"In that case the life of the king's son will be saved"
"I så fald vil kongens søns liv blive reddet"
"But he who saves him can't repeat these words"
"Men den, der frelser ham, kan ikke gentage disse ord"
"If he tells his secret he will be turned into marble"
"Hvis han fortæller sin hemmelighed, bliver han forvandlet til marmor"
Bihangami: "Can the statue be returned to life?"
Bihangami: "Kan statuen bringes tilbage til livet?"
Bihangama: "Yes, the marble statue can be restored to life"
Bihangama: "Ja, marmorstatuen kan bringes tilbage til livet"
"The princess will give birth to a child"
"Prinsessen vil føde et barn"
"They must wash the statue with the blood of the infant"
"De skal vaske statuen med spædbarnets blod"
The prophetical birds had spoken until that point.

De profetiske fugle havde talt indtil da.
But then they were interrupted by the craw of crows.
Men så blev de afbrudt af kragernes skældud.
The eastern sky tinted in a reddish hue.
Den østlige himmel farvedes i en rødlig nuance.
And the travelers beneath the tree bestirred themselves.
Og de rejsende under træet gjorde sig i bevægelse.
The prophetic conversation came to an end.
Den profetiske samtale sluttede.
But the prince's friend had heard everything.
Men prinsens ven havde hørt alt.

The next morning they continued their journey.
Næste morgen fortsatte de deres rejse.
The prince, the princess, and the prince's friend.
Prinsen, prinsessen og prinsens ven.
Soon they met the king's procession.
Snart mødte de kongens procession.
There was an elephant, a horse, and a palki.
Der var en elefant, en hest og en palki.
And there was a large number of attendants.
Og der var et stort antal tjenere.
These animals and men had been sent by the king.
Disse dyr og mennesker var blevet sendt af kongen.
The king heard his son was with his friend.
Kongen hørte, at hans søn var sammen med sin ven.
And he had heard that his son had married.
Og han havde hørt, at hans søn var blevet gift.
And he heard they were not far from the capital.
Og han hørte, at de ikke var langt fra hovedstaden.
The elephant had been richly caparisoned.
Elefanten var blevet rigt udrustet.
The elephant was intended for the prince.
Elefanten var tiltænkt prinsen.
The framework of the palki was of silver.
Palkiens rammeværk var af sølv.
The palki was meant for the princess.

Palkien var beregnet til prinsessen.
And the horse was for the prince's friend.
Og hesten var til prinsens ven .
The prince was about to mount on the elephant.
Prinsen var lige ved at stige op på elefanten.
But then his friend spoke to him.
Men så talte hans ven til ham.
"Allow me to ride on the elephant, please"
"Lad mig lige ride på elefanten, tak."
"And you can ride back on horseback"
"Og du kan ride tilbage på hesteryg"
The prince was not a little surprised.
Prinsen var ikke så lidt overrasket.
The proposal had been made in a very cold manner.
Forslaget var blevet fremsat på en meget kold måde.
Maybe his friend felt a little too entitled.
Måske følte hans ven sig lidt for berettiget.
And the king's son was slightly annoyed.
Og kongens søn var en smule irriteret.
But he remembered what his friend had done for him.
Men han huskede, hvad hans ven havde gjort for ham.
And he remembered how he saved the princess.
Og han huskede, hvordan han havde reddet prinsessen.
So he mounted the horse without objecting.
Så steg han op på hesten uden at protestere.
But his mind became somewhat alienated from him.
Men hans sind blev noget fremmedgjort fra ham.
The procession towards the capital started again.
Processionen mod hovedstaden begyndte igen.
After some time they came in sight of the palace.
Efter et stykke tid kom de i syne for paladset.
The lion-gate had been gaily adorned.
Løveporten var munter udsmykket.
There was a grand reception for the prince.
Der var en stor reception for prinsen.
And the princess was equally anticipated.
Og prinsessen var lige så ventet.

But the prince's friend seemed to have an objection.
Men prinsens ven syntes at have en indvending.
"I want the lion-gate to be broken down"
"Jeg vil have Løveporten nedbrudt"
The prince was astounded at the proposal.
Prinsen var forbløffet over forslaget.
The request was very out of the ordinary.
Anmodningen var meget usædvanlig.
And he had given no reason for his demand.
Og han havde ikke givet nogen begrundelse for sit krav.
But he remembered all his friend had done for him.
Men han huskede alt, hvad hans ven havde gjort for ham.
And he remembered how he saved the princess.
Og han huskede, hvordan han havde reddet prinsessen.
So he complied with the wish of his friend.
Så efterkom han sin vens ønske.
And the beautiful lion-gate was torn down.
Og den smukke Løveport blev revet ned.
But his mind became even more estranged from him.
Men hans sind blev endnu mere fremmedgjort fra ham.
The procession now went into the palace.
Processionen gik nu ind i paladset.
The king gave a warm reception to his son.
Kongen gav sin søn en varm modtagelse.
He welcomed his daughter-in-law equally warmly.
Han bød sin svigerdatter lige så varmt velkommen.
And he was very pleased to see the prince's friend.
Og han var meget glad for at se prinsens ven.
The story of their adventures was related.
Historien om deres eventyr blev fortalt.
The king expressed great astonishment at the tale.
Kongen udtrykte stor forbløffelse over historien.
And his courtiers were equally impressed.
Og hans hoffolk var lige så imponerede.
All praised the minister's son's devotion.
Alle roste præstens søns hengivenhed.
And the ladies of the palace praised the princess.

Og paladsets damer roste prinsessen.
The connoisseurs of beauty praised the princess.
Skønhedskendere roste prinsessen.
Her complexion was a mixture of milk and vermilion.
Hendes teint var en blanding af mælk og vermilion.
Her neck was like that of a swan.
Hendes hals var som en svanes.
Her eyes were like those of a gazelle.
Hendes øjne var som en gazelles.
Her lips were as red as the berry bimba.
Hendes læber var lige så røde som bærbimbaen.
Her cheeks were as lovely as they could be.
Hendes kinder var så smukke, som de kunne være.
And her nose was straight and high.
Og hendes næse var lige og høj.
Her hair reached down to her ankles.
Hendes hår nåede ned til anklerne.
Her walk was as graceful as that of a young elephant.
Hendes gang var lige så yndefuld som en ung elefants.
The princess whom destiny had brought to them.
Prinsessen, som skæbnen havde bragt til dem.
They sat around her wanting to know everything.
De sad omkring hende og ville vide alt.
And they put to her a thousand questions.
Og de stillede hende tusind spørgsmål.
They asked her about her parents.
De spurgte hende om hendes forældre.
They asked her about the subterranean palace.
De spurgte hende om det underjordiske palads.
And they asked her all about the serpent.
Og de spurgte hende alt om slangen.
The serpent which had killed all her relatives.
Slangen, som havde dræbt alle hendes slægtninge.
Soon it was time for the new arrivals to dine.
Snart var det tid for de nyankomne at spise.
The dinner was served up in dishes of gold.
Middagen blev serveret i fade af guld.

All sorts of delicacies were on the table.
Der var alle mulige lækkerier på bordet.
The most conspicuous dish was the head of a rohita fish.
Den mest iøjnefaldende ret var hovedet af en rohita-fisk.
The large fish's head was placed in a golden cup.
Den store fiskes hoved blev placeret i en gylden bæger.
And the cup was placed near the prince's plate.
Og koppen blev placeret nær prinsens tallerken.
All were eating and retelling the adventure.
Alle spiste og genfortalte eventyret.
And suddenly the prince's friend snatched the head.
Og pludselig snuppede prinsens ven hovedet.
He took the fish's head from the prince's plate.
Han tog fiskehovedet fra prinsens tallerken.
"Let me, prince, eat this rohita's head"
"Lad mig, prins, spise denne rohitas hoved"
The king's son was quite indignant.
Kongens søn var ret indigneret.
But he remembered all his friend had done for him.
Men han huskede alt, hvad hans ven havde gjort for ham.
And he remembered how he saved the princess.
Og han huskede, hvordan han havde reddet prinsessen.
And so he made no objection to the request.
Og derfor gjorde han ingen indsigelser mod anmodningen.
But he could not hide his terrible rage.
Men han kunne ikke skjule sin frygtelige vrede.
Of course the prince's friend noticed this.
Selvfølgelig bemærkede prinsens ven dette.
But there was nothing else he could have done.
Men der var ikke andet, han kunne have gjort.
His conduct, however strange, was necessary.
Hans opførsel, uanset hvor mærkelig den var, var nødvendig.
It was for the safety of his friend's life.
Det var for hans vens livs sikkerhed.
Nor could he tell his friend the reason.
Han kunne heller ikke fortælle sin ven årsagen.
Else he would be transformed into a marble statue.

Ellers ville han blive forvandlet til en marmorstatue.

Soon the dinner was going to be over.

Snart var middagen slut.

The prince's friend had one more request.

Prinsens ven havde endnu en anmodning.

The two friends had spent every night together.

De to venner havde tilbragt hver nat sammen.

But tonight he wanted to go to his own house.

Men i aften ville han hjem til sig selv.

The prince was also shocked at his strange conduct.

Prinsen var også chokeret over hans mærkelige opførsel.

But he remembered all his friend had done for him.

Men han huskede alt, hvad hans ven havde gjort for ham.

And he remembered how he saved the princess.

Og han huskede, hvordan han havde reddet prinsessen.

And he also agreed to this request of his friend.

Og han indvilligede også i denne vens anmodning.

The prince's friend, however, had other plans.

Prinsens ven havde imidlertid andre planer.

He had no intentions of going to his own house.

Han havde ingen intentioner om at gå hjem til sig selv.

He was resolved to avert the last peril.

Han var fast besluttet på at afværge den sidste fare.

The last thing to threaten the life of his friend.

Det sidste, der truede hans vens liv.

Accordingly, he took a sword into his hand.

Derfor tog han et sværd i hånden.

And he stealthily entered the royal room.

Og han gik stille ind i det kongelige rum.

The room of the prince and the princess.

Prinsens og prinsessens værelse.

He ensconced himself under the bedstead.

Han forskankede sig under sengen.

The bed was furnished with mattresses of down.

Sengen var møbleret med dunmadrasser.

The mosquito curtains were of the richest silk.

Myggegardinerne var af den rigeste silke.

And all the bedding was laced with gold.
Og alt sengetøjet var besat med guld.
Soon the prince and princess came into the bedroom.
Snart kom prinsen og prinsessen ind i soveværelset.
They undressed themselves and went to bed.
De klædte sig af og gik i seng.
And soon the royal couple were asleep.
Og snart sov kongeparret.
At midnight he heard the slithering of a snake.
Ved midnat hørte han en slanges krybende lyd.
The sound was coming from a water passage.
Lyden kom fra en vandpassage.
A snake of gigantic size entered the room.
En gigantisk slange kom ind i rummet.
The serpent climbed up the frame of the bed.
Slangen klatrede op på sengens ramme.
The minister's son rushed out with the sword.
Præstens søn ilede ud med sværdet.
And he killed the serpent with one blow.
Og han dræbte slangen med ét slag.
And then he cut the snake into smaller pieces.
Og så skar han slangen i mindre stykker.
He put the pieces in the dish for holding betel-leaves.
Han lagde stykkerne i en skål til at opbevare betelblade.
But as he did this, he spilled a drop of blood.
Men idet han gjorde dette, spildte han en dråbe blod.
The drop of blood fell on the breast of the princess.
Blodsdråben faldt på prinsessens bryst.
Because the mosquito curtains had not been let down.
Fordi myggegardinerne ikke var blevet trukket ned.
He worried for the health of the princess.
Han var bekymret for prinsessens helbred.
The blood might be of some sort of poison.
Blodet kan være af en eller anden form for gift.
So he resolved to lick up the blood.
Så besluttede han sig for at slikke blodet op.
But he could not look at the naked princess.

Men han kunne ikke se på den nøgne prinsesse.
It would have been a great sin.
Det ville have været en stor synd.
So he blindfolded himself with seven-fold cloth.
Så bandt han et syvfoldigt stykke stof for øjnene.
And he licked off the drop of blood.
Og han slikkede bloddråben af.
But just at this time the princess awoke.
Men lige i dette øjeblik vågnede prinsessen.
Her scream roused her husband from his sleep.
Hendes skrig vækkede hendes mand fra hans søvn.
And he could not believe what he was seeing.
Og han kunne ikke tro, hvad han så.
The prince fell into a great rage.
Prinsen faldt i et stort raseri.
And he was prepared to kill his friend.
Og han var parat til at dræbe sin ven.
But he gave his friend a chance to speak.
Men han gav sin ven en chance for at tale.
"Please, my friend, restrain your anger"
"Min ven, vær sød at holde din vrede tilbage"
"I have done this only to save your life"
"Jeg har kun gjort dette for at redde dit liv"
The prince was more confused than before.
Prinsen var mere forvirret end før.
"I do not understand what you mean"
"Jeg forstår ikke, hvad du mener"
"From the time we came out of the subterranean palace"
"Fra det øjeblik vi kom ud af det underjordiske palads"
"You have been behaving in a most extraordinary way"
"Du har opført dig på en yderst usædvanlig måde"
"First, you insisted on riding my elephant"
"Først insisterede du på at ride på min elefant"
"The elephant my father had sent for me"
"Elefanten min far havde sendt efter mig"
"I thought it was vain of you to ask"
"Jeg syntes, det var forfængeligt af dig at spørge"

"But I remembered what you had done for me"
"Men jeg huskede, hvad du havde gjort for mig"
"And I decided to let the matter pass"
"Og jeg besluttede at lade sagen passere"
"And instead I rode back on horseback"
"Og i stedet red jeg tilbage på hesteryg"
"Secondly, you insisted on destroying the lion-gate"
"For det andet insisterede du på at ødelægge Løveporten"
"The lion-gate my father had adorned for me"
"Løveporten, som min far havde smykket til mig"
"I thought it was strange of you to ask"
"Jeg syntes, det var mærkeligt af dig at spørge"
"But I remembered what you had done for me"
"Men jeg huskede, hvad du havde gjort for mig"
"And I decided to let the matter pass"
"Og jeg besluttede at lade sagen passere"
"And I had the lion-gate destroyed"
"Og jeg lod Løveporten ødelægge"
"Thirdly, at dinner you behaved most shamefully"
"For det tredje opførte du dig yderst skammeligt ved middagen"
"You snatched the rohita's head from my plate"
"Du rev rohitas hoved fra min tallerken"
"And you insisted on eating the fish head"
"Og du insisterede på at spise fiskehovedet"
"I thought you felt too entitled"
"Jeg syntes, du følte dig for berettiget"
"But I remembered what you had done for me"
"Men jeg huskede, hvad du havde gjort for mig"
"So I decided to let the matter pass"
"Så jeg besluttede at lade sagen passere"
"You then pretended that you were going home"
"Så lod du som om, du skulle hjem"
"And I was very glad you were going home"
"Og jeg var meget glad for, at du skulle hjem"
"Because you had made yourself very disagreeable"
"Fordi du havde gjort dig selv meget ubehagelig"

"And now you are actually in my bedroom"
"Og nu er du faktisk på mit soveværelse"
"You are bending over the naked bosom of my wife"
"Du bøjer dig over min kones nøgne barm"
"You must have had some evil plan"
"Du må have haft en eller anden ond plan"
"And now you pretend you are saving my life"
"Og nu lader du som om, du redder mit liv"
"But I don't believe you want to save my life"
"Men jeg tror ikke, du vil redde mit liv"
"I believe you want to destroy my wife's chastity"
"Jeg tror, du vil ødelægge min kones kyskhed"
The prince's friend knew how things looked.
Prinsens ven vidste, hvordan tingene så ud.
"Oh, do not harbor such thoughts in your mind"
"Åh, hav ikke sådanne tanker i dit sind"
"Please do not think badly against me"
"Tænk ikke dårligt om mig"
"The gods know what I have done"
"Guderne ved, hvad jeg har gjort"
"They know I did it to save your life"
"De ved, at jeg gjorde det for at redde dit liv"
"You would see the reasonableness of my conduct"
"Du ville se rimeligheden i min opførsel"
"But I don't have liberty to state my reasons"
"Men jeg har ikke frihed til at fremføre mine begrundelser"
The prince asked him to explain himself.
Prinsen bad ham om at forklare sig.
"And why are you not at liberty?"
"Og hvorfor er du ikke på fri fod?"
"Who has put a seal upon your mouth?"
"Hvem har sat et segl på din mund?"
And the prince's friend answered.
Og prinsens ven svarede.
"Destiny has put a seal upon my mouth"
"Skæbnen har sat et segl på min mund"
"If I told you, I would be transformed into marble"

"Hvis jeg fortalte dig det, ville jeg blive forvandlet til marmor"
The prince grew angrier with his friend.
Prinsen blev mere og mere vred på sin ven.
"You should be transformed into a marble statue!"
"Du burde forvandles til en marmorstatue!"
"You must take me to be a simpleton"
"Du må tro, jeg er en tosse"
"You can't expect me to believe this nonsense"
"Du kan ikke forvente, at jeg skal tro på det her vrøvl "
The minister's son made one last request.
Præstens søn fremsatte en sidste anmodning.
"Do you wish me then, friend, for me to tell you?
"Ønsker du så, ven, at jeg skal fortælle dig det?"
"You would make your friend turn into stone?"
"Ville du få din ven til at blive til sten?"
The prince wanted to hear the reason.
Prinsen ville høre årsagen.
He did not care about the consequences.
Han var ligeglad med konsekvenserne.
"Tell me, or else you are a dead man"
"Sig mig det, ellers er du en død mand"
The prince's friend wanted to clear his name.
Prinsens ven ville rense hans navn.
He wanted no foul accusations brought against him.
Han ønskede ikke, at der skulle rejses ondsindede anklager
mod ham.
And he deemed it his duty to reveal the secret.
Og han anså det for sin pligt at afsløre hemmeligheden.
Even if this would put his life at risk.
Selv hvis det ville bringe hans liv i fare.
He again warned the prince not to ask him.
Han advarede igen prinsen mod at spørge ham.
But the prince remained inexorable.
Men prinsen forblev ubønhørlig.
The prince's friend then told him his secret.
Prinsens ven fortalte ham derefter hans hemmelighed.
"While sleeping under a lofty tree one night"

"Mens jeg sov under et højt træ en nat"
"I overheard a conversation between two birds.
"Jeg overhørte en samtale mellem to fugle."
"The prophesizing birds Bihangama and Bihangami"
"De profeterende fugle Bihangama og Bihangami"
"Bihangama predicted all the dangers in your life"
"Bihangama forudsagde alle farerne i dit liv"
"First the bird predicted your father would send an elephant"
"Først forudsagde fuglen, at din far ville sende en elefant"
"The bird said you would fall from the elephant"
"Fuglen sagde, at du ville falde fra elefanten"
"And the bird said you would die from the fall"
"Og fuglen sagde, at du ville dø af faldet"
At this point the minister's son's legs turned to stone.
På dette tidspunkt forvandledes præstens søns ben til sten.
"See? my legs have already turned to stone"
"Se? Mine ben er allerede blevet til sten."
"Go on with your story," said the prince.
"Fortsæt med din historie," sagde prinsen.
And the prince's friend continued the story.
Og prinsens ven fortsatte historien.
"The bird said the lion-gate would be gaily decorated"
"Fuglen sagde, at løveporten ville blive muntert dekoreret"
"And the bird said the lion-gate would collapse on you"
"Og fuglen sagde, at løveporten ville kollapse over dig"
"If the lion-gate had fallen on you, you would have died"
"Hvis Løveporten var faldet over dig, ville du være død"
At this point the minister's son's torso turned to stone.
På dette tidspunkt forvandledes ministerens søns torso til sten.
But the prince insisted the minister's son continues.
Men prinsen insisterede på, at ministerens søn fortsætter.
"Go on with your story," said the prince.
"Fortsæt med din historie," sagde prinsen.
"The bird said there would be the head of a fish"
"Fuglen sagde, at der ville være et fiskehoved"

"And the bird predicted you would choke on the fish"
"Og fuglen forudsagde, at du ville blive kvalt i fisken"
Now his head was the only thing not of stone.
Nu var hans hoved det eneste, der ikke var af sten.
"See? my whole body has turned to stone"
"Se? Hele min krop er blevet til sten."
"If I continue, I will become a man of stone"
"Hvis jeg fortsætter, bliver jeg en mand af sten"
"Do you wish me to tell the rest"
"Vil du have, at jeg fortæller resten?"
"Go on with your story," said the prince.
"Fortsæt med din historie," sagde prinsen.
"Very well, I will go on to the end"
"Jamen, jeg fortsætter til enden"
"But you may repent after I tell you"
"Men du kan omvende dig, efter jeg har fortalt dig det"
"And you may wish to restore me to life"
"Og du vil måske give mig livet tilbage"
"I will tell you how to reverse the spell"
"Jeg skal fortælle dig, hvordan du omgør besværgelsen"
"In a few months the princess will bear a child"
"Om et par måneder vil prinsessen føde et barn"
"Wait for the birth of the child"
"Vent på barnets fødsel"
"Besmear my statue with the infant's blood"
"Smør min statue med spædbarnets blod"
"Only then will I be restored back to life"
"Først da vil jeg blive genoplivet"
The last word left his lips, and he turned to stone.
Det sidste ord forlod hans læber, og han forvandlede sig til
sten.
The princess jumped out of bed.
Prinsessen sprang ud af sengen.
She opened the vessel for betel-leaves and spices.
Hun åbnede beholderen for betelblade og krydderier.
And she saw the pieces of a serpent.
Og hun så stykkerne af en slange.

The prince and the princess were now convinced.
Prinsen og prinsessen var nu overbeviste.
They saw the good faith of their departed friend.
De så deres afdøde vens gode tro.
They saw the benevolence of his actions.
De så godheden i hans handlinger.
They went to the marble statue.
De gik hen til marmorstatuen.
But the statue of their friend was lifeless.
Men statuen af deres ven var livløs.
They let out a loud cry lamentation.
De udstødte et højt klageskrig.
But their cries were to no purpose.
Men deres råb var forgæves.
Because the statue was not moved by tears.
Fordi statuen ikke blev rørt af tårer.
The prince and princess knew what they had to do.
Prinsen og prinsessen vidste, hvad de skulle gøre.
They concealed the marble figure in a safe place.
De gemte marmorfiguren på et sikkert sted.
And they waited for the birth of their child.
Og de ventede på deres barns fødsel.
In process of time the hour came.
Med tiden kom timen.
The princess's travail had arrived.
Prinsessens fødsel var kommet.
The princess bore a beautiful boy.
Prinsessen fødte en smuk dreng.
The child was the perfect image of his mother.
Barnet var det perfekte billede af sin mor.
The beauty of their child was striking.
Deres barns skønhed var slående.
And they were in awe of him.
Og de var i ærefrygt for ham.
They would have spared his life.
De ville have skånet hans liv.
But they remembered their best friend.

Men de huskede deres bedste ven.

They remembered all he had done for them.

De huskede alt, hvad han havde gjort for dem.

But now he was a lifeless stone.

Men nu var han en livløs sten.

And they remembered the vows they had made.

Og de huskede de løfter, de havde aflagt.

And they cut the child into two.

Og de skar barnet i to.

They besmeared the statue with the child's blood.

De smurte statuen med barnets blod.

And their friend became animated back to life.

Og deres ven blev animeret tilbage til livet.

They were glad to see him alive again.

De var glade for at se ham i live igen.

But the prince's friend was overwhelmed with grief.

Men prinsens ven var overvældet af sorg.

Because he saw the new-born in a pool of blood.

Fordi han så den nyfødte i en blodpøl.

So he picked up the dead infant.

Så samlede han det døde spædbarn op.

He carefully wrapped the child in a towel.

Han svøbte forsigtigt barnet i et håndklæde.

And he resolved to get the child restored to life.

Og han besluttede at give barnet liv igen.

He consulted all the physicians of the country.

Han konsulterede alle landets læger.

They all told him the same thing.

De fortalte ham alle det samme.

A cure can be found for any illness.

Der kan findes en kur mod enhver sygdom.

But life requires the spark of life.

Men livet kræver livsgnist.

When the spark is gone, it is beyond their jurisdiction.

Når gnisten er væk, er det uden for deres jurisdiktion.

And so they had to go on with their lives.

Og derfor måtte de fortsætte med deres liv.

Eventually the prince's friend returned to his wife.
Til sidst vendte prinsens ven tilbage til sin kone.
She was a devoted worshipper of the goddess kali.
Hun var en hengiven tilbeder af gudinden Kali.
She was the only one who could return life.
Hun var den eneste, der kunne give livet tilbage.
His wife was living in a distant town.
Hans kone boede i en fjern by.
So he set out on a journey to the town.
Så begav han sig ud på en rejse til byen.
His wife still lived in her father's house.
Hans kone boede stadig i sin fars hus.
Adjoining the house there was a garden.
Ved siden af huset var der en have.
And in the garden there was a tree.
Og i haven var der et træ.
The child had been stored in that tree.
Barnet var blevet opbevaret i det træ.
His wife was overjoyed to see her husband.
Hans kone var overlykkelig over at se sin mand.
She had not seen him for a long time.
Hun havde ikke set ham i lang tid.
But she was surprised when she saw him.
Men hun blev overrasket, da hun så ham.
Her husband was very melancholy that day.
Hendes mand var meget melankolsk den dag.
He spoke very little to his wife.
Han talte meget lidt med sin kone.
And his wife knew that he was not himself.
Og hans kone vidste, at han ikke var sig selv.
He was brooding over something in his mind.
Han grublede over noget i sit sind.
She asked the reason for his melancholy.
Hun spurgte om årsagen til hans melankoli.
But he kept quiet, and wouldn't tell her.
Men han tav og sagde det ikke til hende.

One night they were lying together in bed.
En nat lå de sammen i sengen.
The wife got up and left the marital bed.
Konen rejste sig og forlod ægtesengen.
She opened the door and went into the garden.
Hun åbnede døren og gik ud i haven.
Her husband had not been able to sleep well.
Hendes mand havde ikke kunnet sove godt.
Therefore he awoke from the movement of his wife.
Derfor vågnede han af sin kones bevægelser.
He heard her leave in the dead of the night.
Han hørte hende gå midt om natten.
And he was determined to follow her.
Og han var fast besluttet på at følge hende.
But he was also determined not to be noticed.
Men han var også fast besluttet på ikke at blive bemærket.
She went to a temple of the goddess kali.
Hun gik til et tempel for gudinden Kali.
The temple was at no great distance from her house.
Templet lå ikke langt fra hendes hus.
She worshipped the goddess with flowers.
Hun tilbad gudinden med blomster.
And she worshiped the goddess with sandal-wood perfume.
Og hun tilbad gudinden med sandeltræsparfume.
"Oh mother kali! have mercy upon me"
"Åh, moder Kali! forbarm dig over mig!"
"Deliver me out of all my troubles"
"Fri mig ud af alle mine problemer"
The goddess replied to the woman.
Gudinden svarede kvinden.
"Why, what further grievance have you?
"Hvad mere klage har du så?"
"You long prayed for the return of your husband"
"Du har længe bedt om, at din mand skal vende tilbage"
"And your prayers have been answered"
"Og dine bønner er blevet besvaret"
"Your husband has returned to you"

"Din mand er vendt tilbage til dig"
"So then, what ails thee now?"
"Så hvad fejler der dig nu?"
The woman answered the goddess.
Kvinden svarede gudinden.
"True, oh mother, my husband has come to me"
"Sandt nok, åh mor, min mand er kommet til mig"
"But he has come to me in a melancholy mood"
"Men han er kommet til mig i et melankolsk humør"
"He hardly speaks to me when I speak to him"
"Han taler næsten ikke til mig, når jeg taler til ham"
"He takes no delight in me when he is with me"
"Han har ingen glæde af mig, når han er sammen med mig"
"All he does is sit melancholy in a corner"
"Alt, hvad han gør, er at sidde melankolsk i et hjørne"
The goddess replied to her devotee.
Gudinden svarede sin hengivne.
"Ask your husband why he feels melancholy"
"Spørg din mand, hvorfor han føler sig melankolsk"
"When he tells you, let me know the reason"
"Når han fortæller dig det, så lad mig vide årsagen"
The minister's son overheard the conversation.
Præstens søn overhørte samtalen.
But he stayed unnoticed by the goddess.
Men han forblev ubemærket af gudinden.
And his wife did not notice him either.
Og hans kone lagde heller ikke mærke til ham.
He quietly slunk away before his wife.
Han listede stille væk foran sin kone.
And he returned back to bed before her.
Og han vendte tilbage til sengen før hende.
The following day the wife asked her husband.
Den følgende dag spurgte konen sin mand.
"My dear husband, why are you in a melancholy mood?"
"Min kære mand, hvorfor er du i et melankolsk humør?"
Her husband retold the whole story.
Hendes mand genfortalte hele historien.

He told her about the jewel serpent.
Han fortalte hende om juvelslangen.
He told her about the subterranean palace.
Han fortalte hende om det underjordiske palads.
He told her about the princess being captured.
Han fortalte hende om prinsessen, der var blevet taget til fange.
He told her how he freed the princess.
Han fortalte hende, hvordan han havde befriet prinsessen.
And he told her about Bihangama and Bihangami.
Og han fortalte hende om Bihangama og Bihangami.
He told her how he had turned to stone.
Han fortalte hende, hvordan han var blevet til sten.
And he told her how he was returned back to life.
Og han fortalte hende, hvordan han var blevet bragt tilbage til livet.
So he told her also about the killing of the child.
Så fortalte han hende også om drabet på barnet.
That night his wife left the bed again.
Den nat rejste hans kone sig igen ud af sengen.
And she returned to the goddess kali's temple.
Og hun vendte tilbage til gudinden Kalis tempel.
And she told the goddess of her husband's melancholy.
Og hun fortalte gudinden om sin mands melankoli.
The goddess listened intently to what was said.
Gudinden lyttede opmærksomt til, hvad der blev sagt.
"Bring the child here and I will restore it to life"
"Bring barnet herhen, så vil jeg give det liv igen"
The next night she left the marital bed again.
Den næste nat forlod hun ægtesengen igen.
She went to the tree in the garden.
Hun gik hen til træet i haven.
And she took the child from the tree.
Og hun tog barnet fra træet.
And she took the child to the goddess kali.
Og hun tog barnet til gudinden Kali.
And the goddess kali returned the child back to life.

Og gudinden Kali bragte barnet tilbage til livet.

The prince's friend was entranced with joy.

Prinsens ven var betaget af glæde.

He picked up the reanimated child.

Han samlede det genoplivede barn op.

And he ran as fast as he could to his friend.

Og han løb så hurtigt han kunne hen til sin ven.

And he gave him his child, alive and well.

Og han gav ham sit barn, levende og rask.

They all rejoiced with exceedingly great joy.

De jublede alle med overordentlig stor glæde.

And they lived together happily till the day of their death.

Og de levede lykkeligt sammen til deres dødsdag.

The Indignant Brahman
Den indignerede brahman

There was once a poor Brahman.
Der var engang en fattig brahman.
This poor Brahman had a wife.
Denne stakkels brahman havde en kone.
And he also had four children.
Og han havde også fire børn.
He was a very poor man.
Han var en meget fattig mand.
And he had no resources in the world.
Og han havde ingen ressourcer i verden.
He lived from the charity of others.
Han levede af andres velgørenhed.
During marriages he earned well.
Under ægteskaber tjente han godt.
And he earned well during funerals.
Og han tjente godt under begravelser.
But his parishioners did not marry daily.
Men hans sognebørn giftede sig ikke dagligt.
And they did not die every day either.
Og de døde heller ikke hver dag.
It was difficult to make the two ends meet.
Det var svært at få de to ender til at mødes.
His wife often rebuked him.
. Hans kone irettesatte ham ofte.
"Why can you not support me?"
"Hvorfor kan du ikke støtte mig?"
"Our children run around naked"
"Vores børn løber nøgne rundt"
"And they suffer from hunger"
"Og de lider af sult"
Though poor, he was a good man.
Selvom han var fattig, var han en god mand.
And he was diligent in his devotions.
Og han var flittig i sine andagter.

Every day he said his prayers.
Hver dag bad han sine bønner.
He prayed at the same time each day.
Han bad på samme tid hver dag.
His tutelary deity was the Goddess Durga.
Hans vejlederguddom var gudinden Durga.
She is the consort of Shiva.
Hun er Shivas gemalin.
She is the creative energy of the universe.
Hun er universets kreative energi.
Every day he wrote the name of Durga.
Hver dag skrev han Durgas navn.
He wrote the name in red ink.
Han skrev navnet med rød blæk.
At least one hundred and eight times.
Mindst hundrede og otte gange.
He did not drink or eat till he did this.
Han hverken drak eller spiste, før han havde gjort dette.
throughout the day he uttered prayers.
hele dagen bad han bønner.
"O Durga! have mercy upon me"
"Åh Durga! forbarm dig over mig!"
He prayed whenever he felt anxious.
Han bad, når han følte sig ængstelig.
And he often felt anxious.
Og han følte sig ofte ængstelig.
Because he lived in poverty.
Fordi han levede i fattigdom.
He prayed when his worries were too much.
Han bad, når hans bekymringer blev for store.
And there were many things he worried about.
Og der var mange ting, han bekymrede sig om.
He worried about his wife and children.
Han var bekymret for sin kone og børn.
And he worried about supporting them.
Og han var bekymret for at støtte dem.

One day he was very sad.
En dag var han meget ked af det.
On this day he went to a forest.
Denne dag gik han til en skov.
The forest was far outside the village.
Skoven lå langt uden for landsbyen.
He let out all his grief.
Han slap al sin sorg ud.
And he wept bitter tears.
Og han græd bitre tårer.
"O Durga! O Mother Bhagavati!"
"O Durga! O Moder Bhagavati!"
"Please put an end to my misery?"
"Vil du venligst gøre en ende på min elendighed?"
"I wish I were alone in the world"
"Jeg ville ønske, jeg var alene i verden"
"Then my poverty wouldn't worry me"
"Så ville min fattigdom ikke bekymre mig"
"But thou hast given me a wife"
"Men du har givet mig en hustru"
"And my wife has given me children"
"Og min kone har givet mig børn"
"O Mother, I beg of you"
"Åh Moder, jeg beder dig"
"Give me the means to support them"
"Giv mig midlerne til at støtte dem"
Shiva and his wife Durga happened to be there.
Shiva og hans kone Durga var tilfældigvis der.
They were taking their morning walk.
De gik deres morgentur.
The Goddess Durga saw the Brahman at a distance.
Gudinden Durga så Brahmanen på afstand.
"O Lord of Kailas, do you see that Brahman?"
"O Kailas' Herre, ser du den Brahman?"
"He is always taking my name on his lips"
"Han tager altid mit navn på sine læber"
"He prays I deliver him from his troubles"

"Han beder mig om at udfri ham fra hans problemer"
"Can we not do something for the poor Brahman?"
"Kan vi ikke gøre noget for den stakkels brahman?"
"He is oppressed with many cares"
"Han er plaget af mange bekymringer"
"And he deeply cares for his growing family"
"Og han har stor omsorg for sin voksende familie"
"We should make his life more comfortable"
"Vi burde gøre hans liv mere behageligt"
"Because the poor man never has enough to eat"
"Fordi den fattige mand aldrig har nok at spise"
"And his family doesn't have enough to eat either"
"Og hans familie har heller ikke nok at spise"
"Let us give him a pot"
"Lad os give ham en gryde"
"A pot with an infinite supply of murukku"
"En gryde med en uendelig forsyning af murukku"
The divine consort was right.
Den guddommelige gemalinde havde ret.
The Lord of Kailas agreed to the proposal.
Kailas' herre indvilligede i forslaget.
On the spot he created a magical pot.
På stedet skabte han en magisk krukke.
Durga went to the poor Brahman.
Durga gik til den stakkels brahman.
"O Brahman! My loyal devotee"
"O Brahman! Min loyale hengivne"
"I have often thought of your pitiable case"
"Jeg har ofte tænkt på din ynkelige sag"
"Your repeated prayers have moved my compassion"
"Dine gentagne bønner har bevæget min medfølelse"
"Here is a pot for you"
"Her er en krukke til dig"
"You must turn the pot upside down"
"Du skal vende gryden på hovedet"
"And then you must shake the pot"
"Og så skal du ryste gryden"

"The finest murukku will pour out"
"Den fineste murukku vil strømme ud"
"The murukku will keep pouring out forever"
"Murukkuen vil fortsætte med at strømme ud for evigt"
"Until you put the pot upright again"
"Indtil du sætter gryden oprejst igen"
"You can eat as much murukku as you like"
"Du kan spise så meget murukku, som du vil"
"Your wife and children will hunger no more"
"Din kone og dine børn skal ikke sulte mere"
"And you can sell the murukku if you like"
"Og du kan sælge murukkuen, hvis du vil"
The Brahman was delighted beyond measure.
Brahmanen var ubeskriveligt henrykt.
He had received a truly valuable treasure.
Han havde modtaget en virkelig værdifuld skat.
He made his deepest obeisance to the goddess.
Han gjorde sin dybeste hyldest for gudinden.
And he expressed his eternal gratefulness.
Og han udtrykte sin evige taknemmelighed.

The Brahman had started walking home.
Brahmanen var begyndt at gå hjemad.
But first he had to test his magical pot.
Men først måtte han teste sin magiske krukke.
He wanted to see if the pot really worked.
Han ville se, om gryden virkelig virkede.
He turned the pot upside down.
Han vendte gryden på hovedet.
And he shook the pot, as instructed.
Og han rystede gryden, som han havde fået besked på.
Lo and behold! The pot really did work.
Se og se! Gryden virkede virkelig.
The finest murukku fell to the ground.
Den fineste murukku faldt til jorden.
He tied the sweetmeat in his sheet.
Han bandt slikket ind i sit lagen.

And he walked on, towards his village.
Og han gik videre mod sin landsby.
By noon the Brahman had gotten hungry.
Ved middagstid var brahmanen blevet sulten.
But he could not eat without his ablutions.
Men han kunne ikke spise uden sine afvaskninger.
First, he had to say his prayers.
Først skulle han bede sine bønner.
There was an inn on his way.
Der var et værtshus på hans vej.
Close to the inn there was a water tank.
Tæt på kroen var der en vandtank.
So, he intended to halt there.
Så han havde til hensigt at stoppe der.
In order to bathe and say his prayers.
For at kunne bade og bede sine bønner.
After this he could eat all the murukku.
Efter dette kunne han spise al murukkuen.
The Brahman sat at the innkeeper's shop.
Brahmanen sad i kroværtens butik.
The shopkeeper was smoking tobacco.
Butiksindehaveren røg tobak.
He put the pot near the shopkeeper.
Han satte potten i nærheden af butiksindehaveren.
And he asked him to look after the pot.
Og han bad ham om at passe på gryden.
"Please take special care of this pot"
"Vær særligt opmærksom på denne krukke"
"I must bathe and say my prayers"
"Jeg må bade og bede mine bønner"
"Please look after this pot for me"
"Pas venligst på denne krukke for mig"
"Make sure nothing happens to this pot"
"Sørg for at der ikke sker noget med denne gryde"
He thought it was a strange request.
Han syntes, det var en mærkelig anmodning.
But he agreed to look after the pot.

Men han indvilligede i at passe på gryden.
And the Brahman gave him the pot.
Og brahmanen gav ham gryden.
He besmeared his body with mustard oil.
Han smurte sin krop ind i sennepsolie.
And he went to do his ablutions.
Og han gik for at vaske sig.
The innkeeper grew curious about the pot.
Kroværten blev nysgerrig efter potten.
"This pot must have something valuable in it"
"Denne krukke må have noget værdifuldt i sig"
"Why else would he be so careful?"
"Hvorfor skulle han ellers være så forsigtig?"
His curiosity had been excited.
Hans nysgerrighed var blevet vakt.
So, he opened the pot.
Så åbnede han gryden.
To his surprise the pot was empty.
Til hans overraskelse var gryden tom.
"What can be the meaning of this?"
"Hvad kan meningen med dette være?"
"Why does he care so much for an empty pot?"
"Hvorfor er han så interesseret i en tom gryde?"
He began to examine the pot more carefully.
Han begyndte at undersøge krukken mere omhyggeligt.
During his inspection he turned the pot upside down.
Under sin inspektion vendte han potten på hovedet.
And then the finest murukku fell out from the pot.
Og så faldt den fineste murukku ud af gryden.
And the murukku didn't stop falling out.
Og murukkuen holdt ikke op med at falde ud.
The innkeeper called his wife and children.
Kroværten kaldte på sin kone og børn.
He wanted them to witness what had happened.
Han ville have, at de skulle være vidner til, hvad der var sket.
An unexpected stroke of good fortune!
Et uventet lykketræf!

The pot gave copious showers of sugared paddy.
Gryden gav rigelige byger af sukkeret ris.
He filled all his pots and jars.
Han fyldte alle sine krukker og krukker.
He knew he had to have this pot.
Han vidste, at han måtte have denne krukke.
So, he replaced the pot with another one.
Så han erstattede gryden med en anden.
He had a pot of the same size and color.
Han havde en potte i samme størrelse og farve.

The Brahman had finished his ablutions.
Brahmanen havde afsluttet sin afvaskning.
He had performed all of his devotions.
Han havde udført alle sine andagter.
He came back to the shop in wet clothes.
Han kom tilbage til butikken i vådt tøj.
He was still reciting holy texts of the Vedas.
Han reciterede stadig hellige tekster fra Vedaerne.
He put back on his dry clothes.
Han tog sit tørre tøj på igen.
In red ink he wrote the name of Durga.
Med rød blæk skrev han Durgas navn.
He wrote her name one hundred and eight times.
Han skrev hendes navn hundrede og otte gange.
After doing this he broke his fast.
Efter at have gjort dette brød han sin faste.
And he ate the murukku he had in his sheet.
Og han spiste den murukku, han havde i sit lagen.
He was refreshed from the meal.
Han var frisk efter måltidet.
Now he could resume his journey home.
Nu kunne han genoptage sin hjemrejse.
So he called to the innkeeper.
Så kaldte han på værten.
"Please could I get my pot back"
"Må jeg venligst få min krukke tilbage?"

The innkeeper gave him back his pot.
Kroværten gav ham sin krukke tilbage.
"There, sir, here is your pot"
"Der, her er Deres gryde, hr."
"The pot is exactly where you had put it"
"Gryden er præcis, hvor du satte den"
"Your pot is just as you left it"
"Din gryde er præcis som du efterlod den"
"I made sure no one has touched your pot"
"Jeg sørgede for, at ingen har rørt din gryde"
The Brahman didn't suspect a thing.
Brahmanen mistænkte ingenting.
He picked up the pot.
Han tog gryden op.
And he proceeded on his journey home.
Og han fortsatte sin rejse hjem.

On his journey he had to think.
På sin rejse måtte han tænke.
He congratulated his good fortune.
Han lykønskede hans lykke.
"My wife will be most pleasantly surprised!"
"Min kone vil blive meget positivt overrasket!"
"The children will devour the murukku!"
"Børnene vil fortære murukkuen!"
"I shall soon become rich"
"Jeg bliver snart rig"
"I will be able to lift my head up high"
"Jeg vil være i stand til at løfte mit hoved højt"
The pains of travelling had been reduced.
Smerterne ved at rejse var blevet mindre.
Now his problems were much more pleasant.
Nu var hans problemer meget mere behagelige.
Only anticipation made the journey difficult.
Kun forventning gjorde rejsen vanskelig.
He finally reached his home again.
Han nåede endelig hjem igen.

He called to his wife and children.
Han kaldte på sin kone og børn.
"Look at what I have brought"
"Se hvad jeg har medbragt"
"This pot is an unfailing source of wealth".
"Denne gryde er en urokkelig kilde til rigdom."
"We will never have to struggle again"
"Vi skal aldrig kæmpe igen"
"I will turn the pot upside down"
"Jeg vender gryden på hovedet"
"And then you will see something.
"Og så vil du se noget."
"Something you've never seen before"
"Noget du aldrig har set før"
"A stream of the finest murukku will flow"
"En strøm af den fineste murukku vil flyde"
You can imagine what his wife was thinking.
Du kan forestille dig, hvad hans kone tænkte.
"My husband has gone mad," she thought.
"Min mand er blevet sindssyg," tænkte hun.
She was soon confirmed in her opinion.
Hun blev hurtigt bekræftet i sin mening.
Nothing fell from the pot, as promised.
Intet faldt af gryden, som lovet.
He turned the pot upside down again and again.
Han vendte gryden på hovedet igen og igen.
The Brahman was overwhelmed with grief.
Brahmanen var overvældet af sorg.
He realized that he had been tricked.
Han indså, at han var blevet narret.
The innkeeper must have swapped the pot.
Kroværten må have byttet potten om.
He must have stolen Durga's pot.
Han må have stjålet Durgas krukke.
And he must have replaced the pot with a normal one.
Og han må have udskiftet gryden med en normal en.
He went back to the innkeeper the next day.

Han gik tilbage til værten den næste dag.
And he accused him of having changed his pot.
Og han beskyldte ham for at have skiftet sin gryde.
At first the innkeeper acted surprised.
Først virkede værtshuset overrasket.
Then he pretended to be angry at the accusation.
Så lod han som om, han var vred over beskyldningen.
Finally, he chased him out of his shop.
Til sidst jog han ham ud af butikken.

He had no way of getting the pot back.
Han havde ingen måde at få potten tilbage på.
The Brahman knew what he had to do.
Brahmanen vidste, hvad han skulle gøre.
He went to see the goddess Durga again.
Han tog igen for at se gudinden Durga.
Siva and Durga honored him with their presence.
Siva og Durga hædrede ham med deres tilstedeværelse.
Durga spoke to the poor Brahman.
Durga talte til den stakkels brahman.
"So, you have lost the pot I gave you"
"Så du har mistet den krukke, jeg gav dig"
"I take pity on your situation"
"Jeg har medlidenhed med din situation"
"Here is another magical pot"
"Her er endnu en magisk krukke"
"Take this pot, and make good use of it"
"Tag denne krukke, og brug den godt"
The Brahman was elated with joy.
Brahmanen var overlykkelig over sindet.
He made obeisance to the divine couple.
Han bøjede sig ærbødigt for det guddommelige par.
And he took the pot with him.
Og han tog gryden med sig.
Again he had to see if the pot worked.
Igen måtte han se, om gryden virkede.
He turned the pot upside down.

Han vendte gryden på hovedet.
And he shook the pot as before.
Og han rystede gryden som før.
And he waited for the murukku to fall out.
Og han ventede på, at murukkuen skulle falde ud.
But no, horror of horrors!
Men nej, rædslernes rædsel!
Murukku did not fall from the pot.
Murukku faldt ikke af gryden.
Instead of murukku, demons jumped out.
I stedet for murukku sprang dæmoner ud.
They began to beat the astonished Brahman.
De begyndte at slå den forbløffede brahman.
The Brahman received punches and kicks.
Brahmanen modtog slag og spark.
But he kept his presence of mind.
Men han bevarede sindets nærvær.
He turned the pot the right way up.
Han vendte gryden rigtigt op.
And he covered the pot up again.
Og han dækkede gryden til igen.
Fortunately his quick thinking worked.
Heldigvis virkede hans hurtige tænkning.
The demons disappeared as soon as he did this.
Dæmonerne forsvandt, så snart han gjorde dette.
The Brahman tried to understand what this meant.
Brahmanen forsøgte at forstå, hvad dette betød.
It must be to punish the innkeeper!
Det må være for at straffe værten!
So he went to the innkeeper again.
Så gik han til værten igen.
He gave him the new pot.
Han gav ham den nye krukke.
He begged of him to look after the pot.
Han bad ham om at passe på gryden.
Just like he had done before.
Ligesom han havde gjort før.

He went for his ablutions and prayers.
Han gik hen for at afvaske sig og bede.
The innkeeper was delighted.
Kroværten var henrykt.
He had been given a second godsend.
Han havde fået en anden gave fra himlen.
He agreed to take the greatest care of the pot.
Han indvilligede i at passe så godt på potten som muligt.
He waited for the Brahman to go.
Han ventede på, at brahmanen skulle gå.
And he called his wife and children.
Og han kaldte på sin kone og børn.
"This is another pot from the Brahman"
"Dette er endnu en krukke fra Brahmanen"
"This time I hope it is not murukku"
"Denne gang håber jeg, det ikke er murukku"
"I hope this pot is full of sandesa"
"Jeg håber, at denne gryde er fuld af sandesa"
"Come, be ready with the baskets"
"Kom, vær klar med kurvene"
"I will turn the pot upside down"
"Jeg vender gryden på hovedet"
"And then I will shake the pot"
"Og så ryster jeg gryden"
And he did what he said he would do.
Og han gjorde, hvad han sagde, han ville gøre.
But the room did not fill with food.
Men rummet blev ikke fyldt med mad.
This time the room filled with demons.
Denne gang var rummet fyldt med dæmoner.
The demons caught hold of the innkeeper.
Dæmonerne fik fat i værtshuset.
And the demons also caught his family.
Og dæmonerne greb også hans familie.
And the demons beat them mercilessly.
Og dæmonerne slog dem nådesløst.
They would have completely destroyed the shop.

De ville have ødelagt butikken fuldstændigt.
But the victims ran to the Brahman.
Men ofrene løb hen til brahmanen.
The Brahman had returned from his ablutions.
Brahmanen var vendt tilbage fra sin afvaskning.
The Brahman showed mercy to them.
Brahmanen viste dem barmhjertighed.
And he accepted their request.
Og han accepterede deres anmodning.
But there was one condition to his help.
Men der var én betingelse for hans hjælp.
"I will only help if I get my pot back"
"Jeg hjælper kun, hvis jeg får min potte tilbage"
The innkeeper didn't have much choice.
Kroværten havde ikke meget andet valg.
He had to accept the Brahman's conditions.
Han måtte acceptere brahmans betingelser.
The Brahman put the pot upright again.
Brahmanen satte potten oprejst igen.
And he put the lid on the pot.
Og han satte låg på gryden.
He took his pot back from the innkeeper.
Han tog sin krukke tilbage fra kroværten.
And he returned back to his village.
Og han vendte tilbage til sin landsby.
Now the Brahman had two magical pots.
Nu havde brahmanen to magiske krukker.
The Brahman shut the door of his house.
Brahmanen lukkede døren til sit hus.
And he called his family again.
Og han ringede til sin familie igen.
He turned the murukku-pot upside down.
Han vendte murukku-gryden på hovedet.
And he shook the murukku-pot as before.
Og han rystede murukku-gryden som før.
This time the magic pot worked.
Denne gang virkede den magiske krukke.

An endless stream of the finest murukku.
En endeløs strøm af den fineste murukku.
The family devoured the sweetmeat.
Familien fortærede det søde kød.
They ate to their hearts' content.
De spiste til deres hjertens lyst.
All the pots and pans were filled.
Alle gryder og pander var fyldte.

The next day the Brahman became confectioner.
Den næste dag blev brahmanen konditor.
He opened a shop in his house.
Han åbnede en butik i sit hus.
And he sold the best murukku.
Og han solgte den bedste murukku.
The whole village came to the Brahman's house.
Hele landsbyen kom til brahmanens hus.
They all wanted to buy the wonderful murukku.
De ville alle gerne købe den vidunderlige murukku.
They had never seen such murukku in their life.
De havde aldrig set sådan en murukku i deres liv.
It was the most delicious murukku they ever had.
Det var den lækreste murukku, de nogensinde har fået.
No one had ever made anything like this dessert.
Ingen havde nogensinde lavet noget lignende denne dessert.
The reputation of the Brahman's murukku spread.
Brahmans murukku's ry spredte sig.
Soon people from outside the city came.
Snart kom folk uden for byen.
Cartloads of the sweetmeat were sold every day.
Der blev solgt vognlæs med slik hver dag.
The Brahman quickly became very rich.
Brahmanen blev hurtigt meget rig.
He built a large brick house.
Han byggede et stort murstenshus.
And he lived like a nobleman of the land.
Og han levede som en adelsmand i landet.

Once, however, his luck almost changed.
Engang vendte hans held dog næsten.
His children had taken the wrong pot.
Hans børn havde taget den forkerte gryde.
A large number of demons came out.
En stor mængde dæmoner kom ud.
And they caught hold of the Brahman's wife.
Og de greb fat i brahmans kone.
And they also caught his children.
Og de fangede også hans børn.
They were striking them mercilessly.
De slog dem nådesløst.
Fortunately the Brahman came back into the house.
Heldigvis kom brahmanen tilbage ind i huset.
He turned the pot back to its proper position.
Han vendte gryden tilbage til sin rette position.
He wanted to prevent a similar catastrophe.
Han ville forhindre en lignende katastrofe.
So the Brahman had a private room built.
Så lod brahmanen bygge et privat rum.
And he put the pot in a secret place.
Og han satte gryden et hemmeligt sted.
Mortals, however, do not have the luck of Gods.
Dødelige har imidlertid ikke gudernes held.
Uninterrupted prosperity is not their fortune.
Uafbrudt velstand er ikke deres lykke.
The demon-pot had been put out of the way.
Dæmongryden var blevet sat til side.
But why might accident not befall the murukku pot?
Men hvorfor kan et uheld muligvis ikke ramme murukku-
gryden?
One day the Brahman and his wife were absent.
En dag var brahmanen og hans kone fraværende.
The children decided to shake the pot.
Børnene besluttede at ryste gryden.
Each of them wanted to do the honors.
Hver af dem ville gøre æren.

So there was a fight to get the pot.
Så der var kamp om at få gryden.
In the struggle the pot fell to the ground.
I kampen faldt gryden til jorden.
Like any other earthen pot, it broke.
Som enhver anden lerkrukke gik den i stykker.
Eventually the Braham came back home again.
Til sidst kom Braham hjem igen.
You can imagine how the news grieved him.
Du kan forestille dig, hvor bedrøvet ham nyheden.
Of course the children were well cudgeled.
Selvfølgelig blev børnene godt nusset.
But anger could not replace the pot.
Men vrede kunne ikke erstatte gryden.
After some days he went to the forest again.
Efter nogle dage gik han ud i skoven igen.
He offered many a prayer for Durga's favor.
Han bad mange bønner om Durgas gunst.
At last Siva and Durga appeared to him.
Endelig viste Siva og Durga sig for ham.
They listened to how the pot had been broken.
De lyttede til, hvordan gryden var blevet knust.
Durga decided to give him another pot.
Durga besluttede at give ham en anden krukke.
But this pot was accompanied with a caution.
Men denne krukke var ledsaget af en advarsel.
"Brahman, take care of this pot"
"Brahman, pas på denne gryde"
"Do not break or lose this pot again"
"Bryd eller tab ikke denne krukke igen"
"Next time I will not give you another pot"
"Næste gang giver jeg dig ikke en kande mere"
The Brahman made obeisance to the Gods.
Brahmanen bøjede sig for guderne.
And he went straight back to his house.
Og han gik direkte tilbage til sit hus.
This time he did not halt at the innkeepers'.

Denne gang stoppede han ikke ved værtshuset.
He shut the door of his house.
Han lukkede døren til sit hus.
He called his family to him.
Han kaldte sin familie til sig.
And he turned the pot upside down.
Og han vendte gryden på hovedet.
And then he began to shake the pot.
Og så begyndte han at ryste gryden.
They were only expecting murukku.
De forventede kun murukku.
But this time it was not murukku.
Men denne gang var det ikke murukku.
A stream of beautiful sandesa poured out.
En strøm af smuk sanddesaus strømmede ud.
It was the finest sandesa you can imagine.
Det var den fineste sandesa, man kan forestille sig.
It truly was the food of Gods.
Det var sandelig gudernes mad.
The Brahman set up another shop.
Brahmanen oprettede endnu en butik.
Now he was selling sandesa.
Nu solgte han Sandesa.
The fame of his shop soon drew large crowds.
Hans butiks berømmelse tiltrak snart store folkemængder.
People came from all over the country.
Folk kom fra hele landet.
At all festivals and marriage feasts.
Ved alle højtider og bryllupsfester.
And at all funeral celebrations in the area.
Og ved alle begravelsesfester i området.
No one bought any other sandesa.
Ingen købte andre sandesaer.
All day long the pot produced sandesa.
Hele dagen lang producerede gryden sandesa.
Gigantic jars were filled with sweet.
Gigantiske krukker var fyldt med slik.

And the jars were sent all over the country.
Og krukkerne blev sendt over hele landet.

The Brahman's wealth made the Zemindar jealous.
Brahmanens rigdom gjorde Zemindar jaloux.
In these days all villages had a Zemindar.
Dengang havde alle landsbyer en Zemindar.
He had heard strange things about the sandesa.
Han havde hørt mærkelige ting om sandesaen.
He heard the dessert came from a magic pot.
Han hørte, at desserten kom fra en magisk krukke.
So he devised a plan to get this pot.
Så udtænkte han en plan for at få fat i denne krukke.
His son was going to get married.
Hans søn skulle giftes.
To celebrate there was a great feast.
For at fejre var der en stor fest.
Many hundreds of people were invited.
Mange hundrede mennesker blev inviteret.
Mountain-loads of sandesa were required.
Bjerglæs af sandesa var nødvendige.
The Zemindar made a proposal to the Brahman.
Zemindaren fremsatte et forslag til brahmanen.
"Bring the magical pot to my house"
"Bring den magiske krukke hjem til mig"
At first the Brahman refused to bring the pot.
Først nægtede brahmanen at bringe potten.
But the Zemindar insisted.
Men Zemindar insisterede.
"I will have hundreds of guests"
"Jeg vil have hundredvis af gæster"
"I will need mountains of sandesa"
"Jeg får brug for bjerge af sandeser"
"More sandesa than you can carry"
"Mere sandesa end du kan bære"
"Bring the vessel to my house"
"Bring beholderen hjem til mig"

"It will be easier for you and me"
"Det bliver nemmere for dig og mig"
Eventually the Brahman agreed.
Til sidst indvilligede brahmanen.
Himalayas of sandesa were shaken out.
Himalaya af sandesa blev rystet ud.
But the Zemindar got hold of the pot.
Men Zemindar fik fat i gryden.
The Zemindar insulted the Brahman.
Zemindaren fornærmede brahmanen.
And he chased him out of his house.
Og han jog ham ud af hans hus.
The Brahman didn't give vent to anger.
Brahmanen gav ikke luft for vrede.
Instead, he quietly went back to his house.
I stedet gik han stille og roligt tilbage til sit hus.
He went to the private room.
Han gik ind i det private værelse.
And he took out the demon-pot.
Og han tog dæmonkrukken ud.
He came back to the Zemindar's house.
Han kom tilbage til Zemindars hus.
And he went to the door of the Zemindar.
Og han gik til Zemindarens dør.
He turned the pot upside down.
Han vendte gryden på hovedet.
And then shook the magical pot.
Og så rystede den magiske krukke.
A hundred demons fell out of the pot.
Hundrede dæmoner faldt ud af gryden.
The chaos was impossible to describe.
Kaoset var umuligt at beskrive.
The unearthly visitors flooded the party.
De ujordiske besøgende oversvømmede festen.
They caught hundreds of the guests.
De fangede hundredvis af gæsterne.
And the demons beat them mercilessly.

Og dæmonerne slog dem nådesløst.
The women were dragged by their hair.
Kvinderne blev slæbt efter håret.
The Zemindar was chased from room to room.
Zemindaren blev jaget fra rum til rum.
The demons' mischief was getting out of hand.
Dæmonernes ondskab var ved at komme ud af kontrol.
Someone had to put an end to their mischief.
Nogen måtte sætte en stopper for deres ballade.
Else all the men would have been killed.
Ellers ville alle mændene være blevet dræbt.
And the house would have been torn to the ground.
Og huset ville være blevet revet ned til grunden.
The Zemindar fell at the feet of the Brahman.
Zemindaren faldt for brahmanens fødder.
And he begged to be shown mercy.
Og han bad om at blive vist barmhjertighed.
The Brahman showed him great mercy.
Brahmanen viste ham stor barmhjertighed.
And he put the demons back in the pot.
Og han satte dæmonerne tilbage i gryden.
The Zemindar never disturbed the Brahman again.
Zemindaren forstyrrede aldrig brahmanen igen.
Nor was he disturbed by anyone else.
Han blev heller ikke forstyrret af nogen andre.
And he lived for many happy years.
Og han levede i mange lykkelige år.

There was once a poor dimwitted Brahman.
Der var engang en stakkels, dum brahman.
This dimwitted man had a wife, but no children.
Denne dumme mand havde en kone, men ingen børn.
But him not having children was probably for the best.
Men det var nok det bedste, at han ikke fik børn.
Because he was barely able to meet his own needs.
Fordi han knap nok kunne dække sine egne behov.
And he could hardly supply enough for his wife.
Og han kunne knap nok sørge for sin kone.
But his dimwittedness was not even his biggest problem.
Men hans tåbelighed var ikke engang hans største problem.
This dimwitted man was also a rather lazy man!
Denne dumme mand var også en temmelig doven mand!
He was averse to making any long journeys.
Han var modvillig til at foretage lange rejser.
Had he travelled further he might have had enough.
Hvis han havde rejst længere, havde han måske fået nok.
He could have got presents from rich men.
Han kunne have fået gaver fra rige mænd.
This would have enabled them to live comfortably.
Dette ville have gjort det muligt for dem at leve komfortabelt.
There was a great king in a neighbouring country.
Der var en stor konge i et naboland.
The mother of the great king had just died.
Den store konges mor var lige død.
So this king was celebrating the funeral obsequies.
Så fejrede denne konge begravelsesceremonien.
And the funeral was celebrated with great pomp.
Og begravelsen blev fejret med stor pomp og pragt.
Brahmans and beggars were coming from faraway lands.
Brahminer og tiggere kom fra fjerne lande.
They all came expecting to receive rich presents.
De kom alle i forventning om at modtage rige gaver.

The Brahman's wife requested him to also go.
Brahmans kone bad ham også om at gå.
"Seize this opportunity and get us a little money"
"Grib denne mulighed og giv os lidt penge"
But his constitutional indolence stood in the way.
Men hans konstitutionelle dovenskab stod i vejen.
The woman, however, gave her husband no rest.
Kvinden gav dog sin mand ingen ro.
Finally she extorted from him the promise.
Til sidst afpressede hun ham løftet.
He promised his wife that he would go.
Han lovede sin kone, at han ville tage afsted.
The good woman, accordingly, cut down a plantain tree.
Den gode kvinde fældede derfor et plantaintræ.
And she burnt the plantain tree to ashes.
Og hun brændte plantaintræet til aske.
With the ashes she cleaned the clothes of her husband.
Med asken vaskede hun sin mands tøj.
And she made his clothes as white as any cleaner could.
Og hun gjorde hans tøj så hvidt som enhver
rengøringsassistent kunne.
Her husband was going to the palace of a great king.
Hendes mand var på vej til en stor konges palads.
The king could not be approached by men in rags.
Kongen måtte ikke nærmes af mænd i pjalter.
Besides, Brahman are bound to appear neat and clean.
Desuden er Brahman uundgåeligt at fremstå pæne og rene.
At last, one morning the Brahman left his house.
Endelig, en morgen, forlod brahmanen sit hus.
And he made his way to the palace of the great king.
Og han begav sig til den store konges palads.
I have already mentioned he was a dimwitted man.
Jeg har allerede nævnt, at han var en tåbelig mand.
He did not inquire which road he should take.
Han spurgte ikke, hvilken vej han skulle tage.
Instead, he walked on and on without directions.
I stedet gik han videre og videre uden instruktioner.

And he followed wherever his nose pointed him.
Og han fulgte efter, hvor end hans næse pegede.
I don't need to say he was not on the right road.
Jeg behøver ikke at sige, at han ikke var på rette vej.
The regions he wandered became less and less inhabited.
De områder, han vandrede rundt i, blev mindre og mindre beboede.
Soon he met no human being for many miles.
Snart mødte han intet menneske i mange kilometer.
But there were many other things he saw there.
Men der var mange andre ting, han så der.
Things he had never seen in all his life.
Ting han aldrig havde set i hele sit liv.
He saw hillocks of cowries on the roadside.
Han så bakker med kauri ved vejkanten.
Cowries were shells used as money in those times.
Cowries var muslingeskaller, der blev brugt som penge på den tid.
He kept going and saw hillocks of jewels.
Han fortsatte og så bunker af juveler.
Next, he saw hillocks of four-anna pieces.
Dernæst så han bakker af fire-anna-stykker.
Further along were hillocks of eight-anna pieces.
Længere fremme var der bakker med otte-anna-stykker.
And further yet were hillocks of rupees.
Og længere fremme var der bunker af rupier.
But the Brahman's surprise did not end there.
Men brahminens overraskelse sluttede ikke der.
Next there was a hill of burnished gold-mohurs.
Dernæst var der en bakke af polerede guld-mohurer.
The burnished gold-mohurs were shining brightly.
De polerede guldmohurer skinnede klart.
Because the gold-mohurs had been freshly minted.
Fordi guld-mohurerne var blevet friskprægede.
Close to the hill of gold-mohurs was a large house.
Tæt på guld-mohurernes bakke lå et stort hus.
The house looked like the palace of a powerful king.

Huset lignede en magtfuld konges palads.
At the door stood a lady of exquisite beauty.
I døren stod en dame af udsøgt skønhed.
The lady, seeing the Brahman, said;
Damen, da hun så brahmanen, sagde:
"Come to me, my beloved husband"
"Kom til mig, min elskede mand"
"You married me when I was young"
"Du giftede dig med mig, da jeg var ung"
"But you never came back after our marriage"
"Men du kom aldrig tilbage efter vores bryllup"
"Though I have been daily expecting you"
"Selvom jeg dagligt har ventet på dig"
"Blessed be this day," said the lady.
"Velsignet være denne dag," sagde damen.
"On this day I see the face of my husband"
"På denne dag ser jeg min mands ansigt"
"Come, my sweet, come in," she asked of him.
"Kom, min skat, kom indenfor," spurgte hun ham.
"You must be fatigued from your long journey"
"Du må være træt efter din lange rejse"
"Wash your feet and rest, and eat and drink"
"Vask jeres fødder og hvil jer, og spis og drik"
"And after that we shall make ourselves merry"
"Og derefter skal vi feste os"
The Brahman was astonished beyond measure.
Brahmanen var ubeskriveligt forbløffet.
He had no recollection marrying twice.
Han havde ingen erindring om at have giftet sig to gange.
He remembered marrying the wife he left at home.
Han huskede, at han havde giftet sig med den kone, han
havde efterladt hjemme.
But he did not remember marrying this lady.
Men han huskede ikke at have giftet sig med denne dame.
But he remembered that he was a Kulin Brahman.
Men han huskede, at han var en Kulin Brahman.
Perhaps his father got him married as a child.

Måske var det hans far, der giftede ham som barn.

But what he thought did not matter much.

Men hvad han tænkte, betød ikke så meget.

The woman was certain he was her husband.

Kvinden var sikker på, at han var hendes mand.

And he had no reason to say he was not her husband.

Og han havde ingen grund til at sige, at han ikke var hendes mand.

Because her beauty was more than he could fathom.

Fordi hendes skønhed var mere, end han kunne fatte.

As beautiful as the Goddesses of Indra's heaven.

Så smuk som gudinderne i Indras himmel.

And he was sure that she was wealthy too.

Og han var sikker på, at hun også var velhavende.

These thoughts went through the Brahman's mind.

Disse tanker gik gennem brahmanens sind.

But the lady interrupted his flow of thought.

Men damen afbrød hans tankestrøm.

"Are you doubting whether I am your wife?"

"Tvivler du på, om jeg er din kone?"

"Have you lost all memories of that happy event?

"Har du mistet alle minder om den lykkelige begivenhed?"

"All the pomp and circumstance of our nuptials"

"Al den pragt og pragt, der var en del af vores bryllup"

"Come in, beloved; this is your house"

"Kom ind, min elskede; dette er dit hus"

"Because whatever is mine is thine also"

"For hvad der er mit, er også dit"

The fair lady easily persuaded the Brahman.

Den smukke dame overtalte let brahmanen.

And he succumbed to her loving entreaties.

Og han bukkede under for hendes kærlige bønner.

And he went into the house of the lady.

Og han gik ind i damens hus.

The house was not an ordinary one.

Huset var ikke et almindeligt et.

The house was in fact a magnificent palace.

Huset var faktisk et storslået palads.

All the apartments were large and lofty.

Alle lejlighederne var store og loftshøje.

Every room in the palace was richly furnished.

Hvert værelse i paladset var rigt møbleret.

But one thing surprised the Brahman very much.

Men én ting overraskede brahmanen meget.

There was no other person in all the house.

Der var ingen anden person i hele huset.

The only one there was the lady herself.

Den eneste der var damen selv.

He could not account for the strange phenomenon.

Han kunne ikke forklare det mærkelige fænomen.

They meet anyone on their walks either.

De møder heller hvem som helst på deres gåture.

The fact was that the lady was not a human being.

Faktum var, at damen ikke var et menneske.

What the lady really was was a Rakshasi.

Hvad damen i virkeligheden var, var en Rakshasi.

She had eaten up the king and queen.

Hun havde spist kongen og dronningen op.

And she had eaten all the members of the royal family.

Og hun havde spist alle medlemmerne af den kongelige
familie.

And gradually she had eaten their servants too.

Og gradvist havde hun også spist deres tjenere.

This was why there were no humans far and wide.

Det var derfor, der ikke var mennesker vidt omkring.

The Rakshasi and the Brahman now lived together.

Rakshasi og brahman levede nu sammen.

After a week the former said to the latter;

Efter en uge sagde den første til den anden;

"I am very anxious to see my sister"

"Jeg er meget spændt på at se min søster"

"As you know, my sister is your other wife"

"Som du ved, er min søster din anden kone "

"You must go and fetch my sister; your other wife"

"Du skal gå hen og hente min søster; din anden kone."
"Then we shall all live together happily"
"Så skal vi alle leve lykkeligt sammen"
"You must go to get her early tomorrow"
"Du skal hente hende tidligt i morgen"
"I will give you clothes and jewels for her"
"Jeg vil give dig tøj og smykker til hende"
Next morning the Brahman set out for his home.
Næste morgen begav brahmanen sig hjemad.
He was furnished with fine clothes.
Han var udstyret med fint tøj.
And he wore around his wrists costly ornaments.
Og han bar kostbare smykker om sine håndled.

The poor woman was in great distress.
Den stakkels kvinde var i stor nød.
The funeral ceremony of the king's mother was over.
Begravelsesceremonien for kongens mor var overstået.
All the Brahmans and Pandits had returned.
Alle brahmanerne og panditterne var vendt tilbage.
And they were loaded with donations.
Og de var fyldt med donationer.
But her husband had not returned.
Men hendes mand var ikke vendt tilbage.
No one could give any news of him.
Ingen kunne give nogen nyheder om ham.
Because no one had seen him there.
Fordi ingen havde set ham der.
The woman therefore could only come to one conclusion.
Kvinden kunne derfor kun komme til én konklusion.
He must have been murdered on the road by highwaymen.
Han må være blevet myrdet på vejen af landevejsrøvere.
She was in this terrible suspense.
Hun var i denne forfærdelige spænding.
But then one day she heard some rumors.
Men så en dag hørte hun nogle rygter.
People in her village were talking about her husband.

Folk i hendes landsby talte om hendes mand.
They said they saw him coming back.
De sagde, at de så ham komme tilbage.
And they said he was dressed in fine clothes.
Og de sagde, at han var klædt i fint tøj.
And they said he had fine jewels for his wife.
Og de sagde, at han havde fine juveler til sin kone.
And sure enough the Brahman soon appeared.
Og ganske rigtigt, Brahmanen viste sig snart.
And he was carrying fine jewels for his wife.
Og han bar fine juveler til sin kone.
On seeing his wife the Brahman thus accosted her;
Da brahmanen så sin kone, henvendte han sig til hende
således;
"Come with me, my dearest wife"
"Kom med mig, min kæreste kone"
"I have found my first wife"
"Jeg har fundet min første kone"
"She lives in a stately palace"
"Hun bor i et herskabeligt palads"
"Near her palace are hillocks of rupees"
"Nær hendes palads er der bakker med rupier"
"And there is a large hill of gold-mohurs"
"Og der er en stor bakke af guldmohurer"
"Why should you pine away in wretchedness?"
"Hvorfor skulle du sygne hen i elendighed?"
"Why would you stay in this horrible place?"
"Hvorfor ville du blive på dette forfærdelige sted?"
"Come with me to the house of my first wife"
"Kom med mig til min første kones hus"
"There we shall all live together happily"
"Der skal vi alle leve lykkeligt sammen"
At first, she thought her half-witted man had gone mad.
Først troede hun, at hendes halvklædte mand var blevet
sindssyg.
She could not imagine the hillocks of rupees.
Hun kunne ikke forestille sig bunkerne af rupier.

And she could not imagine a hill of gold-mohurs.
Og hun kunne ikke forestille sig en bakke af guld-mohurer.
But then she saw how he was beautifully dressed.
Men så så hun, hvor smukt han var klædt.
Beautiful clothes of exquisite silks and satins.
Smukt tøj af udsøgt silke og satin.
Ornaments set with diamonds and precious stones.
Ornamenter besat med diamanter og ædelsten.
Clothes fit for the queen of the land.
Tøj værdigt for landets dronning.
Clothes only princesses were in the habit of putting on.
Tøj, som kun prinsesser havde for vane at tage på.
She concluded in her mind that something was amiss:
Hun konkluderede i sit hoved, at noget var galt:
Her stupid husband must have been tricked.
Hendes dumme mand må være blevet narret.
He must have fallen into the meshes of a Rakshasi.
Han må være faldet i maskerne af en Rakshasi.
The Brahman, however, insisted his wife went with him.
Brahmanen insisterede imidlertid på, at hans kone tog med
ham.
"Feel free to stay here and pine away in poverty"
"Du kan være velkommen til at blive her og sygne hen i
fattigdom"
"As for me, I will return to the palace of my first wife"
"Hvad mig angår, så vil jeg vende tilbage til min første kones
palads."
The good woman did her best to stop her husband.
Den gode kvinde gjorde sit bedste for at stoppe sin mand.
But in the end she resolved to go with him.
Men til sidst besluttede hun sig for at gå med ham.
Perhaps she could judge the matter better at the palace.
Måske kunne hun bedre bedømme sagen på slottet.

They set out accordingly the next morning.
De tog derfor afsted den næste morgen.
They went the same road the Brahman had travelled.

De gik ad den samme vej, som brahmanen havde rejst.
The woman was not a little surprised by what she saw.
Kvinden var ikke så lidt overrasket over, hvad hun så.
She saw the hillocks of cowries and of jewels.
Hun så bakker med kauri og juveler.
And she saw hillocks of eight-anna pieces.
Og hun så bakker af otte-anna stykker.
And she saw the hillocks of rupees too.
Og hun så også bunkerne af rupier.
And last of all she saw a lofty hill of gold-mohurs.
Og til sidst så hun en høj bakke af guldmohurer.
She saw also an exceedingly beautiful lady.
Hun så også en usædvanlig smuk dame.
The lady of the palace was hastening towards her.
Paladsfruen skyndte sig hen imod hende.
The lady fell on the neck of the Brahman woman.
Damen faldt brahmin-kvinden om halsen.
And she wept tears of joy, and said:
Og hun græd glædestårer og sagde:
"Welcome, beloved sister!"
"Velkommen, elskede søster!"
"This is the happiest day of my life!"
"Dette er den lykkeligste dag i mit liv!"
"I see the face of my dearest sister again!"
"Jeg ser min kæreste søsters ansigt igen!"
The husband and his two wives entered the palace.
Manden og hans to koner gik ind i paladset.
Now he was lodged in a stately mansion.
Nu var han indlogeret i et herskabeligt palæ.
The most delectable food appeared, as if by enchantment.
Den mest delikate mad dukkede op, som ved fortryllelse.
He was caressed and endeared by his two wives.
Han blev kærtegnet og elsket af sine to koner.
Both wives did their best to make him happy.
Begge koner gjorde deres bedste for at gøre ham lykkelig.
Both wives did their best to make him comfortable.

Begge koner gjorde deres bedste for at få ham til at føle sig godt tilpas.

His two wives were competing for his love.

Hans to koner konkurrerede om hans kærlighed.

The Brahman had a jolly time of it.

Brahmanen havde det rigtig sjovt.

He was steeped in an ocean of enjoyment.

Han var gennemsyret af et hav af nydelse.

The Brahman lived in this state of Elysian pleasure.

Brahmanen levede i denne tilstand af elysisk nydelse.

Some fifteen or sixteen years he spent this way.

Omkring femten eller seksten år tilbragte han på denne måde.

During this time his two wives presented him with two sons.

I denne periode fødte hans to koner ham to sønner.

The Rakshasi's son was the elder.

Rakshasis søn var den ældste.

He looked more like a god than a human being.

Han lignede mere en gud end et menneske.

He was named Sahasra-Dal.

Han blev kaldt Sahasra-Dal.

His name meant the thousand-branched.

Hans navn betød den tusindgrenede.

The son of the Brahman woman was a year younger.

Brahmin-kvindens søn var et år yngre.

He was named Champa-Dal

Han blev kaldt Champa-Dal

His name meant the branch of a champaka tree.

Hans navn betød grenen af et champaka-træ.

The two brothers loved each other dearly.

De to brødre elskede hinanden højt.

They were both sent to the same school.

De blev begge sendt til den samme skole.

The school was several miles distant from the palace.

Skolen lå flere kilometer fra paladset.

Every day they rode their two little ponies to school.

Hver dag red de på deres to små ponyer i skole.

The Brahman woman had always been suspicious.
Brahmin-kvinden havde altid været mistænksom.
A thousand little circumstances gave her clues.
Tusind små omstændigheder gav hende spor.
She knew her sister-in-law was not a human being.
Hun vidste, at hendes svigerinde ikke var et menneske.
She was sure her sister-in-law was a Rakshasi.
Hun var sikker på, at hendes svigerinde var en rakshasi.
But her suspicion had not yet ripened into certainty.
Men hendes mistanke var endnu ikke modnet til vished.
Because the Rakshasi exercised great self-restraint.
Fordi Rakshasi udviste stor selvkontrol.
She never did anything which human beings did not do.
Hun gjorde aldrig noget, som mennesker ikke gjorde.
But she couldn't hide her demonic nature forever.
Men hun kunne ikke skjule sin dæmoniske natur for evigt.
Her demonic nature was eventually going to reveal itself.
Hendes dæmoniske natur skulle til sidst afsløre sig selv.

The Brahman had little to keep him busy.
Brahmanen havde ikke meget at holde ham beskæftiget med.
In order to pass his time he went hunting.
For at få tiden til at gå, gik han på jagt.
The first day he returned with an antelope.
Den første dag vendte han tilbage med en antilope.
The antelope was laid in the courtyard of the palace.
Antilopen blev lagt i paladsets gårdsplads.
The Rakshasi saw the antelope with great interest.
Rakshasien så antilopen med stor interesse.
At the sight of the raw meat her mouth began to water.
Ved synet af det rå kød begyndte hendes mund at løbe i vand.
The antelope was never taken to the kitchen.
Antilopen blev aldrig taget med i køkkenet.
Instead, the Rakshasi took the antelope to another room.
I stedet tog Rakshasi antilopen med til et andet rum.
In this room she began devouring the antelope.
I dette rum begyndte hun at fortære antilopen.

The Brahman woman saw everything from a secret room.
Brahmin-kvinden så alt fra et hemmeligt rum.
Her Rakshasi sister tore a leg off the antelope.
Hendes Rakshasi-søster rev et ben af antilopen.
She saw how she opened her tremendous jaw.
Hun så, hvordan hun åbnede sin enorme kæbe.
And in one mouthful she swallowed up the leg.
Og i én mundfuld slugte hun benet.
The other limbs were devoured in the same manner.
De andre lemmer blev fortæret på samme måde.
And opening her jaw even further, she swalled the body.
Og hun åbnede kæben endnu mere og slugte kroppen.
Only a little bit of the meat was kept for the kitchen.
Kun en lille smule af kødet blev gemt til køkkenet.
On the second day the Brahman caught another antelope.
På den anden dag fangede brahmanen endnu en antilope.
On the third day the Brahman caught another antelope.
På den tredje dag fangede brahmanen endnu en antilope.
The Rakshasi was unable to restrain her appetite.
Rakshasien var ude af stand til at beherske sin appetit.
The raw flesh brought out her demonic nature.
Det rå kød bragte hendes dæmoniske natur frem.
And she devoured each antelope like the last.
Og hun fortærede hver antilope som den forrige.
On the third day the Brahman woman expressed her
surprise.
På den tredje dag udtrykte brahmin-kvinden sin overraskelse.
"Nearly three whole antelopes have disappeared"
"Næsten tre hele antiloper er forsvundet"
"All that is left is a little bit of meat"
"Alt, der er tilbage, er lidt kød"
The Rakshasi did not appreciate the accusation.
Rakshasien værdsatte ikke anklagen.
"Do I eat raw flesh?" she asked fiercely.
"Spiser jeg råt kød?" spurgte hun heftigt.
"Perhaps you do eat raw flesh," replied the Brahman
woman.

"Måske spiser du råt kød," svarede brahmin-kvinden.

"I have nothing to prove the contrary"

"Jeg har intet, der beviser det modsatte"

The Rakshasi knew she had been discovered.

Rakshasien vidste, at hun var blevet opdaget.

Her eyes became even fiercer than before.

Hendes øjne blev endnu voldsommere end før.

And she vowed to get her revenge.

Og hun svor at få hævn.

The Brahman woman concluded her fate was sealed.

Brahman-kvinden konkluderede, at hendes skæbne var beseglet.

She thought her husband would meet the same fate.

Hun troede, at hendes mand ville møde samme skæbne.

She did not expect her son to be spared either.

Hun forventede heller ikke, at hendes søn ville blive skånet.

That night she hardly slept at all.

Den nat sov hun næsten slet ikke.

The Rakshasi had prevented her from seeing her husband.

Rakshasien havde forhindret hende i at se sin mand.

Early next morning Champa-Dal went to school.

Tidligt næste morgen gik Champa-Dal i skole.

Before he went to school she gave her son a golden bottle.

Inden han gik i skole, gav hun sin søn en gylden flaske.

In the golden bottle was her own breast milk.

I den gyldne flaske var hendes egen modermælk.

"Carefully watch the colour of the milk"

"Hold nøje øje med mælkens farve"

"If the milk turns red, your father has been killed"

"Hvis mælken bliver rød, er din far blevet dræbt"

"If the milk turns redder, then I have been killed"

"Hvis mælken bliver rødere, så er jeg blevet dræbt"

"If the milk turns red you must gallop away"

"Hvis mælken bliver rød, skal du galopere væk"

"Gallop as fast as your horse can carry you"

"Galop så hurtigt som din hest kan bære dig"

"If you do not run away, you will be devoured"

"Hvis du ikke løber væk, vil du blive fortæret"
That morning the Rakshasi made a suggestion to her husband.
Den morgen fremsatte Rakshasi et forslag til sin mand.
"Let us bathe in the river this morning"
"Lad os bade i floden i morges"
She would not take no for an answer.
Hun ville ikke tage nej for et svar.
The river was some distance from the palace.
Floden lå et stykke fra paladset.
The Brahman followed her as meekly as a lamb.
Brahmanen fulgte hende lige så sagtmodigt som et lam.
The Brahman woman saw that her doom was near.
Brahmin-kvinden så, at hendes undergang var nær.
But it was beyond her power to avert the catastrophe.
Men det var uden for hendes magt at afværge katastrofen.
The Brahman and the Rakshasi did indeed reach the river.
Brahmanen og Rakshasien nåede faktisk floden.
Soon after the Rakshasi changed into her real dimensions.
Kort efter forvandlede Rakshasi sig til sine virkelige dimensioner.
She tore the Brahman limb from limb.
Hun rev brahmanens lem fra hinanden.
She devoured him like she had devoured the antelope.
Hun fortærede ham, som hun havde fortæret antilopen.
Then she ran back to her palace.
Så løb hun tilbage til sit palads.
The wive's fate was the same as the Brahman's.
Hustruens skæbne var den samme som brahminens.

Young Champ Dal had done as his mother instructed.
Den unge mester Dal havde gjort, som hans mor havde befalet.
He was diligently observing the golden bottle.
Han iagttog flittigt den gyldne flaske.
He paid special attention to the colour of the milk.
Han var særlig opmærksom på mælkens farve.

He was horror-struck to find the milk redden a little.
Han blev rædselsslagen over at opdage, at mælken var blevet lidt rød.
"My father has been killed," he cried.
"Min far er blevet dræbt," råbte han.
Soon after the milk completely reddened.
Kort efter blev mælken helt rød.
"Now my mother has been killed too," he cried.
"Nu er min mor også blevet dræbt," græd han.
Quickly he rushed to mount his pony.
Hurtigt skyndte han sig at besteg sin pony.
His half-brother, Sahasra-Dal, was surprised.
Hans halvbror, Sahasra-Dal, var overrasket.
"Where are you going, Champa?"
"Hvor skal du hen, Champa?"
"Why are you crying, brother?"
"Hvorfor græder du, bror?"
"Let me accompany you to wherever you are going"
"Lad mig ledsage dig, hvor end du skal hen"
But Champa-Dal now feared his brother.
Men Champa-Dal frygtede nu sin bror.
"Oh! do not come to me," he objected.
"Åh! kom ikke til mig," indvendte han.
"Your mother has devoured my father and mother"
"Jeres mor har fortæret min far og mor"
"Don't you come and devour me"
"Kom ikke og fortær mig"
"I will not devour you," he promised his brother.
"Jeg vil ikke fortære dig," lovede han sin bror.
"I'll save you," he promised his brother.
"Jeg skal nok redde dig," lovede han sin bror.
And he galloped after his brother, Champa-Dal.
Og han galoperede efter sin bror, Champa-Dal.
Soon his mother, the Rakshasi, appeared at a distance.
Snart dukkede hans mor, Rakshasi, op i det fjerne.
She demanded Champa-Dal to come to her.
Hun krævede, at Champa-Dal skulle komme til hende.

But Champa-Dal knew better than to go to the Rakshasi.
Men Champa-Dal vidste bedre end at tage til Rakshasi.
"Champa-Dal will not come to you, but I will"
"Champa-Dal kommer ikke til dig, men jeg vil"
And instead, Sahasra-Dal went to his mother.
Og i stedet gik Sahasra-Dal til sin mor.
The young prince always carried a sword with him.
Den unge prins bar altid et sværd med sig.
With his sword he cut off his mother's head.
Med sit sværd huggede han sin mors hoved af.
Champa-Dal had not stayed to witness this.
Champa-Dal var ikke blevet for at være vidne til dette.
He had galloped off as far as his pony could carry him.
Han var galoperet afsted så langt, som hans pony kunne bære ham.
Because he was running for his life.
Fordi han løb for sit liv.
But Sahasra-Dal soon caught up with his brother.
Men Sahasra-Dal indhentede snart sin bror.
And he told him that his mother was no more.
Og han fortalte ham, at hans mor ikke var mere.
This was small consolation to Champa-Dal.
Dette var en ringe trøst for Champa-Dal.
The Rakshasi had already devoured both his parents.
Rakshasien havde allerede fortæret begge hans forældre.
But he could still not trust Sahasra-Dal's friendship.
Men han kunne stadig ikke stole på Sahasra-Dals venskab.
They both rode as fast as their horses could carry them.
De red begge så hurtigt, som deres heste kunne bære dem.
And their horses could carry them very far.
Og deres heste kunne bære dem meget langt.
Because their horses were Pakshirajes horses.
Fordi deres heste var Pakshirajes-heste.
Pakshirajes horses are the kings of birds.
Pakshirajes heste er fuglenes konger.
On their horses they travelled over hundreds of miles.
På deres heste tilbagelagde de over hundredvis af kilometer.

An hour or two before sundown they reached a village.
En time eller to før solnedgang nåede de en landsby.
Here they became the guests of a respectable family.
Her blev de gæster hos en respektabel familie.
But the two brothers saw the family was in gloom.
Men de to brødre så, at familien var i dysterhed.
Something was agitating the family very much.
Noget oprørte familien meget.
Some of the family held private consultations.
Nogle i familien afholdt private konsultationer.
And others in the family were weeping.
Og andre i familien græd.
The mother was the eldest lady in the house.
Moderen var den ældste dame i huset.
"I will go, as I am the eldest," she said.
"Jeg tager afsted, for jeg er den ældste," sagde hun.
"I have lived long enough"
"Jeg har levet længe nok"
"At most my life would be cut short by a year or two"
"Højst ville mit liv blive forkortet med et år eller to"
The youngest member of the house was a little girl.
Husets yngste medlem var en lille pige.
"I will go, as I am young," she said.
"Jeg tager afsted, for jeg er ung," sagde hun.
"I am useless to the family"
"Jeg er ubrugelig for familien"
"If I die, I shall not be missed"
"Hvis jeg dør, vil jeg ikke blive savnet"
The head of the house was the son of the old lady.
Husets overhoved var den gamle dames søn.
"I am the representative of the family," he said.
"Jeg er familiens repræsentant," sagde han.
"It is but reasonable that I should give up my life"
"Det er kun rimeligt, at jeg skulle opgive mit liv"
He also had a younger brother.
Han havde også en yngre bror.
"You are the pillar of the family," he said.

"Du er familiens søjle," sagde han.

"If you go the whole family is ruined"

"Hvis du tager afsted, er hele familien ødelagt"

"It is not reasonable that you should go"

"Det er ikke rimeligt, at du skal gå"

"I will go, as I shall not be much missed"

"Jeg tager afsted, for jeg vil ikke blive savnet meget"

The two strangers listened to all this conversation.

De to fremmede lyttede til hele denne samtale.

You can imagine their curiosity was not little.

Du kan forestille dig, at deres nysgerrighed ikke var ringe.

They wondered what the discussion could be about.

De spekulerede på, hvad diskussionen kunne handle om.

Sahasra-Dal took the risk of being thought meddlesome.

Sahasra-Dal tog risikoen for at blive anset for at være indblandet.

"What is the subject of your consultations?"

"Hvad er emnet for jeres konsultationer?"

"What is the reason for your deep miserable?"

"Hvad er årsagen til din dybe elendighed?"

"Why are your words full of countenances?"

"Hvorfor er dine ord fulde af ansigter?"

The head of the house gave the following answer.

Husets leder gav følgende svar.

"There is something you must know, me worthy guests"

"Der er noget, I må vide, mine værdige gæster"

"These lands are infested by a terrible Rakshasi"

"Disse lande er inficeret af en frygtelig Rakshasi"

"This Rakshasi has depopulated all the regions here"

"Denne Rakshasi har affolket alle regionerne her"

"This town, too, would have been depopulated"

"Denne by ville også være blevet affolket"

"But that our king became suppliant to the Rakshasi"

"Men at vores konge bønfaldt Rakshasi"

"He begged her to show mercy to us his people"

"Han bad hende om at vise os, hans folk, barmhjertighed"

The Rakshasi replied to the king.

Rakshasien svarede kongen.
"I will consent to show mercy to your subjects"
"Jeg vil samtykke i at vise dine undersåtter barmhjertighed"
"But there is one condition for my mercy"
"Men der er én betingelse for min nåde"
"Every night I demand one human being"
"Hver nat kræver jeg ét menneske"
"I don't mind if it is a male or a female"
"Jeg er ligeglad med, om det er en mand eller en kvinde"
"Put the human being in a temple for me to feast"
"Sæt mennesket i et tempel, så jeg kan feste"
"If I get a human being every night I will rest satisfied"
"Hvis jeg får et menneske hver nat, vil jeg være tilfreds"
**"Promise me this and I will commit no further
depredations"**
"Lov mig dette, og jeg vil ikke begå yderligere plyndringer"
"Your subjects will be spared from my ravenous hunger"
"Dine undersåtter vil blive skånet for min glubende sult"
"Our king had no other alternative than to agree"
"Vores konge havde intet andet valg end at gå med til det"
"What human can ever hope to contend against a Rakshasi?"
"Hvilket menneske kan nogensinde håbe på at kunne kæmpe
mod en Rakshasi?"
"From that day the king made a new law"
"Fra den dag udstedte kongen en ny lov"
"Every family has to send one member to the temple"
"Hver familie skal sende et medlem til templet"
"To appease the wrath of the terrible Rakshasi"
"For at formilde den frygtelige Rakshasis vrede"
"To satisfy the endless hunger of the Rakshasi"
"For at tilfredsstille Rakshasis endeløse sult"
"All the families in this neighbourhood have had their turn"
"Alle familierne i dette nabolag har haft deres tur"
"This night it is the turn of our family"
"I aften er det vores families tur"
"One of us is to devote ourself to destruction"
"En af os skal vie sig selv til ødelæggelse"

"We are therefore discussing who should go to the Rakshasi"

"Vi diskuterer derfor, hvem der skal gå til Rakshasi"

"You can now perceive the cause of our distress"

"I kan nu forstå årsagen til vores nød"

The two friends consulted together for a few minutes.

De to venner rådførte sig med hinanden i et par minutter.

After this time they concluded their consultation.

Efter dette tidspunkt afsluttede de deres konsultation.

Sahasra-Dal was the spokesman for the brothers.

Sahasra-Dal var brødrenes talsmand.

"Most worthy host, do not any longer be sad"

"Mest værdige vært, vær ikke længere ked af det"

"You have been very kind to us"

"I har været meget venlige mod os"

"We have resolved to requite your hospitality"

"Vi har besluttet at gengælde jeres gæstfrihed"

"We will go to the temple instead of you"

"Vi vil gå til templet i stedet for dig"

"We shall go as your representatives"

"Vi vil rejse som jeres repræsentanter"

"We will become the food of the Rakshasi"

"Vi vil blive Rakshasis mad"

The whole family protested against the proposal.

Hele familien protesterede mod forslaget.

They declared that guests were like gods.

De erklærede, at gæsterne var som guder.

"The host must ensure the comfort of the guests"

"Værten skal sørge for gæsternes komfort"

"The guests must not suffer for the host"

"Gæsterne skal ikke lide for værtens skyld"

But the two strangers could not be persuaded.

Men de to fremmede kunne ikke overtales.

"We will stand as proxies for your family"

"Vi vil stå som stedfortrædere for din familie"

There was a great deal of objection to the proposal.

Der var stor indsigelse mod forslaget.

But eventually the guests persuaded their hosts.
Men til sidst overtalte gæsterne deres værter.
Finally the hosts consented to the arrangement.
Endelig accepterede værterne aftalen.

Sahasra-Dal and Champa-Dal rode off on their horses.
Sahasra-Dal og Champa-Dal red afsted på deres heste.
Immediately after candle light they reached the temple.
Umiddelbart efter stearinlysets tænding nåede de templet.
They went into the temple, and shut the door.
De gik ind i templet og lukkede døren.
Sahasra told his brother to go to sleep.
Sahasra bad sin bror om at gå i seng.
"I will guard over your sleep"
"Jeg vil vogte over din søvn"
"I will watch out for the terrible Rakshasi"
"Jeg vil holde øje med den forfærdelige Rakshasi"
Champa was soon in a fine sleep.
Champa faldt snart i en dejlig søvn.
Sahasra lay awake, waiting for the Rakshasi.
Sahasra lå vågen og ventede på Rakshasi.
Nothing happened during the early hours of the night.
Der skete intet i de tidlige nattetimer.
But then the gong of the king's bell sounded.
Men så lød kongens klokke.
It was midnight, the dead hour of the night.
Det var midnat, nattens døde time.
Sahasra heard the sound as of a rushing tempest.
Sahasra hørte lyden som af et brusende uvejr.
He used the knowledge he had of Rakshasas.
Han brugte den viden, han havde om Rakshasaer.
He concluded the Rakshasi was nigh.
Han konkluderede, at Rakshasi var nær.
A thundering knock was heard at the door.
En tordnende banken blev hørt på døren.
The following words accompanied the knock at the door:
Følgende ord lød, da der bankede på døren:

"How, mow, khow! A human being I smell"
"Hvordan, slå, khov! Jeg lugter et menneske."
"Who keeps guard inside this temple?"
"Hvem holder vagt inde i dette tempel?"
To this question Sahasra-Dal made the following reply:
På dette spørgsmål svarede Sahasra-Dal følgende:
"Sahasra-Dal keeps guard inside this temple"
"Sahasra-Dal holder vagt inde i dette tempel"
"Champa-Dal keeps guard inside this temple"
"Champa-Dal holder vagt inde i dette tempel"
"Two winged horses keep guard inside this temple"
"To vingede heste holder vagt inde i dette tempel"
Rakshasa blood flowed through Sahasra-Dal's veins.
Rakshasa-blod flød gennem Sahasra-Dals årer.
The Rakshasi knew Sahasra-Dal was not human.
Rakshasi vidste, at Sahasra-Dal ikke var et menneske.
And so the Rakshasi turned away with a groan.
Og således vendte Rakshasien sig bort med et støn.
After an hour the Rakshasi returned to the temple.
Efter en time vendte Rakshasi tilbage til templet.
The Rakshasi thundered at the door again.
Rakshasien tordnede igen mod døren.
"How, mow, khow! A human being I smell"
"Hvordan, slå, khov! Jeg lugter et menneske."
"Who keeps guard inside this temple?"
"Hvem holder vagt inde i dette tempel?"
To this question Sahasra-Dal again replied:
Til dette spørgsmål svarede Sahasra-Dal igen:
"Sahasra-Dal keeps guard inside this temple"
"Sahasra-Dal holder vagt inde i dette tempel"
"Champa-Dal keeps guard inside this temple"
"Champa-Dal holder vagt inde i dette tempel"
"Two winged horses keep guard inside this temple"
"To vingede heste holder vagt inde i dette tempel "
The Rakshasi again groaned and went away.
Rakshasien stønnede igen og gik væk.
At two o'clock the Rakshasi appeared once more.

Klokken to viste Rakshasi sig endnu engang.
And at three o'clock the Rakshasi came again.
Og klokken tre kom Rakshasi igen.
Each time the Rakshasi made the same inquiry.
Hver gang stillede Rakshasi den samme forespørgsel.
And each time the Rakshasi left with a groan.
Og hver gang gik Rakshasien med et støn.
After three o'clock, however, Sahasra-Dal felt very sleepy.
Efter klokken tre følte Sahasra-Dal sig imidlertid meget søvnig.
He could not any longer keep awake.
Han kunne ikke længere holde sig vågen.
He therefore roused Champa.
Derfor vækkede han Champa.
And he told him to keep guard over the temple.
Og han sagde til ham, at han skulle holde vagt over templet.
"The Rakshasi will come again in an hour"
"Rakshasi kommer igen om en time"
"The Rakshasi will ask who keeps guard here"
"Rakshasien vil spørge, hvem der holder vagt her"
"You must mention Sahasra's name first"
"Du skal nævne Sahasras navn først"
Having given these instructions he went to sleep.
Efter at have givet disse instruktioner, gik han i seng.
At four o'clock the Rakshasi again made her appearance.
Klokken fire dukkede Rakshasi igen op.
The Rakshasi thundered at the door, and said:
Rakshasien tordnede mod døren og sagde:
"How, mow, khow! A human being I smell"
"Hvordan, slå, khov! Jeg lugter et menneske."
"Who keeps guard inside this temple?"
"Hvem holder vagt inde i dette tempel?"
Champa-Dal was in a terrible fright.
Champa-Dal var i en frygtelig skræk.
He had forgotten the instructions of his brother.
Han havde glemt sin brors instruktioner.
"Champa-Dal keeps guard inside this temple"

"Champa-Dal holder vagt inde i dette tempel"
"Sahasra-Dal keeps guard inside this temple"
"Sahasra-Dal holder vagt inde i dette tempel"
"Two winged horses keep guard inside this temple"
"To vingede heste holder vagt inde i dette tempel"
The Rakshasi uttered a shout of exultation.
Rakshasien udstødte et jubelråb.
And the Rakshasi laughed how only demons can laugh.
Og Rakshasi lo, som kun dæmoner kan le.
With a dreadful noise the door broke open.
Med en frygtelig larm brød døren op.
The noise roused Sahasra from his sleep.
Støjen vækkede Sahasra fra hans søvn.
Within a moment he sprung to his feet.
I løbet af et øjeblik sprang han op.
He had his sword with him not only by day.
Han havde sit sværd med sig ikke kun om dagen.
He had his sword with him by night too.
Han havde også sit sværd med sig om natten.
His sword was as supple as a palm-leaf.
Hans sværd var lige så smidigt som et palmeblad.
And he cut off the head of the Rakshasi.
Og han huggede Rakshasi'ens hoved af.
The huge mountain of a body fell to the ground.
Det enorme bjerg af et lig faldt til jorden.
The body made a great noise when it fell.
Kroppen lavede en høj lyd, da den faldt.
And the body covered many surrounding acres.
Og liget dækkede mange omkringliggende hektar.
Sahasra-Dal kept the severed head of the Rakshasi.
Sahasra-Dal beholdt det afhuggede hoved af Rakshasi.
And he slept again with the head near him.
Og han sov igen med hovedet tæt på sig.

Early in the morning some wood-cutters came.
Tidligt om morgenen kom nogle brændehuggere.
The wood-cutters were passing near the temple.

Brændehuggerne gik forbi templet.
The wood-cutters saw the huge body on the ground.
Brændehuggerne så det enorme lig på jorden.
So they walked towards the temple.
Så gik de mod templet.
Soon they saw that it was a carcass.
Snart så de, at det var et kadaver.
The carcass of the terrible Rakshasi.
Kadaveret af den frygtelige Rakshasi.
The Rakshasi that had nearly depopulated the land.
Rakshasi'en, der næsten havde affolket landet.
There had been a bounty for this Rakshasi.
Der havde været en dusør for denne Rakshasi.
The king offered the hand of his daughter.
Kongen rakte sin datters hånd frem.
And the king had offered half the kingdom.
Og kongen havde tilbudt halvdelen af riget.
He would trade it all for the head of the Rakshasi.
Han ville bytte det hele for Rakshasi-hovedet.
The wood-cutters saw no claimant at hand.
Brændehuggerne så ingen sagsøger ved hånden.
So they went to get the reward.
Så gik de hen for at hente belønningen.
Each wood-cutter cut off a limb from the Rakshasi.
Hver brændehugger skar en gren af Rakshasi.
And each wood-cutter went to the king.
Og hver brændehugger gik til kongen.
And each wood-cutter tried to claim the reward.
Og hver brændehugger forsøgte at gøre krav på belønningen.
"I am the destroyer of the great man eater"
"Jeg er den store menneskeæders ødelægger"
"I have come to claim my reward"
"Jeg er kommet for at gøre krav på min belønning"
The king knew there could only be one hero.
Kongen vidste, at der kun kunne være én helt.
So he made an inquiry with his minister.
Så forhørte han sig hos sin minister.

"What family's turn was it last night?"
"Hvilken families tur var det i går aftes?"
"And who is the head of that family?"
"Og hvem er familiens overhoved?"
The king's minister set out to find the family.
Kongens minister drog ud for at finde familien.
He brought the head of the family to the king.
Han bragte familiens overhoved til kongen.
And the head of the family told of his guests.
Og familiens overhoved fortalte om sine gæster.
"Last night two youthful travelers came to me"
"I går aftes kom to unge rejsende til mig"
"We offered to be their hosts for the night"
"Vi tilbød at være deres værter for natten"
"Soon they discovered the problem we had"
"Snart opdagede de problemet, vi havde"
"And they volunteered to take our place"
"Og de meldte sig frivilligt til at tage vores plads"
"They went to the temple, instead of one of us"
"De tog til templet i stedet for en af os"
The king took his men to the temple.
Kongen tog sine mænd med til templet.
The door of the temple was broken open.
Templets dør blev brudt op.
They found the two brothers sleeping.
De fandt de to brødre sovende.
And the horses were safe in the temple too.
Og hestene var også i sikkerhed i templet.
And the head of the Rakshasi was there too.
Og Rakshasi-lederen var også der.
There was no doubt about who had killed the monster.
Der var ingen tvivl om, hvem der havde dræbt uhyret.
The real hero had been discovered.
Den virkelige helt var blevet opdaget.
And the king kept true to his word.
Og kongen holdt sit ord.
He gave the hand of his daughter to Sahasra-Dal.

Han gav sin datters hånd til Sahasra-Dal.
And he gave him half his kingdom too.
Og han gav ham også halvdelen af sit kongerige.
Champa-Dal remained with his friend.
Champa-Dal blev hos sin ven.
And he rejoiced in Sahasra-Dal's prosperity.
Og han glædede sig over Sahasra-Dals velstand.
And they lived together happily for some time.
Og de levede lykkeligt sammen i et stykke tid.

But one day a misunderstanding arose between them.
Men en dag opstod der en misforståelse mellem dem.
The queen-mother had a certain maid-servant.
Dronningemoderen havde en vis tjenestepige.
This maid-servant was the most useful domestic.
Denne tjenestepige var den mest nyttige hushjælp.
She could turn her hand to any task.
Hun kunne vende hånden til enhver opgave.
And she had uncommon strength for a woman.
Og hun havde usædvanlig styrke til at være kvinde.
Her intelligence was not lacking either.
Hendes intelligens manglede heller ikke.
And she had a remarkable amount of energy.
Og hun havde en bemærkelsesværdig mængde energi.
She would have been quickly missed in the palace.
Hun ville hurtigt være blevet savnet i paladset.
The zenana was completely dependent on her.
Zenanaen var fuldstændig afhængig af hende.
Hence her services were highly valued.
Derfor blev hendes tjenester højt værdsat.
The queen-mother appreciated her very much.
Dronningemoderen værdsatte hende meget.
And the ladies of the palace valued her too.
Og paladsets damer værdsatte hende også.
But this valuable woman was not a woman.
Men denne værdifulde kvinde var ikke en kvinde.
What this woman was was a Rakshasi.

Hvad denne kvinde var, var en Rakshasi.
She had put on the appearance of a woman.
Hun havde taget et kvindeligt udseende på.
She had her own nefarious reasons for doing this.
Hun havde sine egne ondsindede grunde til at gøre dette.
And then she took service in the royal household.
Og så tog hun tjeneste i det kongelige husholdning.
At night she used to assume her own real form.
Om natten plejede hun at antage sin egen rigtige skikkelse.
When everyone in the palace was asleep.
Da alle i paladset sov.
And then she went about in search of food.
Og så gik hun rundt for at lede efter mad.
Because her hunger was not satisfied at the palace.
Fordi hendes sult ikke var tilfredsstillet på paladset.
A Rakshasi needs much more food than a man or woman.
En rakshasi har brug for meget mere mad end en mand eller kvinde.
At this time Champa-Dal had no wife.
På dette tidspunkt havde Champa-Dal ingen kone.
So he often slept outside the zenana.
Så sov han ofte udenfor zenanaen.
He was not far from the outer gate of the palace.
Han var ikke langt fra paladsets ydre port.
And from there he could observe her.
Og derfra kunne han observere hende.
He saw her devouring sundry goats and sheep.
Han så hende fortære diverse geder og får.
And he saw her devouring horses and elephants.
Og han så hende fortære heste og elefanter.
This of course was not good for the maid-servant.
Dette var selvfølgelig ikke godt for tjenestepigen.
Champa-Dal was in the way of her supper.
Champa-Dal stod i vejen for hendes aftensmad.
So she was determined to get rid of him.
Så hun var fast besluttet på at slippe af med ham.
One day she went to the queen-mother.

En dag gik hun til dronningemoderen.
"Queen-mother," she said to her.
"Dronningemoder," sagde hun til hende.
"I can no longer work in the palace"
"Jeg kan ikke længere arbejde i paladset"
"Why?" asked the queen-mother.
"Hvorfor?" spurgte dronningemoderen.
"What is the matter, Dasi" she wanted to know.
"Hvad er der galt, Dasi?" ville hun vide.
"How can I go on without you?"
"Hvordan kan jeg komme videre uden dig?"
"Tell me your reasons for leaving"
"Fortæl mig dine grunde til at forlade dig"
The maid-servant explained her situation.
Tjenestepigen forklarede sin situation.
"I am but a poor woman in this palace"
"Jeg er kun en fattig kvinde i dette palads"
"A woman like me can't preserve her honour here"
"En kvinde som mig kan ikke bevare sin ære her"
"Your son-in-law has a friend, Champa-Dal"
"Din svigersøn har en ven, Champa-Dal"
"He always cracks indecent jokes with me"
"Han laver altid uanstændige jokes med mig"
"I would rather beg for my rice than to lose my honour"
"Jeg vil hellere tigge om min ris end at miste min ære"
"If Champa-Dal remains in the palace I must go away"
"Hvis Champa-Dal bliver i paladset, må jeg gå væk"
The maid-servant was irreplicable in the palace.
Tjenestepigen var uovertruffen i paladset.
The queen-mother knew what sacrifice to make.
Dronningemoderen vidste, hvilket offer hun skulle bringe.
Champa-Dal was going to have to leave the palace.
Champa-Dal var nødt til at forlade paladset.
And she told Sahasra-Dal all her reasons.
Og hun fortalte Sahasra-Dal alle sine grunde.
"Champa-Dal is a bad man"
"Champa-Dal er en ond mand"

"His character and morals are loose"
"Hans karakter og moral er løs"
"He must leave this palace at once"
"Han skal forlade dette palads med det samme"
Sahasra-Dal did his best to persuade her otherwise.
Sahasra-Dal gjorde sit bedste for at overtale hende til det modsatte.
He earnestly pleaded on behalf of his friend.
Han tryglede inderligt på sin vens vegne.
But his efforts were in vain.
Men hans anstrengelser var forgæves.
The queen-mother had made up her mind.
Dronningemoderen havde besluttet sig.
He had to be driven out of the palace.
Han måtte jages ud af paladset.
Sahasra-Dal had not the courage to tell his friend.
Sahasra-Dal havde ikke modet til at fortælle det til sin ven.
He therefore wrote a letter to him.
Derfor skrev han et brev til ham.
In the letter he was vague about the reason.
I brevet var han vag omkring årsagen.
But either way, he was going to have to leave.
Men under alle omstændigheder var han nødt til at gå.
Champa-Dal went to have a bath.
Champa-Dal gik for at tage et bad.
And the letter was put in his room.
Og brevet blev lagt på hans værelse.
Champa-Dal was grieved upon reading the letter.
Champa-Dal blev bedrøvet, da han læste brevet.
He mounted his fleet of horses.
Han besteg sin flåde af heste.
And on his horses he left the palace.
Og på sine heste forlod han paladset.

Champa's horses were uncommonly fleet.
Champas heste var usædvanligt flåde.
Soon he had traversed thousands of miles.

Snart havde han tilbagelagt tusindvis af kilometer.
And eventually he reached a new city.
Og til sidst nåede han en ny by.
He stood at the gateway of a magnificent palace.
Han stod ved porten til et storslået palads.
He dismounted from his horse.
Han steg af sin hest.
And he entered the palace.
Og han gik ind i paladset.
But in the palace he met not a single creature.
Men i paladset mødte han ikke en eneste skabning.
He went from apartment to apartment.
Han gik fra lejlighed til lejlighed.
All the rooms were richly furnished.
Alle værelserne var rigt møblerede.
But none of the rooms were lived in.
Men ingen af værelserne var beboede.
But in the end he came to a different room.
Men til sidst kom han til et andet rum.
In this room there was a young lady.
I dette rum var der en ung dame.
The young lady was of heavenly beauty.
Den unge dame var af himmelsk skønhed.
And she was lying down on a splendid bedstead.
Og hun lå på en pragtfuld seng.
The beautiful young lady was asleep.
Den smukke unge dame sov.
Champa-Dal looked upon the sleeping beauty.
Champa-Dal kiggede på Tornerose.
He was captivated by what he was seeing.
Han var betaget af det, han så.
He had not seen any woman so beautiful.
Han havde ikke set nogen så smuk kvinde.
Upon the bed there were two sticks.
På sengen lå der to pinde.
The two sticks were near the woman's head.
De to pinde var i nærheden af kvindens hoved.

One of the sticks was made of silver.

En af pindene var lavet af sølv.

And the other stick was made of gold.

Og den anden stav var lavet af guld.

Champa took the silver stick into his hand.

Champa tog sølvpinden i sin hånd.

And with the stick he touched the body of the lady.

Og med stokken rørte han ved damens krop.

But no change was perceptible to her sleep.

Men der var ingen mærkbar ændring i hendes søvn.

He then took up the gold stick.

Så tog han guldstaven op.

And with the stick he touched the body of the lady.

Og med stokken rørte han ved damens krop.

This time the young lady did awake.

Denne gang vågnede den unge dame.

Eyeing the stranger, she inquired who he was.

Hun kiggede på den fremmede og spurgte, hvem han var.

"I am Champa-Dal," he told her.

"Jeg er Champa-Dal," sagde han til hende.

"There was once a poor dimwitted Brahman"

"Der var engang en stakkels, dum brahman"

"This dimwitted man had a wife, but no children"

"Denne dumme mand havde en kone, men ingen børn"

"But him not having children was probably for the best"

"Men det var nok bedst, at han ikke fik børn"

"Because he was barely able to meet his own needs"

"Fordi han knap nok kunne få dækket sine egne behov"

"And he could hardly supply enough for his wife"

"Og han kunne knap nok sørge for sin kone."

"But his dimwittedness was not even his biggest problem"

"Men hans dumhed var ikke engang hans største problem"

And he continued the story as we have followed it.

Og han fortsatte historien, sådan som vi har fulgt den.

"My mother concluded her fate was sealed"

"Min mor konkluderede, at hendes skæbne var beseglet"

"And she thought my father would meet the same fate"

"Og hun troede, at min far ville møde den samme skæbne"
"And she did not expect me to be spared either"
"Og hun forventede heller ikke, at jeg ville blive skånet"
"That night she hardly slept at all"
"Den nat sov hun næsten ikke"
"The Rakshasi had prevented her from seeing my father"
"Rakshasien havde forhindret hende i at se min far"
"Early next morning I went to school"
"Tidligt næste morgen tog jeg i skole"
"Before I went to school she gave me a golden bottle"
"Før jeg gik i skole, gav hun mig en gylden flaske"
"In the golden bottle was her own breast milk"
"I den gyldne flaske var hendes egen modermælk"
"I was told to carefully watch the colour of the milk"
"Jeg fik besked på at holde nøje øje med mælkens farve"
And he continued the story as we have followed it.
Og han fortsatte historien, sådan som vi har fulgt den.
"We will stand as proxies for your family"
"Vi vil stå som stedfortrædere for din familie"
"There was a great deal of objection to our proposal"
"Der var stor modstand mod vores forslag"
"But eventually we persuaded our hosts"
"Men til sidst overtalte vi vores værter"
"Finally the hosts consented to the arrangement"
"Endelig accepterede værterne aftalen"
And he continued the story as we have followed it.
Og han fortsatte historien, sådan som vi har fulgt den.
"So I often slept outside the zenana"
"Så jeg sov ofte udenfor zenanaen"
"I was not far from the outer gate of the palace"
"Jeg var ikke langt fra paladsets ydre port"
"And from there I could observe her"
"Og derfra kunne jeg observere hende"
"I saw her devouring sundry goats and sheep"
"Jeg så hende fortære diverse geder og får "
"And I saw her devouring horses and elephants"
"Og jeg så hende fortære heste og elefanter"

And he continued the story as we have followed it.
Og han fortsatte historien, sådan som vi har fulgt den.
"One day a letter was put in my room"
"En dag blev der lagt et brev på mit værelse"
"I was grieved upon reading the letter"
"Jeg blev bedrøvet, da jeg læste brevet"
"I mounted my fleet of horses"
"Jeg besteg min flåde af heste"
"And on my horses he left the palace"
"Og på mine heste forlod han paladset"
"My horse are uncommonly fleet"
"Mine heste er usædvanligt hurtige"
"Soon I had traversed thousands of miles"
"Snart havde jeg tilbagelagt tusindvis af kilometer"
"And eventually I reached a new city"
"Og til sidst nåede jeg en ny by"
And he continued the story as we have followed it.
Og han fortsatte historien, sådan som vi har fulgt den.
"I took the silver stick into his hand"
"Jeg tog sølvstaven i hans hånd"
"And with the stick I touched your body"
"Og med stokken rørte jeg din krop"
"But no change was perceptible to your sleep"
"Men der var ingen mærkbar ændring i din søvn"
"I then took up the gold stick"
"Så tog jeg guldstaven op"
And with the stick he touched your body.
Og med stokken rørte han din krop.
"This time you did awake from your sleep"
"Denne gang vågnede du af din søvn"
The young lady had listened to Champa-Dal's story.
Den unge dame havde lyttet til Champa-Dals historie.
The young lady was in fact a princess.
Den unge dame var faktisk en prinsesse.
"Unhappy man! why have you come here?"
"Ulykkelig mand! hvorfor er du kommet her?"
"This is the country of Rakshasas"

"Dette er Rakshasas' land"
"No less than seven hundred Rakshasas live here"
"Ikke mindre end syv hundrede rakshasaer bor her"
"Every morning the Rakshasas leave"
"Hver morgen tager rakshasaerne afsted"
"They go to the other side of the ocean"
"De tager til den anden side af havet"
"And they search for provisions there"
"Og de søger efter forsyninger der"
"And before dusk they return again"
"Og før skumringen vender de tilbage igen"
"My father was king in these regions"
"Min far var konge i disse egne"
"His kingdom had millions of subjects"
"Hans kongerige havde millioner af undersåtter"
"They lived in flourishing towns and cities"
"De boede i blomstrende byer"
"But some years ago the Rakshasas invaded"
"Men for nogle år siden invaderede rakshasaerne"
"And they devoured all the subjects of the kingdom"
"Og de fortærede alle rigets undersåtter"
"The Rakshasas devoured my father and my mother"
"Rakshaserne fortærede min far og min mor"
"The Rakshasas devoured my brothers and sisters"
"Rakshaserne fortærede mine brødre og søstre"
"And they devoured all the cattle of the country"
"Og de fortærede alt landets kvæg"
"There is no living human being in these regions"
"Der er intet levende menneske i disse områder"
"I am the last human living left"
"Jeg er det sidste levende menneske tilbage"
"I too would have been devoured long ago"
"Jeg ville også være blevet fortæret for længe siden"
"But an old Rakshasi took a liking to me"
"Men en gammel Rakshasi fik sympati for mig"
"She prevents the other Rakshasas from eating me"
"Hun forhindrer de andre Raktshasaer i at spise mig"

"Do you see those sticks of silver and gold?"
"Ser du de der sølv- og guldstænger?"
"Every morning she kills me with the silver stick"
"Hver morgen dræber hun mig med sølvpinden"
"Every evening she re-animates me with the gold stick"
"Hver aften genopliver hun mig med guldpinden"
"I do not know how to advise you"
"Jeg ved ikke, hvordan jeg skal rådgive dig"
"If the Rakshasas see you, you are a dead man"
"Hvis rakshasaerne ser dig, er du en død mand"
Then they talked in a very affectionate manner.
Så talte de meget kærligt sammen.
And they laid their heads together.
Og de lagde hovederne sammen.
And they thought to devise a means of escape.
Og de tænkte på at udtænke en flugtvej.
Some way to get out of the hands of the Rakshasas.
En måde at komme ud af rakshasaernes hænder.

The hour of the return of the Rakshasas was coming.
Timen for Rakshasaernes tilbagekomst var nær.
The seven hundred flesh-eaters were soon returning.
De syv hundrede kødædere vendte snart tilbage.
Keshavati called out to Champa-Dal.
Keshavati råbte til Champa-Dal.
(Because that was the name of the princess)
(Fordi det var prinsessens navn)
"Hide yourself in the heaps of the sacred trefoil"
"Skjul dig i bunkerne af den hellige trekløver"
But first Champ Dal picked up the silver stick.
Men først samlede Champ Dal sølvpinden op.
He touched Keshavati with the silver stick.
Han rørte ved Keshavati med sølvpinden.
And as soon as he touched her, she died.
Og så snart han rørte ved hende, døde hun.
Then he went to the center of the temple of Siva.
Så gik han til midten af Siva-templet.

And he hid beneath the heaps of sacred trefoil.
Og han gemte sig under bunkerne af helligt trekløverblad.
From his hiding place he heard the sound of wind rushing.
Fra sit skjulested hørte han lyden af vind, der susede.
Then he heard terrible noises in the palace.
Så hørte han forfærdelige lyde i paladset.
The Rakshasas had come home from their hunt.
Rakshasaerne var kommet hjem fra deres jagt.
They had filled their stomachs with meat.
De havde fyldt deres maver med kød.
Sundry goats, sheep, cows, horses, buffaloes.
Diverse geder, får, køer, heste, bøfler.
And they had devoured elephants too.
Og de havde også fortæret elefanter.
The old Rakshasi returned to the palace too.
Den gamle Rakshasi vendte også tilbage til paladset.
She went to the room of the sleeping princess.
Hun gik ind i den sovende prinsesses værelse.
And she woke her with the stick made of gold.
Og hun vækkede hende med stokken lavet af guld.
"Hye, mye, khye! A human being I smell"
"Hye, mye, khye! Jeg lugter et menneske."
"I am the only human being here," said the princess.
"Jeg er det eneste menneske her," sagde prinsessen.
"Eat me if you like," added Keshavati.
"Spis mig, hvis du har lyst," tilføjede Keshavati.
To this the Rakshasi replied:
Til dette svarede Rakshasi:
"Let me eat up your enemies"
"Lad mig æde dine fjender"
"Why should I eat you?" she asked the princess.
"Hvorfor skulle jeg spise dig?" spurgte hun prinsessen.
She laid herself down on the ground.
Hun lagde sig ned på jorden.
She was as long and high as the Vindhya Hills.
Hun var lige så lang og høj som Vindhya-bakkerne.
And in this position she fell asleep.

Og i denne stilling faldt hun i søvn.

The other Rakshasas and Rakshasis soon fell asleep too.

De andre rakshasaer og rakshasi'er faldt også snart i søvn.

Because they were tired from their gigantic labour.

Fordi de var trætte af deres enorme slid.

Keshavati also composed herself to sleep.

Keshavati faldt også i søvn.

But Champa did not dare to come out from under the leaves.

Men Champa turde ikke komme ud under bladene.

And he tried his best to pray to the god of repose.

Og han gjorde sit bedste for at bede til hvilens gud.

At daybreak all seven hundred Rakshasas got up again.

Ved daggry rejste alle syv hundrede Rökshasaer sig igen.

They went on their usual predatory excursion.

De tog på deres sædvanlige rovdyrsudflugt.

And along with them went the old Rakshasi.

Og sammen med dem gik den gamle Rakshasi.

But first the old Rakshasi picked up the silver stick.

Men først samlede den gamle Rakshasi sølvstaven op.

And she touched Keshavati with the silver stick.

Og hun rørte ved Keshavati med sølvpinden.

Soon the coast was clear for Champa-Dal.

Snart var kysten fri for Champa-Dal.

And he dared to come out from under the pile of leaves.

Og han turde komme ud fra under bunken af blade.

He walked back into the room of the princess.

Han gik tilbage ind i prinsessens værelse.

And he touched her with the golden stick.

Og han rørte hende med den gyldne stav.

And the princess revived from her death again.

Og prinsessen genopstod igen fra sin død.

They sauntered about in the gardens.

De slentrede rundt i haverne.

They enjoyed the cool breeze of the morning.

De nød den kølige morgenbrise.

They bathed in a lucid pool of water.

De badede i en klar vandpøl.
And they ate and drank food in the palace.
Og de spiste og drak mad i paladset.
And they spent the day in sweet converse.
Og de tilbragte dagen i sød samtale.
And they concocted a plan for their deliverance.
Og de udtænkte en plan til deres befrielse.
Keshavaity was going to speak to the old Rakshasi.
Keshavaity ville tale med den gamle Rakshasi.
She was going to ask on what a Rakshasa's life depended.
Hun ville spørge, hvad en Rakshasas liv afhang af.
And with that secret they were going to act accordingly.
Og med den hemmelighed ville de handle derefter.

The hour of the return of the Rakshasas was coming again.
Timen for Rakshasaernes tilbagevenden var igen nær.
And events unfolded as they had the evening before.
Og begivenhederne udfoldede sig, som de havde gjort aftenen
før.
The seven hundred flesh-eaters were returning to the palace.
De syv hundrede kødædere var på vej tilbage til paladset.
Champ Dal touched Keshavati with the silver stick.
Champ Dal rørte Keshavati med sølvstaven.
She died like the had died the night before.
Hun døde, ligesom hun var død natten før.
Champa-Dal went to the centre of the temple of Siva.
Champa-Dal gik til midten af Siva-templet.
He hid beneath the heaps of sacred trefoil again.
Han gemte sig igen under bunkerne af helligt trekløverblad.
He heard the sound of wind rushing.
Han hørte lyden af vinden, der susede.
And he heard terrible noises in the palace.
Og han hørte forfærdelige lyde i paladset.
The Rakshasas had come home from their hunt.
Rakshasaerne var kommet hjem fra deres jagt.
They had filled their stomachs with meat.
De havde fyldt deres maver med kød.

Sundry goats, sheep, cows, horses, buffaloes.
Diverse geder, får, køer, heste, bøfler.
And they had devoured elephants too.
Og de havde også fortæret elefanter.
The old Rakshasi returned to the palace too.
Den gamle Rakshasi vendte også tilbage til paladset.
She went to the room of the sleeping princess.
Hun gik ind i den sovende prinsesses værelse.
And she woke her with the stick made of gold.
Og hun vækkede hende med stokken lavet af guld.
"Hye, mye, khye! A human being I smell"
"Hye, mye, khye! Jeg lugter et menneske."
"I am the only human being here," said the princess.
"Jeg er det eneste menneske her," sagde prinsessen.
"Eat me if you like," added Keshavati.
"Spis mig, hvis du har lyst," tilføjede Keshavati.
To this the Rakshasi replied:
Til dette svarede Rakshasi:
"Let me eat up your enemies"
"Lad mig æde dine fjender"
"Why should I eat you?" she asked the princess.
"Hvorfor skulle jeg spise dig?" spurgte hun prinsessen.
She laid herself down on the ground.
Hun lagde sig ned på jorden.
And she looked like a part of the Himalaya mountains.
Og hun lignede en del af Himalaya-bjergene.
Keshavati had a phial of heated mustard oil.
Keshavati havde en flaske med varm sennepsolie.
And she approached the foot of the Rakshasi.
Og hun nærmede sig foden af Rakshasi.
"Mother, your feet are sore from walking"
"Mor, dine fødder er ømme af at gå"
"Let me rub your sore feet with oil"
"Lad mig gnide dine ømme fødder ind i olie"
And she began to rub with oil the Rakshasi's feet.
Og hun begyndte at gnide Rakshasis fødder med olie.
Then a few tear-drops fell from the eyes of the princess.

Så faldt et par tårer fra prinsessens øjne.
And the tear-drops landed on the monster's legs.
Og tårerne landede på monsterets ben.
The Rakshasi tasted the tear-drops with her lips.
Rakshasien smagte tårerne med sine læber.
And she found the tear-drops tasted briny.
Og hun fandt ud af, at tåredråberne smagte salt.
"Why are you weeping, darling?" asked the Rakshasi.
"Hvorfor græder du, skat?" spurgte Rakshasi.
"What aileth thee?" she wanted to know.
"Hvad fejler dig?" ville hun vide.
The princess tried to stop herself from crying.
Prinsessen prøvede at holde op med at græde.
"Mother, I am weeping because you are old"
"Mor, jeg græder fordi du er gammel"
"When you die one of the Rakshasas will devour me"
"Når du dør, vil en af Rākshasaerne fortære mig"
"When I die?! Don't be foolish, girl"
"Når jeg dør?! Vær ikke dum, pige"
"Don't you know that Rakshasas never die?"
"Ved du ikke, at rakshasaer aldrig dør?"
"We are not naturally immortal"
"Vi er ikke naturligt udødelige"
"There is a secret to our strength"
"Der er en hemmelighed bag vores styrke"
"But no human can unravel this secret"
"Men intet menneske kan opklare denne hemmelighed"
"But let me tell you the secret"
"Men lad mig fortælle dig hemmeligheden"
"So that you are comforted a little"
"Så du kan blive lidt trøstet"
"Do you see the pool of water in the palace?"
"Ser du vandpytten i paladset?"
"In that pool of water is a Sphatikasthamba"
"I den vandpøl er en Sphatikasthamba"
"The Sphatikasthambha is deep in the water"
"Sphatikasthambha ligger dybt i vandet"

"And on the Sphatikasthambha are two bees"

"Og på Sphatikasthambha er to bier"

"A human being would have to dive into the water"

"Et menneske ville være nødt til at dykke ned i vandet"

"The human being would have to bring the bees onto dry land"

"Mennesket ville være nødt til at bringe bierne op på tørt land
"

"Then the human being would have to kill the two bees"

"Så skulle mennesket dræbe de to bier"

"But not a drop of their blood must touch the ground"

"Men ikke en dråbe af deres blod må røre jorden"

"Only then can a human kill a Rakshasa"

"Kun da kan et menneske dræbe en Rakshasa"

"But if the blood touches the ground, a thousand Rakshasas will rise"

"Men hvis blodet rører jorden, vil tusind Rakshasas rejse sig"

"But what human will find out this secret?"

"Men hvilket menneske vil opdage denne hemmelighed?"

"And what human can achieve this feat?"

"Og hvilket menneske kan opnå denne bedrift?"

"No human knows the secret to the life of a Rakshasa"

"Intet menneske kender hemmeligheden bag en rakshasas liv"

"And no human can achieve such a feat"

"Og intet menneske kan opnå en sådan bedrift"

"So there is no reason to be sad, my darling"

"Så der er ingen grund til at være ked af det, min skat."

"I am practically immortal," she confirmed.

"Jeg er praktisk talt udødelig," bekræftede hun.

Keshavati treasured the secret in her memory.

Keshavati gemte hemmeligheden i sin erindring.

And then she went back to sleep.

Og så gik hun i seng igen.

Next morning the Rakshasas, as usual, went away.

Næste morgen gik dæmonerne som sædvanlig bort.

Champa came out of his hiding-place.

Champa kom ud af sit skjulested.
And he roused Keshavati from her sleep.
Og han vækkede Keshavati fra hendes søvn.
The princess told him the secret she had learnt.
Prinsessen fortalte ham den hemmelighed, hun havde lært.
Champa-Dal immediately started to prepare himself.
Champa-Dal begyndte straks at forberede sig.
He brought to the pool a knife.
Han bragte en kniv til poolen.
And he brought a quantity of ashes.
Og han medbragte en mængde aske.
He took off his heavy clothes.
Han tog sit tunge tøj af.
He put a drop or two of mustard oil into each ear.
Han puttede en dråbe eller to sennepsolie i hvert øre.
To prevent water from entering into his ears.
For at forhindre vand i at komme ind i hans ører.
He swam out into the middle of the water.
Han svømmede ud midt i vandet.
And from there he dove down into the pool.
Og derfra dykkede han ned i dammen.
Soon he reached the top of the crystal pillar.
Snart nåede han toppen af krystalsøjlen.
And on Sphatikasthambha were the two bees.
Og på Sphatikasthambha var de to bier.
He caught hold of the two bees he found there.
Han greb fat i de to bier, han fandt der.
And he swam up again in a singular breath.
Og han svømmede op igen i et enkelt åndedrag.
He took the knife he had left at the edge of the water.
Han tog den kniv, han havde efterladt ved vandkanten.
And over the ashes he cut up the bees.
Og over asken skar han bierne op.
A drop or two of the blood fell from the bees.
En dråbe eller to af blodet faldt fra bierne.
But their blood did not touch the ground.
Men deres blod rørte ikke jorden.

Instead, their blood landed on the ashes.
I stedet landede deres blod på asken.
A terrible scream was heard at a distance.
Et frygteligt skrig hørtes i det fjerne.
The scream was the wailing of the Rakshasas.
Skriget var dæmonernes klagen.
They were all running home as fast as they could.
De løb alle hjem så hurtigt de kunne.
They wanted to prevent the bees from being killed.
De ville forhindre, at bierne blev dræbt.
But they could not reach the palace in time.
Men de kunne ikke nå frem til paladset i tide.
Because the bees had already perished.
Fordi bierne allerede var døde.
The moment the bees were killed, all the Rakshasas died.
I det øjeblik bierne blev dræbt, døde alle dæmonerne.
Their carcases fell on the very spot they were standing.
Deres lig faldt ned på det sted, hvor de stod.
Their carcases now blocked the gateway of the palace.
Deres lig blokerede nu paladsets port.
In this manner the seven hundred Rakshasas were destroyed.
På denne måde blev de syv hundrede rakshasaer tilintetgjort.

Afterwards Champa-Dal and Keshavati got married.
Bagefter blev Champa-Dal og Keshavati gift.
They made the traditional exchange of garlands of flowers.
De foretog den traditionelle udveksling af blomsterguirlander.
The princess had never been out of the house.
Prinsessen havde aldrig været ude af huset.
So she naturally expressed a desire to see the outer world.
Så udtrykte hun naturligt et ønske om at se den ydre verden.
Every morning and evening they went on long walks.
Hver morgen og aften gik de lange ture.
There was a large river Keshavati wished to bathe in.
Der var en stor flod, som Keshavati ønskede at bade i.
As she bathed one of Keshavati's hairs came off.

Mens hun badede, faldt et af Keshavatis hår af.

There was a special custom in those times.

Der var en særlig skik på den tid.

A woman never threw away a hair away by itself.

En kvinde smider aldrig et hår væk af sig selv.

A sea-shell was floating in the water.

En muslingeskal flød i vandet.

So Keshavati tied the strand of hair to the sea-shell.

Så bandt Keshavati hårlokken til muslingeskallen.

And then the couple returned to the palace.

Og så vendte parret tilbage til paladset.

Meanwhile the sea-shell floated down the stream.

I mellemtiden flød muslingeskallen ned ad strømmen.

And in due time the sea-shell reached another bathing spot.

Og med tiden nåede muslingeskallen et andet badested.

This was the bathing spot Sahasra-Dal went to.

Dette var badestedet, Sahasra-Dal tog til.

Here Champa-Dal's brother performed his ablutions.

Her udførte Champa-Dals bror hans afvaskninger.

On this day Sahasra-Dal was in the water.

På denne dag var Sahasra-Dal i vandet.

He was bathing and swimming with his friends.

Han badede og svømmede med sine venner.

And so the sea-shell floated past the men.

Og således flød muslingeskallen forbi mændene.

The men were in a playful mood that day.

Mændene var i et muntert humør den dag.

"Whoever gets to the sea-shell first wins"

"Den, der først når frem til muslingeskallen, vinder"

And so they all swam towards the sea-shell.

Og således svømmede de alle hen imod muslingeskallen.

Sahasra-Dal was the strongest swimmer among his friends.

Sahasra-Dal var den stærkeste svømmer blandt sine venner.

And so he was the first the reach the sea-shell.

Og således var han den første, der nåede frem til muslingeskallen.

Examining the seashell, he found a hair tied to it.

Da han undersøgte muslingeskallen, fandt han et hår bundet til den.

But it was a hair of extraordinary length.

Men det var et hår af usædvanlig længde.

He had never seen such a long hair.

Han havde aldrig set så langt hår.

The strand of hair was exactly seven cubits long.

Hårlokken var præcis syv alen lang.

"This strand of hair must belong to a woman"

"Denne hårlok må tilhøre en kvinde"

"And this woman must be very remarkable"

"Og denne kvinde må være meget bemærkelsesværdig"

"I must see who this remarkable woman is"

"Jeg må se, hvem denne bemærkelsesværdige kvinde er"

Sahasra-Dal was determined to find the remarkable woman.

Sahasra-Dal var fast besluttet på at finde den bemærkelsesværdige kvinde.

He went home from the river in a pensive mood.

Han gik hjem fra floden i et eftertænksomt humør.

And he did not proceed to the zenana for breakfast.

Og han gik ikke videre til zenanaen for at spise morgenmad.

Instead he remained in the outer part of the palace.

I stedet forblev han i den ydre del af paladset.

The queen-mother heard about Sahasra-Dal's meloncholy.

Dronningemoderen hørte om Sahasra-Dals meloncholi.

And she heard he had not come to breakfast.

Og hun hørte, at han ikke var kommet til morgenmad.

So she went to him and asked the reason.

Så gik hun hen til ham og spurgte om årsagen.

He showed her the strand of hair he had found.

Han viste hende den hårlok, han havde fundet.

"I must see the woman who's head this strand of hair adorned"

"Jeg må se kvinden, hvis hoved er prydet med denne hårlokke"

The queen-mother was happy to help her son-in-law.

Dronningemoderen var glad for at kunne hjælpe sin
svigersøn.

"Very well," she said to him.

"Meget godt," sagde hun til ham.

"You shall soon have that lady in the palace"

"Du skal snart have den dame i paladset."

"I promise you to bring her here"

"Jeg lover dig at bringe hende hertil"

The queen mother already had a plan.

Dronningemoderen havde allerede en plan.

Her favourite maid-servant would be good at the job.

Hendes yndlingspige ville være god til jobbet.

Because this maid-servant was very resourceful.

Fordi denne tjenestepige var meget opfindsom.

Of course the queen-mother did not really know her maid.

Selvfølgelig kendte dronningemoderen ikke rigtig sin
tjenestepige.

She did not know her favourite maid was a Rakshasi.

Hun vidste ikke, at hendes yndlingspige var en Rakshasi.

"Please find the owner of this strand of hair," she asked.

"Find venligst ejeren af denne hårlok," spurgte hun.

And her maid-servant more than politely agreed.

Og hendes tjenestepige var mere end høfligt enig.

"It would my pleasure to find this woman"

"Det ville være en fornøjelse at finde denne kvinde"

"I will soon bring her to the palace"

"Jeg bringer hende snart til paladset"

"I will need a boat build from Hajol wood"

"Jeg skal bruge en båd til at bygge af Hajol-træ"

"The oars of the boat must be made from Mon-Paban wood"

"Bådens årer skal være lavet af Mon-Paban-træ"

The boat makers soon made the boat.

Bådbyggerne lavede snart båden.

And the boat was launched on the stream.

Og båden blev søsat på strømmen.

The maid-servant went on board of the boat.

Tjenestepigen gik ombord på båden.

With her she took some baskets of wicker.
Med sig tog hun nogle kurve med flet.
The baskets of wicker were of curious workmanship.
Kurvene af flet var af et mærkeligt håndværk.
She also took with her some sweetmeats.
Hun tog også noget slik med sig.
Into the sweetmeats some poison had been mixed.
Der var blandet noget gift i slikket.
She snapped her fingers thrice.
Hun knipste med fingrene tre gange.
And then she uttered the following charm:
Og så udtalte hun følgende trylleformular:
"Boat of Hajol! Oars of Mon Paban!"
"Båd af Hajol! Årer fra Mon Paban!"
"Take me to the Ghat,"
"Tag mig med til Ghat,"
"The Ghat in which Keshavati bathes"
"Ghat, hvor Keshavati bader"
The boat heeded to her command.
Båden adlød hendes kommando.
And the boat flew like lightning over the waters.
Og båden fløj som lyn hen over vandet.
And the boat left many towns and cities behind.
Og båden efterlod mange byer og byer.
At last the boat stopped at a bathing-place.
Endelig stoppede båden ved et badested.
The Rakshasi maid-servant had reached her goal.
Rakshasi-tjenestepigen havde nået sit mål.
She concluded it was the bathing ghat of Keshavati.
Hun konkluderede, at det var Keshavati's badeghat.
She landed with the sweetmeats in her hand.
Hun landede med slikket i hånden.
She went to the gate of the palace, and cried aloud:
Hun gik hen til paladsets port og råbte højt:
"Oh Keshavati! Keshavati! I am your aunt"
"Åh Keshavati! Keshavati! Jeg er din tante"
"Oh Keshavati, I am your mother's sister"

"Åh Keshavati, jeg er din mors søster"
"I have come to see you, my darling"
"Jeg er kommet for at se dig, min skat"
"I have come after so many years"
"Jeg er kommet efter så mange år"
"Are you home, Keshavati?" she asked.
"Er du hjemme, Keshavati?" spurgte hun.
The princess heard the words of the false-aunt.
Prinsessen hørte den falske tantes ord.
She came out of her room and to the entrance of the palace.
Hun kom ud af sit værelse og hen til paladsets indgang.
She had no doubt that it was really her aunt.
Hun var ikke i tvivl om, at det virkelig var hendes tante.
And she embraced and kissed her aunt.
Og hun omfavnede og kyssede sin tante.
They both wept rivers of joy.
De græd begge floder af glæde.
Although you should know the Rakshasi wept first.
Selvom du burde vide, græd Rakshasi først.
Keshavati wept with her out of empathy.
Keshavati græd med hende af empati.
Champa-Dal also believed the Rakshasi to be her aunt.
Champa-Dal troede også, at Rakshasi var hendes tante.
They all ate and drank and enjoyed the happy occasion.
De spiste og drak alle og nød den glædelige begivenhed.
And then they took rest in the middle of the day.
Og så holdt de hvile midt på dagen.
And they celebrated again in the evening.
Og de fejrede igen om aftenen.

The next day the celebrations continued at breakfast.
Næste dag fortsatte festlighederne ved morgenmaden.
Champa-Dal had a habit of sleeping after breakfast.
Champa-Dal havde for vane at sove efter morgenmaden.
Towards afternoon, the supposed aunt said to Keshavati:
Hen mod eftermiddag sagde den formodede tante til
Keshavati:

"Let us both go to the river and wash ourselves:
"Lad os begge gå til floden og vaske os:
Keshavati replied, "How can we go now?"
Keshavati svarede: "Hvordan kan vi gå nu?"
"My husband is sleeping," she explained.
"Min mand sover," forklarede hun.
"Do not worry about your husband's sleep," said the aunt.
"Du skal ikke bekymre dig om din mands søvn," sagde tanten.
"Let him sleep as much as he likes"
"Lad ham sove så meget han vil"
"Let me put these sweetmeats near his bedside"
"Lad mig lægge disse slikkepind nær hans seng"
"That way, when he awakes, he has something to eat"
"På den måde har han noget at spise, når han vågner"
Then they then went to the river-side.
Så gik de til flodbredden.
They went close to the spot where the boat was.
De gik tæt på det sted, hvor båden lå.
From a distance Keshavati saw the baskets of wicker-work.
På afstand så Keshavati kurvene med fletværk.
"Aunt, what beautiful things are those!"
"Tante, sikke smukke ting det er!"
"I wish I could get some of those wicker baskets"
"Jeg ville ønske, jeg kunne få nogle af de flettede kurve"
Her aunt happily obliged her.
Hendes tante imødekom hende med glæde.
"Come, my child, and look at the wicker baskets"
"Kom, mit barn, og se på flettekurvene"
"You can have as many baskets as you like"
"Du kan have så mange kurve, som du vil"
Keshavati at first refused to go into the boat.
Keshavati nægtede først at gå ombord i båden.
But her aunt was very persuasive.
Men hendes tante var meget overbevisende.
And finally she went onto the boat.
Og endelig gik hun ombord på båden.
But once on the boat her aunt did a strange thing.

Men da hun var ombord på båden, gjorde hendes tante noget
mærkeligt.
The aunt snapped her fingers thrice and said:
Tanten knipste tre gange med fingrene og sagde:
"Boat of Hajol! Oars of Mon-Paban!"
"Båd af Hajol! Årer fra Mon-Paban!"
"Take me to the Ghat,"
"Tag mig med til Ghat,"
"The Ghat in which Sahasra-Dal bathes"
"Ghat, hvori Sahasra-Dal bader"
And the boat heeded to her command.
Og båden adlød hendes kommando.
And the boat flew like an arrow over the waters.
Og båden fløj som en pil over vandet.
Keshavati was frightened and began to cry.
Keshavati blev bange og begyndte at græde.
But the boat went on despite her crying.
Men båden fortsatte trods hendes gråd.
And the boat left behind many towns and cities.
Og båden efterlod mange byer og byer.
In a trice the boat reached its destination.
På et øjeblik nåede båden sin destination.
The ghat where Sahasra-Dal was in the habit of bathing.
Ghaten hvor Sahasra-Dal plejede at bade.
Keshavati was taken to the palace.
Keshavati blev ført til paladset.
Sahasra-Dal admired her beauty and the length of her hair.
Sahasra-Dal beundrede hendes skønhed og længden af hendes
hår.
And the ladies of the palace tried their best to comfort her.
Og paladsets damer gjorde deres bedste for at trøste hende.
But she set up a loud cry of protest.
Men hun opstod et højt protestskrig.
And she wanted to be taken back to her husband.
Og hun ville gerne tilbage til sin mand.
Finally she saw that she had been taken captive.
Endelig så hun, at hun var blevet taget til fange.

So she spoke to the ladies of the palace.

Så talte hun til paladsets damer.

"Upon marriage I made a vow to my husband"

"Ved ægteskabet aflagde jeg et løfte til min mand"

"I promised not to look upon the face of any other man"

"Jeg lovede ikke at se nogen anden mands ansigt"

"I promised to uphold this vow for six months"

"Jeg lovede at holde dette løfte i seks måneder"

She was then lodged away from the others in the palace.

Hun blev derefter indkvarteret væk fra de andre i paladset.

And she was given a small house to live in.

Og hun fik et lille hus at bo i.

The window of the house overlooked the road.

Husets vindue vendte ud mod vejen.

There she spent the livelong day.

Der tilbragte hun den lange dag.

And there she spent the livelong night.

Og der tilbragte hun den lange nat.

Because she had very little sleep.

Fordi hun havde sovet meget lidt.

Because her time was spent in sighing and weeping.

Fordi hendes tid blev brugt på suk og gråd.

In the meantime Champa-Dal awoke from his sleep.

I mellemtiden vågnede Champa-Dal af sin søvn.

He was distracted with the grief of not finding his wife.

Han var distraheret af sorgen over ikke at have fundet sin kone.

His suspicions turned to the aunt of Keshavati.

Hans mistanker vendte sig mod Keshavati's tante.

He knew she was a cheat and an impostor.

Han vidste, at hun var en snyder og en bedrager.

It must have been her who carried away Keshavati.

Det må have været hende, der bar Keshavati væk.

He did not eat the sweetmeats left for him.

Han spiste ikke de søde sager, der var efterladt til ham.

Because he suspected the sweets to have been poisoned.

Fordi han mistænkte slikket for at være forgiftet.

He threw one of the sweets to a crow.

Han kastede et af slikket til en krage.

The moment the crow ate the sweet, it dropped down dead.

I det øjeblik kragen spiste slikket, faldt den død om.

This confirmed his suspicion of the pretend aunt.

Dette bekræftede hans mistanke om den falske tante.

Maddened with grief, he rushed out of the house.

Rasende af sorg skyndte han sig ud af huset.

He was determined to go wherever his feet took him.

Han var fast besluttet på at gå, hvor end hans fødder førte ham.

Like a madman he blubbered, "Oh Keshavati! Oh Keshavati!"

Som en galning brokkede han sig: "Åh Keshavati! Åh Keshavati!"

He travelled on foot day after day.

Han rejste til fods dag efter dag.

And he followed whatever way his feet took him.

Og han fulgte i al den vej, hans fødder førte ham.

Six months he spent travelling in this wearisome manner.

Seks måneder tilbragte han med at rejse på denne trættende måde.

After six month he reached the capital of Sahasra-Dal.

Efter seks måneder nåede han hovedstaden i Sahasra-Dal.

He passed by the gate of the palace.

Han gik forbi paladsets port.

And from the road he could see a small house.

Og fra vejen kunne han se et lille hus.

And from in the house he could hear sighs.

Og indefra huset kunne han høre suk.

Champa-Dal instantly recognized his wife.

Champa-Dal genkendte øjeblikkeligt sin kone.

And Keshavita instantly recognized her husband.

Og Keshavita genkendte straks sin mand.

Keshavita told her husband everything that had happened.

Keshavita fortalte sin mand alt, hvad der var sket.

"The woman asked to go bathing after breakfast"
"Kvinden bad om at gå i bad efter morgenmaden"
"At the river there was a boat"
"Ved floden var der en båd"
"The woman persuaded me onto the boat"
"Kvinden overtalte mig ombord på båden"
"And then the boat took us to this place"
"Og så tog båden os til dette sted"
"I realized that I had been made captive"
"Jeg indså, at jeg var blevet taget til fange"
"So I told them of my vows to you"
"Så fortalte jeg dem om mine løfter til dig"
"But tomorrow will be the end of six month"
"Men i morgen er det slutningen på seks måneder"
There was a custom in those days.
Der var en skik i de dage.
The fulfilments of vows were publicly recited.
Opfyldelsen af løfter blev offentligt reciteret.
This was normally fulfilled by a learned Brahman.
Dette blev normalt opfyldt af en lærd brahman.
They planned for Champa-Dal to take on this role.
De planlagde, at Champa-Dal skulle påtage sig denne rolle.
And so that evening the palace drum was beat.
Og således blev paladstrommen slået den aften.
The king wanted a learned Brahman to make a recitation.
Kongen ønskede, at en lærd brahman skulle fremføre en recitation.
The story of Keshavati on the fulfilment of her vow.
Historien om Keshavati om opfyldelsen af sit løfte.
Champa-Dal touched the drum and volunteered.
Champa-Dal rørte ved trommen og meldte sig frivilligt.
"I will make the recitation of Keshavita's vows"
"Jeg vil fremsige Keshavitas løfter"
The next morning all assembled in the courtyard.
Næste morgen samledes alle på gården.
The old king and the queen mother.
Den gamle konge og dronningemoderen.

Sahasra-Dal and his wife were there.
Sahasra-Dal og hans kone var der.
All the courtiers and the learned Brahmans of the country.
Alle landets hoffolk og lærde brahminer.
All royalty was under a huge canopy of silk.
Alle kongelige var under et enormt silketag.
Kashavati was also there, but behind a veil.
Kashavati var også der, men bag et slør.
So that she wouldn't be exposed to the rude gaze of people.
Så hun ikke ville blive udsat for folks uhøflige blikke.
Champa-Dal, the reciter, sat on a dais.
Champa-Dal, recitatøren, sad på en forhøjning.
And he began to tell the story of Keshavati.
Og han begyndte at fortælle Keshavati's historie.
"There was once a poor dimwitted Brahman"
"Der var engang en stakkels, dum brahman"
"This dimwitted man had a wife, but no children"
"Denne dumme mand havde en kone, men ingen børn"
"But him not having children was probably for the best"
"Men det var nok bedst, at han ikke fik børn"
"Because he was barely able to meet his own needs"
"Fordi han knap nok kunne få dækket sine egne behov"
"And he could hardly supply enough for his wife"
"Og han kunne knap nok sørge for sin kone."
"But his dimwittedness was not even his biggest problem"
"Men hans dumhed var ikke engang hans største problem"
And he continued the story as we have followed it.
Og han fortsatte historien, sådan som vi har fulgt den.
And sometimes he turned around to Keshavati.
Og nogle gange vendte han sig om mod Keshavati.
And he asked her if he was telling the story correctly.
Og han spurgte hende, om han fortalte historien korrekt.
And she told him he was telling the story correctly.
Og hun fortalte ham, at han fortalte historien korrekt.
"The Brahman woman concluded her fate was sealed"
"Brahman-kvinden konkluderede, at hendes skæbne var beseglet"

"And she thought her husband would meet the same fate"
"Og hun troede, at hendes mand ville møde samme skæbne"
"And she did not expect her son to be spared either"
"Og hun forventede heller ikke, at hendes søn ville blive skånet"
"That night she hardly slept at all"
"Den nat sov hun næsten ikke"
"The Rakshasi had prevented her from seeing her husband"
"Rakshasien havde forhindret hende i at se sin mand"
"Early next morning Champa-Dal went to school"
"Tidligt næste morgen gik Champa-Dal i skole"
"Before he went to school, she gave her son a golden bottle"
"Før han gik i skole, gav hun sin søn en gylden flaske"
"In the golden bottle was her own breast milk"
"I den gyldne flaske var hendes egen modermælk"
"Carefully watch the colour of the milk"
"Hold nøje øje med mælkens farve "
During the recitation the Rakshasi maid-servant grew pale.
Under recitationen blev Rakshasi-tjenestepigen bleg.
She perceived that her real character was going to be discovered.
Hun forstod, at hendes sande karakter ville blive afsløret.
And Sahasra-Dal was astonished at the knowledge of the reciter.
Og Sahasra-Dal var forbløffet over recitatørens viden.
The reciter clearly told the history of the prince's life.
Recitatøren fortalte tydeligt historien om prinsens liv.
"A drop or two of the blood fell from the bees"
"En dråbe eller to af blodet faldt fra bierne"
"But their blood did not touch the ground"
"Men deres blod rørte ikke jorden"
"Instead, their blood landed on the ashes"
"I stedet landede deres blod på asken"
"A terrible scream was heard at a distance"
"Et frygteligt skrig blev hørt i det fjerne"
"The scream was the wailing of the Rakshasas"
"Skriget var rakshasas klagen"

"They were all running home as fast as they could"
"De løb alle hjem så hurtigt de kunne"
"They wanted to prevent the bees from being killed"
"De ville forhindre bierne i at blive dræbt"
"But they could not reach the palace in time"
"Men de kunne ikke nå frem til paladset i tide"
"Because the bees had already been killed"
"Fordi bierne allerede var blevet dræbt"
"The moment the bees were killed, all the Rakshasas died"
"I det øjeblik bierne blev dræbt, døde alle rakshasaerne"
"Their carcasses fell on the very spot they were standing"
"Deres lig faldt på det sted, hvor de stod"
"Their carcasses now blocked the gateway of the palace"
"Deres kadavere blokerede nu paladsets port"
"In this manner the seven hundred Rakshasas were destroyed"
"På denne måde blev de syv hundrede Rakshasaer ødelagt"
All where enthralled by the story of the Rakshasas.
Alle var betaget af historien om Rakshasaerne.
Because the story was being told by a true storyteller.
Fordi historien blev fortalt af en sand historiefortæller.
All enjoyed the story except for the maid-servant.
Alle nød historien undtagen tjenestepigen.
Because her real character was bound to be discovered.
Fordi hendes sande karakter uundgåeligt ville blive afsløret.
"Champa-Dal touched the drum and volunteered.
"Champa-Dal rørte ved trommen og meldte sig frivilligt."
"I will make the recitation of Keshavita's vows"
"Jeg vil fremsige Keshavitas løfter"
"The next morning all assembled in the courtyard"
"Næste morgen samledes alle i gården"
"The old king and the queen mother"
"Den gamle konge og dronningemoderen"
"Sahasra-Dal and his wife were there"
"Sahasra-Dal og hans kone var der"
"All the courtiers and the learned Brahmans of the country"
"Alle landets hoffolk og lærde brahminer"

"All royalty was under a huge canopy of silk"
"Alle kongelige var under et enormt silketag"
"Kashavati was also there, but behind a veil"
"Kashavati var også der, men bag et slør"
"So that she wouldn't be exposed to the rude gaze of people"
"Så hun ikke ville blive udsat for folks uhøflige blik"
"Champa-Dal, the reciter, sat on a dais"
"Champa-Dal, recitatøren, sad på en forhøjning"
"And he began to tell the story of Keshavati"
"Og han begyndte at fortælle historien om Keshavati"
Sahasra-Dal jumped up from his seat.
Sahasra-Dal sprang op fra sin plads.
And he embraced the reciter of the story.
Og han omfavnede historiens fortæller.
"You can be none other than my brother Champa-Dal"
"Du kan ikke være nogen anden end min bror Champa-Dal"
Then the prince was inflamed with rage.
Så blev prinsen optændt af raseri.
He ordered the maid-servant to come into his presence.
Han beordrede tjenestepigen til at komme ind i hans nærvær.
A hole the height of a man was dug in the ground.
Et hul på mandshøjde blev gravet i jorden.
And the maid-servant was put into the hole, standing.
Og tjenestepigen blev sat stående ned i hullet.
Prickly thorns were heaped around her.
Stikkende torne var dynget omkring hende.
Up to the crown of her head she was covered in thorns.
Op til isen af hovedet var hun dækket af torne.
In this way the maid-servant was buried alive.
På denne måde blev tjenestepigen levende begravet.
After this all lived happily together for many years.
Efter dette levede alle lykkeligt sammen i mange år.
Sahasra-Dal and his princess, and Champa-Dal and Keshavati.
Sahasra-Dal og hans prinsesse, og Champa-Dal og Keshavati.

The Story of Swet and Bachanta
Historien om Swet og Bachanta

There was once upon a time a rich merchant.

Der var engang en rig købmand.

This rich merchant had only one son.

Denne rige købmand havde kun én søn.

And he loved his only son very much.

Og han elskede sin eneste søn meget højt.

He gave to his son whatever he wanted.

Han gav sin søn hvad som helst, han ønskede.

Of course his son wanted a beautiful house.

Selvfølgelig ønskede hans søn sig et smukt hus.

And he also wanted to have a large garden.

Og han ville også gerne have en stor have.

So a beautiful house was built for him.

Så blev der bygget et smukt hus til ham.

And a fine garden was made for him too.

Og en smuk have blev også anlagt til ham.

The merchant's son was pleased with the garden.

Købmandens søn var tilfreds med haven.

And he enjoyed walking in the garden.

Og han nød at gå en tur i haven.

One day a bird's nest caught his attention.

En dag fangede en fuglerede hans opmærksomhed.

This bird happens to be called Toontooni.

Denne fugl hedder tilfældigvis Toontooni.

He put his hand into the small bird's nest.

Han stak sin hånd ind i den lille fuglerede.

And in the nest he found an egg.

Og i reden fandt han et æg.

He took the egg out of its nest.

Han tog ægget ud af dets rede.

There was an almirah in the wall of his house.

Der var en almirah i væggen i hans hus.

So he put the egg in the almirah.

Så lagde han ægget i almirahen.

He closed the door of the almirah.
Han lukkede døren til almirahen.
And then he thought no more of the egg.
Og så tænkte han ikke mere på ægget.
The merchant's son had a house of his own.
Købmandens søn havde sit eget hus.
But he had a house without a household.
Men han havde et hus uden en husstand.
So in his house there was no cook.
Så var der ingen kok i hans hus.
But he had no need for his own cook.
Men han havde ikke brug for sin egen kok.
Because his mother regularly sent him food.
Fordi hans mor regelmæssigt sendte ham mad.
In the morning she sent him breakfast.
Om morgenen sendte hun ham morgenmad.
And every day she had dinner sent to him.
Og hver dag fik hun sendt aftensmad til ham.
One day the egg in the almirah burst.
En dag bristede ægget i almirahen.
But it was not a bird that came out of the egg.
Men det var ikke en fugl, der kom ud af ægget.
Out of the egg came a beautiful infant.
Ud af ægget kom et smukt spædbarn.
The infant was not a bird, but a human girl.
Spædbarnet var ikke en fugl, men en menneskepige.
But the merchant's son knew nothing of the event.
Men købmandens søn vidste intet om begivenheden.
He had forgotten everything about the egg.
Han havde glemt alt om ægget.
The door of the wall-almirah had been kept closed.
Døren til mur-almirahen var blevet holdt lukket.
However, the merchant's son did not lock the door.
Købmandens søn låste dog ikke døren.
The child grew up within the wall-almirah.
Barnet voksede op inden for muren-almirah.
She had no knowledge of the merchant's son.

Hun kendte ikke købmandens søn.

Nor did she know of anyone else.

Hun kendte heller ikke til nogen andre.

When the child could walk it grew curious.

Da barnet kunne gå, blev det nysgerrigt.

And out of curiosity she opened the door.

Og af nysgerrighed åbnede hun døren.

That day, too, the mother had sent breakfast.

Også den dag havde moderen sendt morgenmad.

And the breakfast had been put on the floor.

Og morgenmaden var blevet sat på gulvet.

The child saw the food that was on the floor.

Barnet så maden, der var på gulvet.

Of course the child ate from the food.

Selvfølgelig spiste barnet af maden.

And then the child returned into the wall.

Og så vendte barnet tilbage ind i væggen.

The merchant's mother always made a lot of food.

Købmandens mor lavede altid masser af mad.

It was more food than he could possibly eat.

Det var mere mad, end han overhovedet kunne spise.

So he didn't notice that any food was missing.

Så han bemærkede ikke, at der manglede noget mad.

The girl of the wall-almirah came out every day.

Pigen fra mur-almirah kom ud hver dag.

And every day she ate a part of the food.

Og hver dag spiste hun en del af maden.

After eating the food she returned to the almirah.

Efter at have spist maden vendte hun tilbage til almirahen.

But with time the girl got older and older.

Men med tiden blev pigen ældre og ældre.

And with age she got bigger and bigger.

Og med alderen blev hun større og større.

And the bigger she got the hungrier she got.

Og jo større hun blev, jo mere sulten blev hun.

And she began to eat more of the food each day.

Og hun begyndte at spise mere af maden hver dag.

Eventually the merchant's son noticed the missing food.
Til sidst bemærkede købmandens søn den manglende mad.
But he had no way of knowing where the food went.
Men han havde ingen måde at vide, hvor maden blev af.
The last thing he suspected was a girl from inside the almirah.
Det sidste han mistænkte var en pige inde fra almirahen.
And so he came to a very different conclusion.
Og dermed kom han til en helt anden konklusion.
"Why is mother sending such a small quantity of food?".
"Hvorfor sender mor så lidt mad?"
And he had a message sent to his mother.
Og han fik sendt en besked til sin mor.
"Why am I being sent insufficient food?".
"Hvorfor får jeg ikke nok mad?"
"And why is the dish served so slovenly?".
"Og hvorfor serveres retten så sjusket?".
Of course we know why the food was insufficient.
Selvfølgelig ved vi, hvorfor maden var utilstrækkelig.
And we know why the food was presented slovenly.
Og vi ved, hvorfor maden blev præsenteret sjusket.
The girl from in the wall ate from his food.
Pigen fra væggen spiste af hans mad.
And as she ate she fingered the rice and curry.
Og mens hun spiste, fingrede hun af risen og karryen.
And she always hurried back into her cell in the wall.
Og hun skyndte sig altid tilbage til sin celle i væggen.
So that she would not be seen by anyone.
Så hun ikke ville blive set af nogen.
She had no time to put the rice in proper order.
Hun havde ikke tid til at lægge risene ordentligt i orden.
The mother was astonished at her son's complaint.
Moderen var forbløffet over sin søns klage.
She gave him more than he could eat.
Hun gav ham mere, end han kunne spise.
The food was served up on a silver plate.
Maden blev serveret på et sølvfad.

And she neatly arranged the food herself.
Og hun arrangerede selv maden pænt.
But her son repeated the same complaint again.
Men hendes søn gentog den samme klage igen.
Day after day he complained of the small portions.
Dag efter dag klagede han over de små portioner.
Day after day he complained of the messy food.
Dag efter dag klagede han over den beskidte mad.
And so his mother began to suspect foul play.
Og så begyndte hans mor at mistænke en forbrydelse.
She told her son to watch over the food.
Hun bad sin søn om at holde øje med maden.
"See if anyone is eating your food".
"Se om nogen spiser din mad".
The next day a servant brought the food.
Næste dag bragte en tjener maden.
The servant laid the food in a clean place.
Tjeneren lagde maden på et rent sted.
Normally the merchant's son took a bath.
Normalt tog købmandens søn et bad.
But this day he did not go for a bath.
Men denne dag gik han ikke i bad.
Instead, on this day he hid himself nearby.
I stedet gemte han sig i nærheden denne dag.
From his hiding place he could see the food.
Fra sit skjulested kunne han se maden.
The merchant's son did not have to wait for long.
Købmandens søn behøvede ikke at vente længe.
Soon he saw the wall-almirah open.
Snart så han muren-almirah åben.
And he saw a beautiful damsel step out.
Og han så en smuk jomfru træde ud.
She could not have been more than sixteen.
Hun kunne ikke have været mere end seksten.
She sat on the carpet by the breakfast.
Hun satte sig på gulvtæppet ved morgenmaden.
And she began to eat from the food left on the floor.

Og hun begyndte at spise af den mad, der var efterladt på gulvet.

The merchant's son came out of his hiding-place.

Købmandens søn kom ud af sit skjulested.

And the damsel could not escape from him.

Og pigen kunne ikke flygte fra ham.

"Who are you, beautiful creature?".

"Hvem er du, smukke skabning?"

"You do not seem to be earth-born".

"Du ser ikke ud til at være jordiskfødt."

"Are you one of the daughters of the gods?".

"Er du en af gudernes døtre?"

The girl replied, "I do not know who I am".

Pigen svarede: "Jeg ved ikke, hvem jeg er."

"But there is one thing I do know," the girl continued.

"Men der er én ting, jeg ved," fortsatte pigen.

"One day I found myself in the almirah in the wall".

"En dag befandt jeg mig i almirahen i muren."

"And since then I have been living in the wall".

"Og siden da har jeg boet inde i væggen."

The merchant's son thought her story was strange.

Købmandens søn syntes, hendes historie var mærkelig.

But then he thought a bit more about the story.

Men så tænkte han lidt mere over historien.

And he remembered what happened sixteen years ago.

Og han huskede, hvad der skete for seksten år siden.

He remembered the nest of the toontoori bird.

Han huskede toonoori-fuglens rede.

And he remembered finding an egg in the nest.

Og han huskede at have fundet et æg i reden.

And he remembered putting the egg in the almirah.

Og han huskede at have lagt ægget i almirahen.

The wall-almirah girl was of uncommon beauty.

Wall-almirah-pigen var af usædvanlig skønhed.

And the merchant's son was struck by her beauty.

Og købmandens søn blev ramt af hendes skønhed.

Her beauty made a deep impression on his mind.

Hendes skønhed gjorde et dybt indtryk på hans sind.

And he resolved in his mind to marry her.

Og han besluttede i sit sind at gifte sig med hende.

From then on the girl didn't stay in the almirah.

Fra da af blev pigen ikke i almirahen.

She was given a room in the merchant's son's house.

Hun fik et værelse i købmandens søns hus.

The next day the merchant's son wrote a message.

Næste dag skrev købmandens søn en besked.

And he had the message sent to his mother.

Og han fik beskeden sendt til sin mor.

You can guess the general theme of the message.

Du kan gætte beskedens overordnede tema.

The merchant's son said he would like to get married.

Købmandens søn sagde, at han gerne ville giftes.

The mother of the merchant's son reproached herself.

Købmandens søns mor bebrejdede sig selv.

She had not tried to find a wife for his son.

Hun havde ikke forsøgt at finde en kone til hans søn.

She felt she should have thought of his marriage.

Hun følte, at hun burde have tænkt på hans ægteskab.

And so she promptly replied to her son's message.

Og derfor svarede hun prompte på sin søns besked.

She and her father were going to send out ghataks.

Hun og hendes far skulle sende ghataks ud.

The ghataks were going to go to different countries.

Ghatakerne skulle til forskellige lande.

There they were going to look for suitable brides.

Der skulle de lede efter passende brude.

But the merchant's son said there would be no need.

Men købmandens søn sagde, at der ikke ville være behov for
det.

He had secured himself a lovely young lady.

Han havde sikret sig en dejlig ung dame.

If they had no objection, he would introduce her to them.

Hvis de ikke havde nogen indvendinger, ville han introducere
hende for dem.

And so the young lady was taken to the merchant's house.

Og således blev den unge dame ført til købmandens hus.

The merchant and his wife welcomed the stranger.

Købmanden og hans kone bød den fremmede velkommen.

And they were also struck by her unmatched beauty.

Og de blev også ramt af hendes uovertrufne skønhed.

The girl was of perfect loveliness and grace.

Pigen var af fuldkommen skønhed og ynde.

The parents made no questions to her birth.

Forældrene stillede ingen spørgsmål til hendes fødsel.

And the nuptials were celebrated there and then.

Og brylluppet blev fejret der og da.

In the course of time the merchant's son had two sons.

Med tiden fik købmandens søn to sønner.

The elder of the sons he named Swet.

Den ældste af sønnerne kaldte han Swet.

And the younger son he named Basanta.

Og den yngste søn kaldte han Basanta.

After the passing of more time the old merchant died.

Efter mere tid døde den gamle købmand.

So the merchant's son now became the merchant.

Så blev købmandens søn nu købmanden.

And after some time his mother died too.

Og efter et stykke tid døde hans mor også.

Swet and Basanta grew up to be fine lads.

Swet og Basanta voksede op og blev flinke drenge.

And the elder son was in due time married.

Og den ældste søn blev i sin tid gift.

Sometime after Swet's marriage his mother also died.

Engang efter Swets bryllup døde hans mor også.

The girl from in the wall was no more.

Pigen fra væggen var ikke mere.

The widower lost no time in marrying again.

Enkemanden spildte ingen tid og giftede sig igen.

And he had a new young and beautiful wife.

Og han havde en ny ung og smuk kone.

Swet's wife was older than his stepmother.
Swets kone var ældre end hans stedmor.
So his wife became the mistress of the house.
Så blev hans kone husets herskerinde.
The stepmother was like all stepmothers are.
Stedmoderen var som alle stedmødre er.
She hated Swet and Basanta with a perfect hatred.
Hun hadede Swet og Basanta med et fuldkomment had.
And the two ladies also couldn't stand each other.
Og de to damer kunne heller ikke udstå hinanden.
It so happened one day that a fisherman came.
Det skete en dag, at en fisker kom.
The fisherman brought to the merchant a fish.
Fiskeren bragte en fisk til købmanden.
This fish was of singular and remarkable beauty.
Denne fisk var af enestående og bemærkelsesværdig skønhed.
It was unlike any other fish that had been seen.
Den var ulig nogen anden fisk, man havde set.
And the fish had other qualities too.
Og fisken havde også andre kvaliteter.
The fisherman explained the wonders of the fish.
Fiskeren forklarede fiskens vidundere.
"Two things will happen if you eat this fish".
"To ting vil ske, hvis du spiser denne fisk."
"When you laugh maniks will drop from your mouth".
"Når du griner, falder der manikure fra din mund."
"And when you weep pearls will drop from your eyes".
"Og når I græder, vil perler falde fra jeres øjne."
The merchant was astounded by what he had heard.
Købmanden var forbløffet over, hvad han havde hørt.
And he wanted the wonderful properties of the fish.
Og han ville have fiskens vidunderlige egenskaber.
And so he bought the fish at one thousand rupees.
Og så købte han fisken for tusind rupees.
And he put the fish into the hands of Swet's wife.
Og han lagde fisken i hænderne på Swets kone.
Because Swet's wife was the mistress of the house.

Fordi Swets kone var husets herskerinde.
He strictly instructed her to cook the fish well.
Han instruerede hende strengt i at tilberede fisken godt.
And he told her to give the fish to him alone to eat.
Og han sagde til hende, at hun skulle give fisken til ham alene
at spise.
The house-mother however knew the fish's secret.
Husmoderen kendte imidlertid fiskens hemmelighed.
She had overheard what the fisherman had said.
Hun havde overhørt, hvad fiskeren havde sagt.
Secretly she made a different plan in her mind.
I hemmelighed lagde hun en anden plan i hovedet.
She was going to cook the fish for her husband.
Hun skulle lave fisk til sin mand.
And she was going to share the fish with his brother.
Og hun skulle dele fisken med hans bror.
For her father-in-law she was going to prepare a frog.
Til sin svigerfar skulle hun lave en frø.
Soon she had finished cooking the marvelous fish.
Snart var hun færdig med at tilberede den vidunderlige fisk.
And she had finished cooking a frog too.
Og hun var også færdig med at lave mad til en frø.
But from the kitchen she could hear a squable.
Men fra køkkenet kunne hun høre en skænderi.
She could hear who it was that was arguing.
Hun kunne høre, hvem det var, der skændtes.
Her stepmother-in-law and her husband's brother.
Hendes stedmor og hendes mands bror.
And she understood the cause of the argument.
Og hun forstod årsagen til skænderiet.
Basanta was still but a young lad.
Basanta var stadig kun en ung dreng.
But he was passionately fond of his pigeons.
Men han var lidenskabeligt glad for sine duer.
And he tamed his pigeons very well.
Og han tæmmede sine duer rigtig godt.
Nonetheless, one of his pigeons had escaped.

Ikke desto mindre var en af hans duer undsluppet.

And the pigeon flew into his stepmother's room.

Og duen fløj ind i hans stedmors værelse.

His stepmother hid the pigeon in her clothes.

Hans stedmor gemte duen i sit tøj.

Basanta rushed after the pigeon into the room.

Basanta skyndte sig efter duen ind i rummet.

And he loudly demanded to have the pigeon back.

Og han krævede højlydt at få duen tilbage.

His stepmother denied having the pigeon.

Hans stedmor benægtede at have duen.

Swet, however, did know she had the pigeon.

Swet vidste dog, at hun havde duen.

And the older brother forcibly took the bird.

Og den ældre bror tog fuglen med magt.

And he freed the pigeon from her clothes.

Og han befriede duen fra hendes klæder.

And he gave the pigeon back to his brother.

Og han gav duen tilbage til sin bror.

The stepmother cursed and swore, and added;

Stedmoderen bandede og svor og tilføjede;

"Wait until the head of the house comes home".

"Vent til husets overhoved kommer hjem."

"He will get no water till he sheds your blood".

"Han skal ikke få vand, før han har udgydt dit blod."

Swet's wife called her husband and said to him;

Swets kone ringede til sin mand og sagde til ham;

"My dearest lord, that woman is a most wicked woman".

"Min kæreste herre, den kvinde er en yderst ond kvinde."

"And she has boundless influence over my father-in-law".

"Og hun har ubegrænset indflydelse på min svigerfar."

"She will make him do what she has threatened".

"Hun vil få ham til at gøre, hvad hun har truet med."

"All our lives are in imminent danger".

"Alles vores liv er i overhængende fare."

"But let us first eat a little," she added.

"Men lad os først spise lidt," tilføjede hun.

"And then let us all three run away from this place".
"Og så lad os alle tre stikke af herfra."
Swet forthwith called Basanta to him.
Swet kaldte straks Basanta til sig.
And he told him what he had heard from his wife.
Og han fortalte ham, hvad han havde hørt fra sin kone.
They resolved to run away before nightfall.
De besluttede at stikke af inden natten faldt på.
The woman placed before her husband the fish.
Kvinden satte fisken foran sin mand.
And her brother-in-law ate of the fish too.
Og hendes svoger spiste også af fisken.
And they ate of the fish heartily.
Og de spiste med glæde af fisken.
The woman packed up all her jewels in a box.
Kvinden pakkede alle sine smykker i en æske.
There was only one horse in the stables.
Der var kun én hest i stalden.
But the horse was of uncommon fleetness.
Men hesten var usædvanlig hurtig.
They could all sit on the horse together.
De kunne alle sidde på hesten sammen.
Swet held the reins of the horse.
Swet holdt hestens tøjler.
The woman sat in the middle of the horse.
Kvinden sad midt på hesten.
And she had the jewel-box in her lap.
Og hun havde juvelskrinet i skødet.
And Basanta sat on the rear of the horse.
Og Basanta sad på hestens bagdel.
The horse galloped with the utmost swiftness.
Hesten galoperede med den største hurtighed.
They passed through many a plain and noted town.
De passerede gennem mange enkle og bemærkelsesværdige byer.
After midnight they found themselves in a forest.
Efter midnat befandt de sig i en skov.

And they were not far from the banks of a river.
Og de var ikke langt fra bredden af en flod.
Here the most untoward event took place.
Her fandt den mest ubehagelige begivenhed sted.
Swet's wife began to feel the pains of child-birth.
Swets kone begyndte at føle smerter ved fødslen.
They dismounted from the horse without delay.
De steg af hesten uden forsinkelse.
And within an hour Swet's wife gave birth to a son.
Og inden for en time fødte Swets kone en søn.
What were the two brothers to do in this forest?
Hvad skulle de to brødre lave i denne skov?
They knew that a fire had to be kindled.
De vidste, at der måtte tændes et bål.
The mother and the new-born baby needed warmth.
Moderen og den nyfødte baby havde brug for varme.
But from where was there fire to be gotten?
Men hvor skulle ilden komme fra?
There were no human habitations visible.
Der var ingen synlige menneskelige beboelser.
Nonetheless, a fire had to be procured.
Ikke desto mindre måtte der anskaffes et bål.
And it was the winter month of December.
Og det var vintermåneden december.
The mother and the baby would certainly perish.
Moderen og barnet ville helt sikkert omkomme.
Swet told Basanta to sit beside his wife.
Swet bad Basanta om at sidde ved siden af sin kone.
And he set out in the darkness of the night.
Og han drog afsted i nattens mørke.
And he went in search of wood to make a fire.
Og han gik ud og ledte efter brænde til at lave et bål.
Swet walked many a mile through the darkness.
Swet gik mange kilometer gennem mørket.
But despite the distance he saw no human habitations.
Men trods afstanden så han ingen menneskelige beboelser.
But eventually his eyes were given some help.

Men til sidst fik hans øjne lidt hjælp.
The genial light of Sukra somewhat illumined his path.
Sukras venlige lys oplyste til en vis grad hans sti.
And he saw at a distance what seemed a large city.
Og han så i det fjerne noget, der lignede en stor by.
He was congratulating himself on his journey's end.
Han lykønskede sig selv med afslutningen af sin rejse.
And he congratulated himself for finding fire.
Og han lykønskede sig selv med at have fundet ilden.
The fire that was going to benefit his poor wife.
Ilden, der skulle komme hans stakkels kone til gode.
His wife that was lying cold in the forest.
Hans kone, der lå kold i skoven.
The fire that was going to save his new-born child.
Ilden, der skulle redde hans nyfødte barn.
The new-born baby born into the coldness.
Den nyfødte baby født i kulden.
Suddenly an elephant shot across his path.
Pludselig skød en elefant over hans vej.
The elephant was gorgeously caparisoned.
Elefanten var smukt opstillet.
And the elephant gently picked him with his trunk.
Og elefanten løftede ham forsigtigt med sin snabel.
He placed him on the rich howdah on its back.
Han satte ham på den rige howdah på dens ryg.
The elephant then walked rapidly towards the city.
Elefanten gik derefter hurtigt mod byen.
Swet was quite taken aback by the events.
Swet var ret overrasket over begivenhederne.
He did not understand the elephant's actions.
Han forstod ikke elefantens handlinger.
And he wondered what was in store for him.
Og han spekulerede på, hvad der ventede ham.
A crown is that which was in store for him.
En krone er det, der var i vente for ham.
He was being taken to the chief city of a kingdom.
Han blev ført til den største by i et kongerige.

In this kingdom every morning a king was elected.
I dette kongerige blev der hver morgen valgt en konge.
Because the kings of this city lasted but a day.
Fordi denne bys konger kun levede én dag.
Every night the new king joined the queen in her room.
Hver aften sluttede den nye konge sig til dronningen på
hendes værelse.
And every morning the previous king was found dead.
Og hver morgen blev den forrige konge fundet død.
No one knew what caused the deaths of the kings.
Ingen vidste, hvad der forårsagede kongernes død.
Not even the queen knew what caused their death.
Ikke engang dronningen vidste, hvad der forårsagede deres
død.
So this kingdom had its own king-maker.
Så dette kongerige havde sin egen kongemager.
The elephant who suddenly took hold of Swet.
Elefanten der pludselig greb fat i Swet.
Early in the morning the elephant roamed about.
Tidligt om morgenen strejfede elefanten omkring.
Sometimes the elephant went to distant places.
Nogle gange tog elefanten til fjerne steder.
And every evening the elephant returned with a man.
Og hver aften vendte elefanten tilbage med en mand.
The man on the elephant's became their king.
Manden på elefanten blev deres konge.
The elephant majestically marched through the streets.
Elefanten marcherede majestætisk gennem gaderne.
A crowd of people welcomed their new king.
En stor menneskemængde bød deres nye konge velkommen.
But Swet did not yet understand their cheers.
Men Swet forstod endnu ikke deres jubelråb.
The elephant entered the kingdom's palace.
Elefanten kom ind i kongerigets palads.
And the elephant placed Swet on the throne.
Og elefanten satte Swet på tronen.
Amid much rejoicing he was proclaimed king.

Under stor jubel blev han udråbt til konge.
But there were lamentations in the crowd too.
Men der var også klagesange i mængden.
In the course of the day he heard of the curse.
I løbet af dagen hørte han om forbandelsen.
The nightly death of every newly elected king.
Den natlige død af enhver nyvalgt konge.
But Swet was possessed of great discretion.
Men Swet var i besiddelse af stor diskretion.
And he had the courage not to try an escape.
Og han havde modet til ikke at forsøge at flygte.
He took every precaution that he could take.
Han tog alle de forholdsregler, han kunne.
But he did not know how to avert the catastrophe.
Men han vidste ikke, hvordan han skulle afværge katastrofen.
And he knew not what expedients to adopt.
Og han vidste ikke, hvilke løsninger han skulle tage i brug.
Because he didn't know the nature of the danger.
Fordi han ikke kendte farens natur.
He resolved, however, upon two things;
Han besluttede sig imidlertid for to ting;
He was going to go armed into the bedchamber.
Han ville gå bevæbnet ind i soveværelset.
And he was going to stay awake the whole night.
Og han skulle være vågen hele natten.
The queen was young and of exquisite beauty.
Dronningen var ung og af udsøgt skønhed.
Guileless and benevolent was the expression of her face.
Hendes ansigts udtryk var troløs og velvilligt.
It was impossible to attribute her any malice.
Det var umuligt at tilskrive hende nogen ondskab.
No one believed she caused all the kings' deaths.
Ingen troede, at hun forårsagede alle kongernes død.
In the queen's chamber Swet spent an agreeable evening.
I dronningens gemak tilbragte Swet en behagelig aften.
As the night advanced the queen fell asleep.
Efterhånden som natten skred frem, faldt dronningen i søvn.

But Swet kept awake, and was on the alert.
Men Swet holdt sig vågen og var på vagt.
He looked at every creek and corner of the room.
Han kiggede på hver en bæk og hvert hjørne af rummet.
And he expected every minute to be murdered.
Og han forventede hvert minut at blive myrdet.
But the queen did not rise to murder him.
Men dronningen rejste sig ikke for at myrde ham.
And no one entered the room to murder him either.
Og ingen gik ind i rummet for at myrde ham heller.
Nor did he feel anything other than sleepiness.
Han følte heller ikke andet end søvnighed.
But in the dead of night he perceived something.
Men midt om natten opfattede han noget.
A thread was coming out the queen's nostril.
En tråd kom ud af dronningens næsebor.
The thread was so thin that it was almost invisible.
Tråden var så tynd, at den næsten var usynlig.
Slowly the thread reached several yards in length.
Langsomt nåede tråden en længde på flere meter.
And eventually all the thread came out.
Og til sidst kom hele tråden ud.
Only then did the thread begin to grow thicker.
Først da begyndte tråden at blive tykkere.
Soon the thread took on its real shape.
Snart tog tråden sin rigtige form.
The thread was in fact a huge serpent.
Tråden var faktisk en enorm slange.
Immediately Swet cut off the head of the serpent.
Straks huggede Swet slangens hoved af.
The body of the serpent wriggled violently.
Slangens krop vrikkede voldsomt.
He sat quiet in the room, expecting other adventures.
Han sad stille i værelset og ventede på andre eventyr.
But nothing else happened the rest of the night.
Men der skete ikke andet resten af natten.
The queen slept longer than usual.

Dronningen sov længere end sædvanligt.
Because she had been relieved of the huge snake.
Fordi hun var blevet befriet for den enorme slange.
Early next morning the ministers came.
Tidligt næste morgen kom ministrene.
They were expecting to hear of the king's death.
De ventede på at høre om kongens død.
The ladies of the bedchamber knocked at the door.
Damerne i soveværelset bankede på døren.
But to their astonishment Swet come out.
Men til deres forbløffelse kom Swet ud.
The folk learned the mystery of all the kings' deaths.
Folket lærte mysteriet om alle kongernes død at kende.
And now the country rejoiced their permanent king.
Og nu jublede landet over deres evige konge.
There is a strange thing you probably noticed.
Der er en mærkelig ting, du sikkert har bemærket.
Swet did not remember his wife he left behind.
Swet huskede ikke sin kone, han efterlod.
It is a strange thing, nevertheless it is true.
Det er en mærkelig ting, men det er ikke desto mindre sandt.
Nor did he remember the defenceless new-born babe.
Han huskede heller ikke den forsvarsløse nyfødte baby.
And he did not remember his brother either.
Og han huskede heller ikke sin bror.
He had no time to remember when the elephant came.
Han havde ikke tid til at huske, hvornår elefanten kom.
On the first night he had to worry for his own life.
Den første nat måtte han bekymre sig om sit eget liv.
And now the crown brought on his forgetfulness.
Og nu bragte kronen hans glemsel.
But he had entrusted his wife and child to Basanta.
Men han havde betroet sin kone og sit barn til Basanta.
And his brother sat waiting for many weary hours.
Og hans bror sad og ventede i mange trætte timer.
Every moment he expected to see Swet return with fire.
Hvert øjeblik forventede han at se Swet vende tilbage med ild.

But the whole night passed away without his return.
Men hele natten gik uden at han vendte tilbage.
At sunrise he went to the bank of the river.
Ved solopgang gik han til flodbredden.
There he anxiously looked about for his brother.
Der kiggede han ængsteligt efter sin bror.
But his waiting and searching were all in vain.
Men hans venten og søgen var forgæves.
Distressed beyond measure, he wept at the riverside.
Uendeligt fortvivlet græd han ved flodbredden.
As he was weeping a boat was passing by.
Mens han græd, sejlede en båd forbi.
In the boat a merchant was returning from business.
I båden var en købmand på vej hjem fra forretninger.
The boat was not far from the shore.
Båden var ikke langt fra kysten.
So the merchant could see Basanta weeping.
Så kunne købmanden se Basanta græde.
Something struck the attention of the merchant.
Noget fangede købmandens opmærksomhed.
By the weeping man appeared to be a pile of pearls.
Ved den grædende mand så der ud til at være en bunke perler.
The merchant requested the boatman to halt.
Købmanden bad bådmanden om at stoppe.
And the merchant went to the weeping man.
Og købmanden gik hen til den grædende mand.
By the weeping man was in fact a pile of pearls.
Ved den grædende mand lå faktisk en bunke perler.
And the pearls were of the highest quality.
Og perlerne var af højeste kvalitet.
And another thing astonished the merchant.
Og en anden ting forbløffede købmanden.
The pile of pearls grew larger every second.
Bunken af perler blev større for hvert sekund.
Because the man was crying, but not tears.
Fordi manden græd, men ikke tårer.

Because his tears turned to pearls on the ground.
Fordi hans tårer blev til perler på jorden.
The merchant stowed away the pearls into his boat.
Købmanden stuvede perlerne væk i sin båd.
Then the merchant got his servants to help him.
Så fik købmanden sine tjenere til at hjælpe ham.
And together they captured the crying man.
Og sammen fangede de den grædende mand.
They put him on board of the vessel.
De satte ham om bord på skibet.
And he tied him to one of the ship's masts.
Og han bandt ham fast til en af skibets master.
Basanta, of course, tried his best to resist.
Basanta gjorde selvfølgelig sit bedste for at modstå.
But what could he do against so many sailors?
Men hvad kunne han gøre mod så mange sømænd?
He thought of his brother who never returned.
Han tænkte på sin bror, som aldrig vendte tilbage.
He thought of his sister-in-law in the forest.
Han tænkte på sin svigerinde i skoven.
And he thought of his newly born niece.
Og han tænkte på sin nyfødte niece.
And he cried even more bitterly than before.
Og han græd endnu mere bitterligt end før.
His weeping mightily pleased the merchant.
Hans gråd glædede købmanden vældigt.
Because even more pearls were falling to the ground.
Fordi endnu flere perler faldt til jorden.
And the merchant became richer and richer.
Og købmanden blev rigere og rigere.
Eventually the merchant reached his native town.
Til sidst nåede købmanden sin fødeby.
When they got there he confined Basanta in a room.
Da de kom dertil, spærrede han Basanta inde i et værelse.
At stated hours every day he had him whipped.
På de angivne tidspunkter hver dag lod han ham piske.
In order to make him shed yet more tears.

For at få ham til at fælde endnu flere tårer.
And every tear converted into a bright pearl.
Og hver tåre forvandledes til en lysende perle.
The merchant one day said to his servants;
Købmanden sagde en dag til sine tjenere;
"The fellow is making me rich by his weeping".
"Fyren gør mig rig med sin gråd."
"Let us see what he gives me by laughing".
"Lad os se, hvad han giver mig af grin."
Accordingly, he began to tickle his captive.
Derfor begyndte han at kilde sin fange.
Upon being tickled Basanta began to laugh.
Da Basanta blev kildet, begyndte han at grine.
Of course he was not laughing out of happiness.
Selvfølgelig grinede han ikke af glæde.
But none the less maniks dropped from his mouth.
Men ikke desto mindre faldt der manik ud af hans mund.
After this Basanta was not just whipped anymore.
Efter dette blev Basanta ikke bare pisket længere.
Now he was alternately whipped and tickled.
Nu blev han skiftevis pisket og kildet.
All day and far into the night he was exploited.
Hele dagen og langt ud på natten blev han udnyttet.
The merchant's wealth increased day and night.
Købmandens rigdom voksede dag og nat.
Soon he became the wealthiest man in the land.
Snart blev han den rigeste mand i landet.
But let us return to Basanta's subjugation later.
Men lad os vende tilbage til Basantas undertrykkelse senere.
Now let us turn our attention to Swet's wife.
Lad os nu vende vores opmærksomhed mod Swets kone.

Swet's abandoned wife was still in the forest.
Swets forladte kone var stadig i skoven.
She had just given birth to her child.
Hun havde lige født sit barn.
But now she was alone in the forest.

Men nu var hun alene i skoven.
First her husband had abandoned her.
Først havde hendes mand forladt hende.
And now her brother-in-law abandoned her too.
Og nu har hendes svoger også forladt hende.
Imagine how overwhelmed with grief she felt.
Forestil dig hvor overvældet af sorg hun følte sig.
Alone, and in a forest, far from civilization.
Alene, og i en skov, langt fra civilisationen.
Her case was indeed deserving of sympathy.
Hendes sag fortjente sandelig sympati.
She wept rivers of sad and lonely tears.
Hun græd floder af triste og ensomme tårer.
Excessive grief, however, brought her relief.
Overdreven sorg bragte hende dog lettelse.
She fell asleep with the new-born in her arms.
Hun faldt i søvn med den nyfødte i sine arme.
While she was deep in sleep another tragedy took place.
Mens hun sov dybt, skete der endnu en tragedie.
It so happened that the Kotwal was passing by.
Det skete så, at Kotwal kom forbi.
He had recently suffered his own misfortune.
Han havde for nylig lidt sin egen ulykke.
But his misfortune was of a different nature.
Men hans ulykke var af en anden karakter.
The children his wife bore died shortly after birth.
De børn, hans kone fik, døde kort efter fødslen.
And he was now going to bury the last infant.
Og nu skulle han begrave det sidste spædbarn.
He was heading to the banks of the river.
Han var på vej mod flodens bredder.
The place where the other infants were buried.
Stedet hvor de andre spædbørn blev begravet.
But then he saw the woman sleeping in the forest.
Men så så han kvinden sovende i skoven.
And in her arms he saw her holding a baby.
Og i hendes arme så han hende holde et spædbarn.

The infant was a lively and beautiful boy.
Spædbarnet var en livlig og smuk dreng.
His liveliness did not disturb his mother's sleep.
Hans livlighed forstyrrede ikke hans mors søvn.
The Kotwal wanted the lovely infant very much.
Kotwal ønskede sig meget det dejlige spædbarn.
He quietly took the child from his mother.
Han tog stille barnet fra sin mor.
And in her arms he placed his own dead child.
Og i hendes arme lagde han sit eget døde barn.
Of course this is not what he could tell his wife.
Det var selvfølgelig ikke noget, han kunne fortælle sin kone.
"We both thought that our son had died".
"Vi troede begge, at vores søn var død."
"And I carried his body to the river bank".
"Og jeg bar hans lig til flodbredden."
"And that was when a miracle occurred".
"Og det var på det tidspunkt, at et mirakel skete."
"Once more our son opened his young eyes".
"Endnu engang åbnede vores søn sine unge øjne."
"And now we have a beautiful and lively boy".
"Og nu har vi en smuk og livlig dreng."
But Swet's wife did not know the true events.
Men Swets kone kendte ikke til de sande begivenheder.
When she woke she held the dead child in her arms.
Da hun vågnede, holdt hun det døde barn i sine arme.
And she thought it was her child that had died.
Og hun troede, det var hendes barn, der var død.
The distress of her mind may easily be imagined.
Hendes sinds nød kan let forestilles.
The whole world became dark to her.
Hele verden blev mørk for hende.
She was distracted by the loss of her child.
Hun var distraheret af tabet af sit barn.
And in her distraction she formed a resolution.
Og i sin distraktion dannede hun en beslutning.
She had resolved to take her own life.

Hun havde besluttet sig for at tage sit eget liv.
The river was not far from where she had slept.
Floden var ikke langt fra, hvor hun havde sovet.
And she determined to drown herself in the river.
Og hun besluttede sig for at drukne sig selv i floden.
She took in her hand the bundle of jewels.
Hun tog bundtet med juveler i hånden.
And then she proceeded to the river-side.
Og så fortsatte hun til flodbredden.
An old Brahman was at no great distance.
En gammel brahman var ikke langt væk.
The Brahman was performing his morning ablutions.
Brahmanen udførte sin morgenvaskning.
He noticed the woman going into the water.
Han bemærkede kvinden, der gik i vandet.
Naturally he thought that she was going to bathe.
Naturligvis troede han, at hun skulle i bad.
But then he saw her going into the deep waters.
Men så så han hende fare ud i det dybe vand.
Something akin to suspicion arose in his mind.
Noget der mindede om mistanke, opstod i hans sind.
The Brahman discontinued his devotions.
Brahmanen ophørte med sin hengivenhed.
He too waded out towards the river's depth.
Han vadede også ud mod flodens dyb.
And he ordered the woman to come to him.
Og han beordrede kvinden til at komme til ham.
Swet's wife heard the old man calling her.
Swets kone hørte den gamle mand kalde på hende.
So she retraced her steps to the old man.
Så gik hun tilbage til den gamle mand.
"What were your intentions?" asked the Braham.
"Hvad var dine intentioner?" spurgte Braham.
And the woman confirmed his suspicions.
Og kvinden bekræftede hans mistanke.
"I was going to put an end to my life".
"Jeg ville gøre en ende på mit liv".

And she thanked the Brahman for saving her.
Og hun takkede brahmanen for at have reddet hende.
"Accept these jewels as a sign of appreciation".
"Accepter disse juveler som et tegn på påskønnelse".
The Brahman accepted the sign of appreciation.
Brahmanen accepterede tegnet på påskønnelse.
But he was more interested in her story.
Men han var mere interesseret i hendes historie.
And at his request she related her story.
Og på hans anmodning fortalte hun sin historie.
She had escaped from her stepmother in law.
Hun var flygtet fra sin stedmor.
In the forest she gave birth to a child.
I skoven fødte hun et barn.
First her husband went looking for fire.
Først gik hendes mand ud og ledte efter ild.
But her husband never came back to her.
Men hendes mand kom aldrig tilbage til hende.
Then her brother-in-law looked for her husband.
Så ledte hendes svoger efter hendes mand.
But her brother-in-law did not return either.
Men hendes svoger vendte heller ikke tilbage.
Eventually she fell asleep with her child.
Til sidst faldt hun i søvn med sit barn.
But when she woke her child was dead.
Men da hun vågnede, var hendes barn dødt.
And that's when she decided to drown herself.
Og det var da, hun besluttede sig for at drukne sig selv.
She felt the relieve of telling her fate.
Hun følte lettelsen ved at skulle fortælle sin skæbne.
The Brahman invited the woman to his house.
Brahmanen inviterede kvinden hjem til sig.
And the woman was accepted into his family.
Og kvinden blev optaget i hans familie.
The Brahman's wife treated her like a daughter.
Brahmans kone behandlede hende som en datter.
And she spent years with her new family.

Og hun tilbragte år med sin nye familie.
Swet spend those years in his kingdom.
Swet tilbragte disse år i sit kongerige.
Basanta spent those years being tortured.
Basanta tilbragte disse år med at blive tortureret.
And the adopted son of the Kotwal grew up.
Og Kotwals adopterede søn voksede op.
The Brahman's house was not far from the Kotwal's.
Brahminens hus lå ikke langt fra Kotwals.
So the Kotwal's son met the Brahman's adopted daughter.
Så mødte Kotwals søn brahmans adoptivdatter.
And the lad thought he fell in love with her.
Og drengen troede, han var forelsket i hende.
He spoke to his father about the woman.
Han talte med sin far om kvinden.
And the father spoke to the Brahman about the woman.
Og faderen talte til brahmanen om kvinden.
The Brahman's rage knew no bounds.
Brahmanens raseri kendte ingen grænser.
"What is this insolence!" the Brahman protested.
"Hvad er dette for uforskammethed!" protesterede
brahmanen.
"Your son is the son of an infidel".
"Din søn er søn af en vantro."
"How can he aspire to the hand of a Brahman's daughter!?".
"Hvordan kan han stræbe efter en brahmansk datters hånd!?"
"A dwarf may as well aspire to catch hold of the moon!".
"En dværg kan lige så godt stræbe efter at få fat i månen!"
But the Kotwal's son determined to have her by force.
Men Kotwals søn besluttede at få hende med magt.
One day he scaled the wall of the Brahman's house.
En dag besteg han muren i brahminens hus.
He got upon the thatched roof of the cow-house.
Han kom op på stråtaget på kostalden.
And from that lofty position he reconnoitered.
Og fra den ophøjede position rekognoscerede han.
And he saw two young calves below him.

Og han så to unge kalve nedenfor sig.
And he overheard the conversation of two young calves.
Og han overhørte samtalen mellem to unge kalve.
"Men accuse us of brutish ignorance and immorality".
"Mænd beskylder os for brutal uvidenhed og umoral."
"But in my opinion men are fifty times worse".
"Men efter min mening er mænd halvtreds gange værre."
"What makes you say so, brother?" the calf asked.
"Hvad får dig til at sige det, bror?" spurgte kalven.
"Have you witnessed instances of human depravity?".
"Har du været vidne til eksempler på menneskelig
fordærvelse?"
"Who is a greater monster than the Kotwal's son?".
"Hvem er et større monster end Kotwals søn?"
"The same lad standing on the thatched roof".
"Den samme dreng, der står på stråtaget".
"The roof of this hut above our heads".
"Taget på denne hytte over vores hoveder".
"I thought he was just the son of our Kotwal".
"Jeg troede bare, han var søn af vores Kotwal."
"I never heard that he was exceptionally vicious".
"Jeg har aldrig hørt, at han var usædvanlig ondskabsfuld."
"You may have never heard of his wickedness".
"Du har måske aldrig hørt om hans ondskab."
"But now you will hear of his wickedness from me".
"Men nu skal du høre om hans ondskab fra mig."
"This wicked lad is now making immoral plans".
"Denne onde knægt lægger nu umoralske planer."
"He is trying get married to his own mother!".
"Han prøver at blive gift med sin egen mor!"
The First Calf then related the whole story.
Den første kalv fortalte derefter hele historien.
And the inquisitive Second Calf listened.
Og den nysgerrige Anden Kalv lyttede.
And the calf told Swet's and Basanta's story.
Og kalven fortalte Swets og Basantas historie.
"A merchant built a house for his son"

"En købmand byggede et hus til sin søn"
"In the garden of the house was a Toontooni bird"
"I husets have var der en Toontooni-fugl"
"In the nest of the Toontooni bird was an egg"
"I Toontooni-fuglens rede var der et æg"
"The merchant's son put the egg in a almirah"
"Købmandens søn lagde ægget i en almirah"
"Out of the egg came a beautiful girl"
"Ud af ægget kom en smuk pige"
"Eventually the merchant's son married this beautiful girl"
"Til sidst giftede købmandens søn sig med denne smukke pige"
"Together they had two children; Swet and Basanta"
"Sammen fik de to børn; Swet og Basanta"
"Some time later the grandfather of the children died"
"Noget tid senere døde børnenes bedstefar"
"Some time later again their grandmother died too"
"Noget tid senere døde deres bedstemor også igen"
"At the right time, the oldest son, Swet, got married"
"På det rette tidspunkt blev den ældste søn, Swet, gift"
"His mother, the Toontooni woman, died sometime later"
"Hans mor, Toontooni-kvinden, døde noget senere"
"Soon after their father married a younger woman"
"Kort efter giftede deres far sig med en yngre kvinde"
"But their new stepmother hated her stepsons"
"Men deres nye stedmor hadede sine stedsønner"
"And she also hated her new stepdaughter-in-law"
"Og hun hadede også sin nye steddatter"
"One day a fisherman happened to visit the merchant"
"En dag besøgte en fisker tilfældigvis købmanden"
"The Fisherman had sold the merchant a magical fish"
"Fiskeren havde solgt købmanden en magisk fisk"
"Whoever ate the fish would laugh maniks"
"Den, der spiste fisken, ville grine ad helvede til"
"And whoever ate the fish would weep pearls"
"Og den, der spiste fisken, græd perler"
"The same day there was an argument over some pigeons"

"Samme dag var der et skænderi om nogle duer"
"The stepmother was terribly vengeful to her stepsons"
"Stedmoderen var frygtelig hævngerrig over for sine stedsønner"
"And she swore revenge on her stepsons"
"Og hun svor hævn over sine stedsønner "
"That day Swet, his wife, and Basanta escaped"
"Den dag undslap Swet, hans kone og Basanta"
"But before leaving they ate the magical fish"
"Men inden de tog afsted, spiste de den magiske fisk"
"On their journey Swet's wife gave birth to a baby boy"
"På deres rejse fødte Swets kone en dreng"
"Swet went to look for wood to make a fire"
"Sweet gik ud for at lede efter brænde til at lave et bål"
"But he was carried away by an elephant"
"Men han blev båret væk af en elefant"
"He was taken to a Queen haunted by a snake"
"Han blev ført til en dronning, der var hjemsøgt af en slange. "
"But he succeeded in killing the serpent"
"Men det lykkedes ham at dræbe slangen"
"And so he became king of the land""Basanta went looking for his brother"
"Og således blev han konge af landet." "Basanta ledte efter sin bror."
"But he was captured by a merchant"
"Men han blev taget til fange af en købmand"
"And now he's flogged and tickled daily"
"Og nu bliver han pisket og kildet dagligt"
"And he cries pearls and laughs maniks"
"Og han græder perler og ler manisk"
"The Kotwal's son had died that night"
"Kotwals søn var død den nat"
"So the Kotwal exchanged the two babies"
"Så Kotwal byttede de to babyer"
"The mother couldn't bear the loss of her child"
"Moderen kunne ikke klare tabet af sit barn"
"So she made the decision to drown herself"

"Så hun tog beslutningen om at drukne sig selv"

"But there was a Brahman that saved her life"

"Men der var en brahman, der reddede hendes liv"

"And this Brahman took her into his home"

"Og denne brahman tog hende ind i sit hjem"

"The Kotwal's son grew up a hardy boy"

"Kotwals søn voksede op som en hårdfør dreng"

"And he fell in love with the woman"

"Og han forelskede sig i kvinden"

"And now he stands on the roof"

"Og nu står han på taget"

"And he's intent on having the woman"

"Og han er fast besluttet på at få kvinden"

All this the Kotwal's son heard.

Alt dette hørte Kotwals søn.

And he was struck with horror.

Og han blev ramt af rædsel.

He forthwith got down from the thatch.

Han steg straks ned fra stråtaget.

And he went home to his father.

Og han gik hjem til sin far.

And he said he must speak with the king.

Og han sagde, at han måtte tale med kongen.

The father protested against the request.

Faderen protesterede mod anmodningen.

But he got an interview with the king.

Men han fik et interview med kongen.

He told the king about the two calves.

Han fortalte kongen om de to kalve.

And he repeated the whole story.

Og han gentog hele historien.

The king now remembered his poor wife.

Kongen huskede nu sin stakkels kone.

So a servant was sent to the Brahman.

Så blev en tjener sendt til Brahmanen.

And the Brahman was richly rewarded.

Og brahmanen blev rigt belønnet.

And his wife was brought back to the palace.
Og hans kone blev bragt tilbage til paladset.
His wife was put in her proper position.
Hans kone blev sat i sin rette position.
And she became queen of the kingdom.
Og hun blev dronning af kongeriget.
The reputed son of the Kotwal was readopted.
Den påståede søn af Kotwal blev genadopteret.
And he was proclaimed heir to the throne.
Og han blev udråbt til tronarving.
Basanta was brought out of the dungeon.
Basanta blev bragt ud af fangehullet.
And the wicked merchant was buried alive.
Og den onde købmand blev levende begravet.
And thorns were put in his burying-place.
Og der blev lagt torne i hans grav.
And all lived together happily for many years.
Og alle levede lykkeligt sammen i mange år.
Swet, his wife and son, and Basantas.
Swet, hans kone og søn, og Basantas.

The Evil Eye of Sani
Sanis onde øje

Once upon a time Sani and Lakshmi fell out with each other.
Der var engang, at Sani og Lakshmi kom på skænderi med hinanden.
Sani, also known as Saturn, is the God of bad luck.
Sani, også kendt som Saturn, er uheldets gud.
And Lakshmi is the Goddess of good luck.
Og Lakshmi er lykkens gudinde.
And these two Gods fell out with each other in heaven.
Og disse to guder kom i konflikt med hinanden i himlen.
Sani said he was higher in rank than Lakshmi.
Sani sagde, at han var højere i rang end Lakshmi.
And Lakshmi said she was higher in rank than Sani.
Og Lakshmi sagde, at hun var højere i rang end Sani.
But there were just as many Gods as there were Goddesses.
Men der var lige så mange guder, som der var gudinder.
Therefore the dispute could not be settled in heaven.
Derfor kunne striden ikke afgøres i himlen.
The contending deities agreed to refer the matter to humans.
De stridende guddomme blev enige om at henvise sagen til mennesker.
The humans had a name for wisdom and justice.
Menneskene havde et navn for visdom og retfærdighed.
There lived at that time upon earth a man named Sribatsa.
På den tid levede der en mand på jorden ved navn Sribatsa.
(Sri is another name of Lakshmi).
(Sri er et andet navn for Lakshmi).
(And"batsa" is another word for child).
(Og "batsa" er et andet ord for barn).
(so Sribatsa literally means"the child of fortune").
(så Sribatsa betyder bogstaveligt talt "lykkens barn").
Sribatsa had as much wisdom as he had wealth.
Sribatsa havde lige så meget visdom, som han havde rigdom.
And he was as fair as he was rich, too.
Og han var lige så retfærdig, som han var rig.

He was therefore a good judge for the dispute.
Han var derfor en god dommer i tvisten.
And the God and Goddess agreed he could judge their case.
Og Guden og Gudinden blev enige om, at han kunne dømme i
deres sag.
One day, accordingly, Sribatsa was contacted.
En dag blev Sribatsa derfor kontaktet.
He was told that Sani and Lakshmi would come to him.
Han fik at vide, at Sani og Lakshmi ville komme til ham.
And he was told they wished for him to settle their dispute.
Og han fik at vide, at de ønskede, at han skulle bilægge deres
strid.
This put Sribatsa in a delicate situation.
Dette satte Sribatsa i en vanskelig situation.
He could say Sani was higher in rank than Lakshmi.
Han kunne sige, at Sani var højere i rang end Lakshmi.
But then she would be angry with him and forsake him.
Men så ville hun blive vred på ham og svigte ham.
He could say Lakshmi was higher in rank than Sani.
Han kunne sige, at Lakshmi var højere i rang end Sani.
But then Sani would cast his evil eye upon him.
Men så ville Sani kaste sit onde øje på ham.
He made up his mind not to say anything directly.
Han besluttede sig for ikke at sige noget direkte.
The god and the goddess had to observe his actions.
Guden og gudinden måtte observere hans handlinger.
And from his actions they could gather their opinions.
Og ud fra hans handlinger kunne de udlede deres meninger.
Sribatsa ordered two chairs to be made.
Sribatsa bestilte to stole.
One of the chairs was made from gold.
En af stolene var lavet af guld.
And the other chair was made from silver.
Og den anden stol var lavet af sølv.
And he placed the two chairs beside himself.
Og han satte de to stole ved siden af sig selv.
The day came when Sani and Lakshmi visited Sribatsa.

Dagen kom, hvor Sani og Lakshmi besøgte Sribatsa.
He told Sani to sit upon the silver chair.
Han bad Sani om at sætte sig på den sølvfarvede stol.
And he told Lakshmi to sit upon the gold chair.
Og han bad Lakshmi om at sætte sig på den gyldne stol.
Sani became mad with rage, and spoke angrily;
Sani blev rasende og talte vredt;
"You consider me lower in rank than Lakshmi"
"Du anser mig for at være lavere i rang end Lakshmi"
"I will cast my eye on you for three years"
"Jeg vil kaste mit øje på dig i tre år"
"We shall see how you fare at the end of that period"
"Vi får se, hvordan det går med dig, når perioden er slut"
The god then went away in great anger.
Guden gik derefter væk i stor vrede.
Lakshmi, before she went away, said to Sribatsa;
Før Lakshmi gik bort, sagde hun til Sribatsa:
"My child, do not fear. I'll befriend you"
"Mit barn, frygt ikke. Jeg vil blive din ven."
The god and the goddess then went away.
Guden og gudinden gik derefter væk.
Sribatsa spoke to his wife, Chantamani;
Sribatsa talte med sin kone, Chantamani;
"Dearest, the evil eye of Sani will be upon me"
"Kæreste, Sanis onde øje vil være over mig"
"I had better go away from the house"
"Jeg må hellere gå væk fra huset"
"If I stay evil will befall you and me"
"Hvis jeg bliver, vil ondskab ramme dig og mig"
"But if I go, evil will overtake me only"
"Men hvis jeg går, vil ondt kun ramme mig"
Chintamani said, "it cannot be that way"
Chintamani sagde: "Det kan ikke være sådan."
"Wherever you go, I will go with you"
"Hvor end du går hen, vil jeg gå med dig"
"Your good luck shall be my good luck"
"Din held skal være min held"

"And your bad luck shall be my bad luck"
"Og din uheld skal være min uheld"
The husband tried hard to persuade his wife to stay.
Manden prøvede ihærdigt at overtale sin kone til at blive.
But all his efforts were of no use.
Men alle hans anstrengelser var forgæves.
She refused to abandon her husband.
Hun nægtede at forlade sin mand.
Sribatsa told his wife to make an opening in their mattress.
Sribatsa bad sin kone om at lave en åbning i deres madras.
And he told her to stow away all their money and jewels.
Og han bad hende om at gemme alle deres penge og juveler
væk.
**On the eve of leaving their house, Sribatsa invoked
Lakshmi.**
På tærsklen til at forlade deres hus, påkaldte Sribatsa Lakshmi.
Upon being invoked, Lakshmi forthwith appeared.
Da Lakshmi blev påkaldt, viste han sig straks.
"Mother Lakshmi, the evil eye of Sani is upon us"
"Moder Lakshmi, Sanis onde øje er over os"
"We are going away into exile"
"Vi rejser i eksil"
"Please befriend us, and take care of our property"
"Vær venlig at blive vores ven, og pas på vores ejendom"
The goddess of good luck answered.
Lykkens gudinde svarede.
"Do not fear; I'll befriend you"
"Frygt ikke; jeg vil blive din ven"
"In the end all will be right"
"Til sidst vil alt blive godt"
They then set out on their journey.
Derefter begav de sig ud på deres rejse.
Sribatsa rolled up the mattress and put it on his head.
Sribatsa rullede madrassen sammen og lagde den over
hovedet.
They had not gone many miles when they saw a river.
De havde ikke gået mange kilometer, før de så en flod.

There was a canoe with a man sitting in it.

Der var en kano med en mand siddende i den.

The travelers requested the ferryman to take them across.

De rejsende bad færgemanden om at tage dem over.

The ferryman said he could only take one at a time.

Færgemanden sagde, at han kun kunne tage én ad gangen.

"Tere are three of you," he objected.

"I er tre," indvendte han.

"There is you, your wife, and your mattress"

"Der er du, din kone og din madras"

Sribatsa proposed in what order they should ferry over the river.

Sribatsa foreslog i hvilken rækkefølge de skulle sejle over floden.

"First my wife should be taken across the river"

"Først skal min kone føres over floden"

"After my wife, take the mattress across the river"

"Tag madrassen over floden efter min kone."

"And then you can take me across the river"

"Og så kan du tage mig med over floden"

But the ferryman would not hear of it.

Men færgemanden ville ikke høre tale om det.

"Only one at a time," he repeated.

"Kun én ad gangen," gentog han.

"First let me take across the mattress"

"Lad mig først tage madrassen med hen"

Sribatsa saw no reason to object to the proposal.

Sribatsa så ingen grund til at gøre indsigelse mod forslaget.

The ferryman started taking the mattress across the river.

Færgemanden begyndte at tage madrassen over floden.

He had reached halfway across the river.

Han var nået halvvejs over floden.

But then, from nowhere, a fierce gale arose.

Men så, ud af ingenting, opstod en voldsom storm.

The ferryman lost control of his canoe.

Færgemanden mistede kontrollen over sin kano.

The mattress was blown into the river.

Madrassen blev blæst ud i floden.
The river carried everything away with it.
Floden førte alt med sig.
**And the ferrymen, canoe, and mattress were never seen
again.**
Og færgemændene, kanoen og madrassen blev aldrig set igen.
But that was not even the strangest events.
Men det var ikke engang de mærkeligste begivenheder.
Because the river also disappeared into thin air.
Fordi floden også forsvandt ud i den blå luft.
Where there was water there was now dry ground.
Hvor der var vand, var der nu tørt land.
Sribatsa knew the evil eye of Sani had been watching.
Sribatsa vidste, at Sanis onde øje havde holdt øje med ham.

Sribatsa and his wife had not a pice in their pockets.
Sribatsa og hans kone havde ikke en øre i lommerne.
Together, impoverished, they went to a nearby village.
Sammen, fattige, tog de til en nærliggende landsby.
The village was dwelt in mostly by wood-cutters.
Landsbyen var hovedsageligt beboet af træhuggere.
At sunrise the woodcutters went to cut wood.
Ved solopgang gik brændehuggerne ud for at hugge brænde.
And the wood they cut they sold in a faraway town.
Og det træ, de fældede, solgte de i en fjern by.
Sribatsa asked to work with the wood-cutters.
Sribatsa bad om at arbejde med træskærerne.
And the wood-cutters agreed to let him cut wood.
Og brændesagerne gik med til at lade ham hugge træ.
He could fell trees as well as the best of them.
Han kunne fælde træer lige så godt som de bedste af dem.
But Sribatsa was different from the wood-cutters.
Men Sribatsa var anderledes end træskærerne.
The wood-cutters cut any and every sort of wood.
Brændehuggerne saver i alle slags træ.
But Sribatsa cut only the precious types of wood.
Men Sribatsa skar kun de dyrebare træsorter.

His efforts were focused on cutting down sandal-wood.

Hans indsats var fokuseret på at fælde sandeltræ.

The wood-cutters brought to market large loads of common wood.

Brændehuggerne bragte store læs af almindeligt træ til markedet.

Sribatsa brought only a few pieces of sandal-wood to the market.

Sribatsa bragte kun et par stykker sandeltræ til markedet.

He was paid a great deal more money than the others.

Han fik udbetalt mange flere penge end de andre.

Things went on this way for some days.

Sådan fortsatte tingene i nogle dage.

And the wood-cutters became jealous of Sribatsa.

Og træskærerne blev jaloux på Sribatsa.

In their jealousy they plotted against Sribatsa.

I deres jalousi planlagde de en konspiration mod Sribatsa.

And finally they drove Sribatsa and his wife from the village.

Og til sidst jog de Sribatsa og hans kone ud af landsbyen.

Sribatsa and his wife made their way to another village.

Sribatsa og hans kone begav sig til en anden landsby.

In this village there were many women that weaved.

I denne landsby var der mange kvinder, der vævede.

Here Chintamani made herself useful by spinning cotton.

Her gjorde Chintamani sig nyttig ved at spinde bomuld.

Chintamani was an intelligent and skillful woman.

Chintamani var en intelligent og dygtig kvinde.

So she spun finer thread than the other women.

Så spandt hun finere tråd end de andre kvinder.

And she got paid more money than the other women.

Og hun fik flere penge udbetalt end de andre kvinder.

This roused the envy of the native women of the village.

Dette vakte misundelse hos landsbyens indfødte kvinder.

But the envy of the other women was not all.

Men de andre kvinders misundelse var ikke alt.

Sribatsa wanted to gain the good grace of the weavers.
Sribatsa ønskede at vinde vævernes nåde.
So he invited the women that spun cotton to a feast.
Så inviterede han kvinderne, der spandt bomuld, til en fest.
The dishes of the feat were all cooked by his wife.
Retterne til bedriften blev alle tilberedt af hans kone.
Chintamani was a good weaver, and an excellent in cook.
Chintamani var en dygtig væver og en fremragende kok.
She placed the delicacies before the women.
Hun satte lækkerierne frem for kvinderne.
And the barbarous weavers were quite charmed.
Og de barbariske vævere var ret charmerede.
The men went to their homes with their bellies full.
Mændene gik hjem med maverne fulde.
But when they got home, they reproached their wives.
Men da de kom hjem, bebrejdede de deres koner.
"Why do you not cook like the wife of Sribatsa"
"Hvorfor laver du ikke mad som Sribatsas kone?"
And the men called their wives good-for-nothing women.
Og mændene kaldte deres koner for uduelige kvinder.
This made the women hate Chintamani the more.
Dette fik kvinderne til at hade Chintamani endnu mere.

One day Chintamani went to the river-side.
En dag gik Chintamani til flodbredden.
She wanted to bathe along with the other women of the
village.
Hun ville bade sammen med landsbyens andre kvinder.
A boat had been lying on the bank, stranded on the sand.
En båd havde ligget på bredden, strandet på sandet.
The boat had been stranded there for many days.
Båden havde ligget strandet der i mange dage.
They had tried to move the boat, but in vain.
De havde forsøgt at flytte båden, men forgæves.
It so happened that Chintamani touched the boat.
Det skete sådan, at Chintamani rørte ved båden.
It was an accident, for she did not mean to touch the boat.

Det var en ulykke, for hun havde ikke til hensigt at røre
båden.
But whether she meant to or not, the boat moved.
Men uanset om hun havde til hensigt det eller ej, så bevægede
båden sig.
And soon the boat was heading off to the river.
Og snart sejlede båden ud mod floden.
The boatmen were astonished by what they had seen.
Bådmændene var forbløffede over, hvad de havde set.
They thought that the woman had uncommon power.
De mente, at kvinden havde usædvanlig magt.
And so they thought she might be useful in future.
Og derfor tænkte de, at hun måske kunne være nyttig i
fremtiden.
They therefore caught hold of her, against her will.
De greb derfor fat i hende, mod hendes vilje.
And they put her in the boat, and rowed off.
Og de satte hende i båden og roede afsted.
The women of the village were present for this kidnapping.
Landsbyens kvinder var til stede ved denne kidnapning.
But they did not offer Chintamani any assistance.
Men de tilbød ikke Chintamani nogen hjælp.
Because Chintamani had put them in a bad light.
Fordi Chintamani havde sat dem i et dårligt lys.

**Sribatsa heard how his wife had been carried away by
boatmen.**
Sribatsa hørte, hvordan hans kone var blevet ført væk af
bådmænd.
I will let you imagine how he became mad with grief.
Jeg vil lade dig forestille dig, hvordan han blev rasende af
sorg.
He left the village and went to the river-side.
Han forlod landsbyen og gik til flodbredden.
And he resolved to follow the course of the stream.
Og han besluttede at følge strømmens løb.
Along the stream he was sure to meet the kidnappers' boat.

Langs strømmen ville han helt sikkert møde kidnappernes båd.

He travelled on and on, along the side of the river.

Han rejste videre og videre langs flodbredden.

And he travelled till it eventually became dark.

Og han rejste, indtil det endelig blev mørkt.

Where he was there were no huts to be seen.

Hvor han var, var der ingen hytter at se.

So he climbed into a tree to sleep for the night.

Så klatrede han op i et træ for at sove om natten.

In the next morning he got down from the tree.

Næste morgen steg han ned fra træet.

At the foot of the tree he saw a Kapila-cow.

Ved foden af træet så han en Kapila-ko.

A Kapila-cow never has any calves of her own.

En Kapila-ko får aldrig sine egne kalve.

But she can be milked at all hours of the day.

Men hun kan malkes på alle tider af døgnet.

Sribatsa milked the cow without her objecting.

Sribatsa malkede koen uden hendes indvendinger.

And he drank the milk to his heart's content.

Og han drak mælken til sit hjertes lyst.

And then he noticed something else about the cow.

Og så bemærkede han noget andet ved koen.

The dung of the cow was of a bright yellow color.

Koens gødning havde en klar gul farve.

In fact, the dung of the cow was made of pure gold.

Faktisk var koens gødning lavet af rent guld.

The golden cow dung was still in a soft state.

Den gyldne kogødning var stadig i en blød tilstand.

So he was able to write his name in the golden dung.

Så han kunne skrive sit navn i den gyldne gødning.

During the course of the day the dung hardened.

I løbet af dagen stivnede gødningen.

And finally the dung looked like a brick of gold.

Og endelig lignede gødningen en guldsten.

The tree he had slept in grew on the river-side.

Træet, han havde sovet i, voksede ved flodbredden.
And the Kapila-cow supplied him with milk all day.
Og Kapila-koen forsynede ham med mælk hele dagen.
So Sribatsa decided to wait there for the boat.
Så besluttede Sribatsa at vente der på båden.
In the morning the cow deposited the precious article.
Om morgenen satte koen den dyrebare genstand på plads.
And at night the cow deposited the precious article.
Og om natten satte koen den dyrebare genstand væk.
So the gold bricks increased every day.
Så steg guldstenene hver dag.
And on each golden brick he had engraved his name.
Og på hver gylden mursten havde han indgraveret sit navn.
He stacked the bricks on top of each other.
Han stablede murstenene oven på hinanden.
From a distance it looked like a hillock of gold.
På afstand lignede det en guldhøj.

But now we must leave Sribatsa to stack his gold.
Men nu må vi lade Sribatsa stable sit guld.
And we must turn our attention to Chintamani.
Og vi må vende vores opmærksomhed mod Chintamani.
Chintamani was a graceful woman of great beauty.
Chintamani var en yndefuld kvinde med stor skønhed.
She had worried her beauty might be her ruin.
Hun havde været bekymret for, at hendes skønhed kunne
blive hendes undergang.
So she offered a prayer as she was being kidnapped.
Så bad hun en bøn, mens hun blev kidnappet.
"Lakshmi, O Mother Lakshmi! have pity upon me"
"Lakshmi, o Moder Lakshmi! forbarm dig over mig"
"Thou hast made me beautiful, you have"
"Du har gjort mig smuk, det har du"
"But now my beauty will undoubtedly be my ruin"
"Men nu vil min skønhed utvivlsomt blive min ruin"
"I am bound to loss my honor and my chastity"
"Jeg er dømt til at miste min ære og min kyskhed"

"I therefore beseech thee, gracious Mother;"
"Jeg bønfalder dig derfor, nådige Moder;"
"Take my beauty from me, and make me ugly"
"Tag min skønhed fra mig, og gør mig grim"
"Cover my body with some loathsome disease"
"Dæk min krop med en afskyelig sygdom"
"That way the boatmen might not touch me"
"På den måde kan bådmændene undgå at røre mig"
Chintamani was in the arms of the boatmen.
Chintamani var i bådmændenes arme.
But the Goddess of good fortune heard her prayer.
Men lykkens gudinde hørte hendes bøn.
In the twinkling of an eye her form changed.
På et øjeblik ændrede hendes form sig.
Her naturally beautiful form faded away.
Hendes naturligt smukke form forsvandt.
And she was turned into a vile carcass.
Og hun blev forvandlet til et modbydeligt kadaver.
The boatmen were putting her down in the boat.
Bådsmændene var ved at sætte hende ned i båden.
They found her body was covered with loathsome sores.
De fandt, at hendes krop var dækket af modbydelige sår.
And the sores were giving out a disgusting stench.
Og sårene afgav en ulækker stank.
They therefore threw her into the hold of the boat.
Derfor kastede de hende ind i bådens lastrum.
And they left her amongst the cargo of the ship.
Og de efterlod hende blandt skibets last.
Morning and evening they sent her some food.
Morgen og aften sendte de hende noget mad.
A little boiled rice, and some water to drink.
Lidt kogte ris og noget vand at drikke.
Chintamani was miserable in the hull of the ship.
Chintamani havde det ulykkeligt i skibets skrog.
But she greatly preferred misery to the alternative.
Men hun foretrak i høj grad elendighed frem for alternativet.
She would rather be miserable than loss her chastity.

Hun ville hellere være ulykkelig end at miste sin kyskhed.

The boatmen had gone to some port to sell cargo.
Bådsmændene var taget til en havn for at sælge last.
While sailing back they caught sight something.
Mens de sejlede tilbage, fik de øje på noget.
By the river-side there seemed to be a hillock of gold.
Ved flodbredden syntes der at være en guldhøj.
Sribatsa had been keeping watch by the river.
Sribatsa havde holdt vagt ved floden.
So he was delighted to see a boat approach him.
Så han var henrykt over at se en båd nærme sig ham.
Because he fondly imagined his wife might be on board.
Fordi han kærligt forestillede sig, at hans kone måske var med om bord.
The boatmen went greedily to the hillock of gold.
Bådsmændene gik grådigt til guldhøjen.
Of course Sribatsa told them the gold was his.
Selvfølgelig fortalte Sribatsa dem, at guldet var hans.
But that didn't help Sribatsa very much.
Men det hjalp ikke Sribatsa synderligt.
The sailors took him prisoner on the boat.
Sømændene tog ham til fange på båden.
And they loaded the gold onto their vessel.
Og de lastede guldet på deres fartøj.
They happened to imprison him close to the ugly woman.
De fængslede ham tilfældigvis tæt på den grimme kvinde.
Of course the husband and wife recognized each other.
Selvfølgelig genkendte manden og konen hinanden.
In spite of the change Chintamani had undergone.
Trods den forandring, Chintamani havde gennemgået.
And despite their excitement they kept their composure.
Og trods deres begejstring bevarede de fatningen.
And they thought it prudent not to speak to each other.
Og de syntes, det var klogt ikke at tale med hinanden.
Instead they communicated their ideas through gestures.
I stedet kommunikerede de deres ideer gennem gestus.

There is something you should know about the boatmen.
Der er noget, du bør vide om bådmændene.
These boatmen were very fond of playing at dice.
Disse bådmænd var meget glade for at spille terninger.
Sribatsa appeared to them to be a respectable man.
Sribatsa fremstod for dem som en respektabel mand.
So they always asked him to join in the game.
Så de bad ham altid om at være med i legen.
Sribatsa happened to be an expert dice player.
Sribatsa var tilfældigvis en ekspert terningspiller.
Despite their efforts he won almost every game.
Trods deres indsats vandt han næsten alle kampene.
You can imagine how the sailors felt about losing.
Du kan forestille dig, hvordan sømændene havde det med at tabe.
And in jealousy the boatmen threw him overboard.
Og i jalousi kastede bådmændene ham overbord.
Chintamani saw the men throw her husband overboard.
Chintamani så mændene kaste hendes mand overbord.
Fortunately for Sribatsa, his wife had great presence of mind.
Heldigvis for Sribatsa havde hans kone et stærkt sind.
The boatmen had allowed her a pillow to rest her head.
Bådmændene havde givet hende en pude at hvile hovedet på.
And she simultaneously threw this pillow into the water.
Og samtidig kastede hun denne pude i vandet.
Sribatsa was able to grab hold of the pillow.
Sribatsa formåede at gribe fat i puden.
And the pillow helped him float down the stream.
Og puden hjalp ham med at flyde ned ad strømmen.
Up until nightfall the river carried him downstream.
Lige indtil nattens frembrud førte floden ham nedstrøms.
At nightfall he arrived at what seemed to be a garden.
Ved mørkets frembrud ankom han til det, der lignede en have.
Because it was dark there was nothing he could do.
Fordi det var mørkt, var der intet, han kunne gøre.
So all night he stayed in the garden, cold and wet.

Så blev han hele natten i haven, kold og våd.

I should tell you who this garden belonged to.

Jeg burde fortælle dig, hvem denne have tilhørte.

This was the garden of an old widowed woman.

Dette var en gammel enkekvindes have.

This woman used to supply flowers for the king.

Denne kvinde plejede at levere blomster til kongen.

But one day some blight had come over her garden.

Men en dag havde der kommet en form for forpestning over hendes have.

Almost all the trees and plants ceased flowering.

Næsten alle træer og planter holdt op med at blomstre.

She had therefore given up the business she had.

Hun havde derfor opgivet den forretning, hun havde.

And she was no longer the royal flower supplier.

Og hun var ikke længere den kongelige blomsterleverandør.

However, Sribatsa's arrival had rejuvenated her garden.

Sribatsas ankomst havde dog forynget hendes have.

She could scarcely believe her eyes in the morning.

Hun kunne næsten ikke tro sine egne øjne om morgenen.

The whole garden was ablaze with flowers again.

Hele haven var igen i fuld blomst.

There was no plant that was not in bloom.

Der var ingen plante, der ikke blomstrede.

And every tree she had was begemmed with flowers.

Og hvert træ hun havde var overdækket med blomster.

She had no way of knowing the cause of the miracle.

Hun havde ingen måde at kende årsagen til miraklet på.

And so she took a walk through the garden.

Og så gik hun en tur gennem haven.

But she soon found the cause of all the flowers.

Men hun fandt snart årsagen til alle blomsterne.

At the edge of her garden was a cold, wet man.

I udkanten af hendes have lå en kold, våd mand.

He was shivering and almost dead from hypothermia.

Han rystede og var næsten død af hypotermi.

She immediately brought the man into to her cottage.

Hun tog straks manden med ind i sit sommerhus.
And she lighted a fire to give him some warmth.
Og hun tændte et bål for at give ham lidt varme.
She nursed him and showed him every attention.
Hun plejede ham og viste ham al sin opmærksomhed.
And she ascribed the miracle to his presence.
Og hun tilskrev miraklet hans tilstedeværelse.
She made him as comfortable as she could.
Hun gjorde ham så komfortabel som hun kunne.
And then she ran to the king's palace.
Og så løb hun til kongens palads.
She asked to speak to the king's chief servant.
Hun bad om at tale med kongens øverste tjener.
And she told him the good fortune she had had.
Og hun fortalte ham om den lykke, hun havde haft.
"I can again supply the palace with flowers"
"Jeg kan igen forsyne paladset med blomster"
Her flowers had been very much missed at the palace.
Hendes blomster havde været meget savnet på slottet.
So she was immediately restored to her former position.
Så blev hun straks genindsat i sin tidligere stilling.
She was again the flower-woman of the royal household.
Hun var igen den kongelige husstands blomsterkvinde.

Sribatsa spent a few more days recovering his health.
Sribatsa brugte et par dage mere på at komme sig.
And eventually he had all his vitality back.
Og til sidst havde han al sin vitalitet tilbage.
He asked the woman if he could speak with a minister.
Han spurgte kvinden, om han måtte tale med en præst.
So the woman took him to the palace with her.
Så tog kvinden ham med sig til paladset.
One of the king's ministers gave him an appointment.
En af kongens ministre gav ham en udnævnelse.
And he was at once found to be a man of intelligence.
Og han viste sig straks at være en intelligent mand.
So was offered a position in the king's service.

Så blev han tilbudt en stilling i kongens tjeneste.
In fact, he was allowed to choose what job he wanted.
Faktisk fik han lov til at vælge, hvilket job han ønskede.
He asked to be collector of tolls on the river.
Han bad om at blive opkræver af vejafgifter på floden.
The minister was happy to give Sribatsa the job.
Ministeren var glad for at give Sribatsa jobbet.
The kingdom needed someone to collect river-tolls.
Kongeriget havde brug for nogen til at opkræve flodafgifter.
And Sribatsa immediately started his new job.
Og Sribatsa begyndte straks på sit nye job.
It wasn't long before his plan came to fruition.
Det varede ikke længe, før hans plan gik i opfyldelse.
The boat his wife was on was coming down the river.
Båden, hans kone var på, var på vej ned ad floden.
Under the king's authority he detained the boat.
Under kongens autoritet tilbageholdt han båden.
And he charged the boatmen with the theft of gold-bricks.
Og han anklagede bådsmændene for tyveri af guldsten.
The king liked the sound of a boat full of gold.
Kongen kunne lide lyden af en båd fuld af guld.
So the king himself came to the river-side.
Så kom kongen selv til flodbredden.
Even he was amazed by the quantity of gold they had.
Selv han var forbløffet over mængden af guld, de havde.
And every gold brick had Sribatsa's inscription.
Og hver guldsten havde Sribatsas indskrift.
At the same time he rescued his wife from the boatmen.
Samtidig reddede han sin kone fra bådmændene.
Back on dry land she returned to her previous beauty.
Tilbage på tørt land vendte hun tilbage til sin tidligere
skønhed.
He told the king the story of their misfortune.
Han fortalte kongen historien om deres ulykke.
And the king had them as a guest in his palace.
Og kongen havde dem som gæster i sit palads.
The king gave them presents of horses and elephants.

Kongen gav dem gaver i form af heste og elefanter.

And on the horses and elephants they rode to their country.

Og på heste og elefanter red de til deres land.

The evil eye of Sani was now turned away from Sribatsa.

Sanis onde øje var nu vendt væk fra Sribatsa.

And he again became what he formerly was.

Og han blev igen den, han engang var.

He was again Sribatsa; the Child of Fortune.

Han var igen Sribatsa; Lykkens Barn.

The Boy whom Seven Mothers Suckled
Drengen som syv mødre diede

Once on a time there reigned a king who had seven queens.
Der var engang en konge, som havde syv dronninger.
He was very sad, for the seven queens were all barren.
Han var meget ked af det, for de syv dronninger var alle
ufrugtbare.
One day, however, he met a holy mendicant.
En dag mødte han imidlertid en hellig tigger.
The holy mendicant told the king about a certain forest.
Den hellige tigger fortalte kongen om en bestemt skov.
In this forest there grew a special kind of tree.
I denne skov voksede der en særlig slags træ.
On a branch of this tree hung seven mangoes.
På en gren af dette træ hang syv mangoer.
These mangos could restore the fertilities of his queens.
Disse mangoer kunne genoprette hans dronningers
frugtbarhed.
But the king had to pluck the mangoes himself.
Men kongen måtte selv plukke mangoerne.
The king followed the advice of the mendicant.
Kongen fulgte tiggerens råd.
And he set off to go to the forest with the mango tree.
Og han begav sig afsted for at gå ind i skoven med
mangotræet.
Soon he had found the tree the mendicant spoke of.
Snart havde han fundet det træ, som tiggeren talte om.
**And he plucked the seven mangoes that grew upon one
branch.**
Og han plukkede de syv mangoer, der voksede på én gren.
He gave a mango to each of the queens to eat.
Han gav en mango til hver af dronningerne at spise.
In a short time the king's heart was filled with joy.
I løbet af kort tid blev kongens hjerte fyldt med glæde.
He was told that the seven queens were all with child.
Han fik at vide, at de syv dronninger alle var med barn.

One day the king was out hunting.
En dag var kongen ude på jagt.
On his path he saw a young lady of peerless beauty.
På sin vej så han en ung dame af uovertruffen skønhed.
He instantly fell in love with the beautiful woman.
Han forelskede sig øjeblikkeligt i den smukke kvinde.
And he brought her to his palace, and married her.
Og han førte hende til sit palads og giftede sig med hende.
This lady was, however, not a human being.
Denne dame var imidlertid ikke et menneske.
But what this woman was was a Rakshasi.
Men denne kvinde var en Rakshasi.
But the king of course did not know this.
Men kongen vidste naturligvis ikke dette.
The king became dotingly fond of her.
Kongen blev uendeligt glad for hende.
And he did whatever she told him to do.
Og han gjorde, hvad hun end sagde, han skulle gøre.
One day she made a very particular request of the king.
En dag fremsatte hun en meget specifik anmodning til
kongen.
"You say that you love me more than anyone else"
"Du siger, at du elsker mig mere end nogen anden"
"Let me see whether you really love me as much as you say"
"Lad mig se, om du virkelig elsker mig så højt, som du siger"
"If you love me, make your seven other queens blind"
"Hvis du elsker mig, så gør dine syv andre dronninger blinde"
"And once they are blind, let them be killed"
"Og når de først er blinde, så lad dem blive dræbt"
The king became very sad at the terrible request.
Kongen blev meget ked af det over den forfærdelige
anmodning.
He was especially sad because the queens were all pregnant.
Han var især ked af det, fordi dronningerne alle var gravide.
But he had no choice but to comply with her request.

Men han havde intet andet valg end at efterkomme hendes anmodning.

The eyes of the queens were plucked out of their sockets.
Dronningernes øjne blev revet ud af deres øjenhuler.
And the queens were delivered up to the chief minister.
Og dronningerne blev overgivet til den øverste minister.
It was up to the chief minister to destroy the queens.
Det var op til førsteministeren at ødelægge dronningerne.
But the chief minister was a merciful man.
Men chefministeren var en barmhjertig mand.
In the side of the hill there was secret a cave.
På siden af bakken var der en hemmelig hule.
Instead of killing the queens, the minister hid them.
I stedet for at dræbe dronningerne, gemte ministeren dem.
In course of time the eldest of the seven queens gave birth.
Med tiden fødte den ældste af de syv dronninger.
"What shall I do with the child," said she.
"Hvad skal jeg gøre med barnet?" sagde hun.
"we are blind and are dying for want of food?"
"Vi er blinde og dør af mangel på mad?"
"Let me kill the child," she proposed.
"Lad mig dræbe barnet," foreslog hun.
"let us all eat of the child's flesh" she added.
"Lad os alle spise af barnets kød," tilføjede hun.
Just as she said she would, she killed the infant.
Ligesom hun sagde, hun ville, dræbte hun spædbarnet.
She gave to each of her sister-queens a part of the child.
Hun gav hver af sine søsterdronninger en del af barnet.
And the sister queens ate their part of the child.
Og søsterdronningerne spiste deres del af barnet.
But the youngest queen did not eat her share.
Men den yngste dronning spiste ikke sin del.
Instead, she laid her part of the child beside her.
I stedet lagde hun sin del af barnet ved siden af sig.
In a few days the second queen also was delivered of a child.
Få dage senere fødte også den anden dronning et barn.

She did with her child as her eldest sister had done with hers.

Hun gjorde med sit barn, som hendes ældste søster havde gjort med sit.

So did the third, the fourth, the fifth, and the sixth queen.

Det gjorde også den tredje, den fjerde, den femte og den sjette dronning.

Eventually the seventh queen gave birth to a son.

Til sidst fødte den syvende dronning en søn.

But she did not follow the example of her sister-queens.

Men hun fulgte ikke sine søsterdronningers eksempel.

Instead, she resolved to raise the child.

I stedet besluttede hun sig for at opdrage barnet.

The other queens demanded their portions of the newly-born.

De andre dronninger krævede deres andele af den nyfødte.

But she still had the portions she had not eaten.

Men hun havde stadig de portioner, hun ikke havde spist.

And she gave her sister-queens back their children's parts.

Og hun gav sine søsterdronninger deres børns roller tilbage.

The other queens at once perceived that their portions were dry.

De andre dronninger mærkede straks, at deres portioner var tørre.

Therefore the parts could not be of the newly born child.

Derfor kunne delene ikke være af det nyfødte barn.

"I have decided not to kill me child," she explained.

"Jeg har besluttet mig for ikke at dræbe mit barn," forklarede hun.

"I will not eat him, but try to raise him instead"

"Jeg vil ikke spise ham, men i stedet forsøge at opfostre ham"

The others were glad to hear this news.

De andre var glade for at høre denne nyhed.

They all said that they would help her in nursing the child.

De sagde alle, at de ville hjælpe hende med at amme barnet.

And so the child was suckled by seven mothers.

Og således blev barnet ammet af syv mødre.

And the child became the hardiest and strongest boy that ever lived.

Og barnet blev den hårdføre og stærkeste dreng, der nogensinde har levet.

In the meantime the Rakshasi-queen was doing infinite mischief.

I mellemtiden udførte Rakshasi-dronningen uendelig mange skader.

And she got the royal household into all sorts of trouble.

Og hun bragte kongehuset ud i alle mulige problemer.

What she ate at the royal table did not fill her capacious stomach.

Det, hun spiste ved det kongelige bord, mættede ikke hendes rummelige mave.

She therefore, in the darkness of night, went hunting.

Hun gik derfor på jagt i nattens mørke.

Gradually she ate up all the members of the royal family.

Gradvist åd hun alle medlemmerne af den kongelige familie op.

She ate all the king's servants, and his attendants.

Hun åd alle kongens tjenere og hans medmennesker.

She ate all his horses, elephants, and cattle.

Hun åd alle hans heste, elefanter og kvæg.

And eventually only her royal consort and the king were left.

Og til sidst var kun hendes kongelige gemalinde og kongen tilbage.

After that she used to go out in the evenings into the city.

Derefter plejede hun at gå ud i byen om aftenen.

And she ate up stray human beings wherever she found any.

Og hun åd vildfarne mennesker, hvor hun end fandt nogen.

The king was left without any servants.

Kongen blev efterladt uden tjenere.

There was no person left to cook for him.

Der var ingen tilbage til at lave mad til ham.

Because no one would accept this job.

Fordi ingen ville acceptere dette job.

But at last someone volunteered their services.

Men endelig var der nogen, der meldte sig frivilligt til at hjælpe.

The boy who had been suckled by seven mothers.

Drengen, der var blevet ammet af syv mødre.

He had now grown up to be a stalwart youth.

Han var nu vokset op og blev en standhaftig ung mand.

He attended on the king and prepared his food.

Han tjente kongen og tilberedte hans mad.

But he took every care while with the queen.

Men han tog sig alle mulige forholdsregler, mens han var hos dronningen.

And he made sure that she did not swallow him up.

Og han sørgede for, at hun ikke slugte ham.

The Rakshasi-queen seized her victims only at night.

Rakshasi-dronningen greb kun sine ofre om natten.

So the boy he went home long before nightfall.

Så drengen tog hjem længe før nat.

So she had to find another way to get rid of the boy.

Så måtte hun finde en anden måde at slippe af med drengen på.

The boy always boasted that he could do any work.

Drengen pralede altid af, at han kunne klare ethvert arbejde.

So the queen invented a disease for herself.

Så opfandt dronningen en sygdom til sig selv.

She said that there was a cure for her disease.

Hun sagde, at der fandtes en kur mod hendes sygdom.

But she said the cure was not easy to get.

Men hun sagde, at kuren ikke var let at få.

This made the boy even more interested in the task.

Dette gjorde drengen endnu mere interesseret i opgaven.

She said there was a melon which cured her disease.

Hun sagde, at der var en melon, som kurerede hendes sygdom.

The melon was twelve cubits in length.

Melonen var tolv alen lang.

But the stone of the lemon was thirteen cubits long.

Men citronstenen var tretten alen lang.

The fruit could only be gotten from her mother.

Frugten kunne kun fås fra hendes mor.

And her mother lived on the other side of the ocean.

Og hendes mor boede på den anden side af havet.

She gave him a letter of introduction to her mother.

Hun gav ham et introduktionsbrev til sin mor.

But actually the note told her to eat the boy.

Men faktisk sagde sedlen, at hun skulle spise drengen.

The boy had suspected there was some foul play.

Drengen havde mistanke om, at der var tale om en form for uregelmæssighed.

So he tore up the letter and proceeded on his journey.

Så rev han brevet i stykker og fortsatte sin rejse.

The dauntless youth passed through many lands.

Den frygtløse unge mand rejste gennem mange lande.

After much travel he stood on the shore of the ocean.

Efter megen rejse stod han på havets bred.

On the other side of the ocean was the country of the Rakshasis.

På den anden side af havet lå rakshasiernes land.

He then bawled as loud as he could, and said;

Så skreg han så højt han kunne, og sagde:

"Granny! granny! come and save your daughter"

"Bedstemor! bedstemor! kom og red din datter"

"Your daughter, my mother, is dangerously ill"

"Din datter, min mor, er farligt syg"

On the other side of the ocean an old Rakshasi heard him.

På den anden side af havet hørte en gammel Rakshasi ham.

The old Rakshasi crossed the ocean to the boy.

Den gamle Rakshasi krydsede havet til drengen.

The boy told her the message of the queen.

Drengen fortalte hende dronningens besked.

And the Rakshasi took the boy on her back.

Og Rakshasi tog drengen på ryggen.

She re-crossed the ocean to the land of the Rakshasi.
Hun krydsede havet igen til Rakshasiernes land.
And the boy was at once given the medicinal melon.
Og drengen fik straks den medicinske melon.
The Rakshasi told him to hurry back to her daughter.
Rakshasien bad ham om at skynde sig tilbage til hendes datter.
But the boy said he was too tired to keep travelling.
Men drengen sagde, at han var for træt til at fortsætte med at rejse.
And he begged to be allowed to rest one day.
Og han bad om at få lov til at hvile sig en dag.
The old Rakshasi consented to her grandson's wishes.
Den gamle Rakshasi samtykkede i sit barnebarns ønsker.

The boy noticed interesting things in the Rakshasi's room.
Drengen bemærkede interessante ting i Rakshasis værelse.
There was a stout club and a rope hanging in the room.
Der hang en stout kølle og et reb i rummet.
The boy inquired what the stout club and rope were for.
Drengen spurgte, hvad den kraftige kølle og rebet var til.
"Child, with that club and rope I cross the ocean"
"Barn, med den kølle og det reb krydser jeg havet"
"One just has to take the club and the rope in his hands"
"Man skal bare tage køllen og rebet i hænderne"
"And then you have to say the following magical words:"
"Og så skal du sige følgende magiske ord:"
"O stout club! O strong rope!"
"O, stærke kølle! O stærke reb!"
"Take me at once to the other side"
"Tag mig med det samme til den anden side"
"Then they will take him to the other side of the ocean"
"Så vil de føre ham til den anden side af havet"
The boy noticed another interesting thing in the room.
Drengen bemærkede en anden interessant ting i rummet.
There was a bird in a cage in the corner of the room.
Der var en fugl i et bur i hjørnet af rummet.

The boy also wanted to know what this bird was for.

Drengen ville også vide, hvad denne fugl var til for.

"The bird contains a secret, my child"

"Fuglen rummer en hemmelighed, mit barn"

"But that secret must not be disclosed to mortals"

"Men den hemmelighed må ikke afsløres for dødelige"

"But how can I hide this secret from my own grandchild?"

"Men hvordan kan jeg skjule denne hemmelighed for mit eget barnebarn?"

"That bird, child, contains the life of your mother.

"Den fugl, barn, indeholder din mors liv."

"If the bird is killed, your mother will at once die"

"Hvis fuglen bliver dræbt, vil din mor dø med det samme."

Armed with these secrets, the boy went to bed that night.

Bevæbnet med disse hemmeligheder gik drengen i seng den aften.

Next morning the old Rakshasi went to distant countries.

Næste morgen rejste den gamle Rakshasi til fjerne lande.

Together with all the other Rakshasis, she went to forage.

Sammen med alle de andre Rakshasier gik hun for at samle føde.

The boy took down the bird-cage from the ceiling.

Drengen tog fugleburet ned fra loftet.

And the boy took the club and the rope.

Og drengen tog køllen og rebet.

And then he spoke the magic words to the club and rope.

Og så sagde han de magiske ord til køllen og rebet.

"O stout club! O strong rope!"

"O, stærke kølle! O stærke reb!"

"Take me at once to the other side"

"Tag mig med det samme over på den anden side"

In the twinkling of an eye the boy was put on this side of the ocean.

På et øjeblik blev drengen sat på denne side af havet.

He then retraced his steps, back to the queen.

Så gik han tilbage ad sine fodspor, tilbage til dronningen.

To her astonishment he really had the medicinal lemon.

Til hendes forbløffelse havde han virkelig den medicinske citron.

But the bird in the cage he kept carefully concealed.

Men fuglen i buret holdt han omhyggeligt skjult.

In the course of time the people of the city came to the king.

Med tiden kom byens folk til kongen.

And they told the king of their troubles.

Og de fortalte kongen om deres problemer.

"A monstrous bird comes from the palace every evening"

"En uhyrlig fugl kommer fra paladset hver aften"

"The bird seizes the people in the streets"

"Fuglen griber folk på gaderne"

"And the bird swallows the people up whole"

"Og fuglen sluger menneskene hele"

"This has been going on for a long time"

"Dette har stået på i lang tid"

"And now the city has become almost desolate"

"Og nu er byen næsten blevet øde"

The king did not know what this monstrous bird was.

Kongen vidste ikke, hvad denne uhyrlige fugl var.

But the king's servant, the boy, said he knew.

Men kongens tjener, drengen, sagde, at han vidste det.

"I will kill the monstrous bird," he offered.

"Jeg vil dræbe den uhyrlige fugl," tilbød han.

"But the queen has to stand beside us," he added.

"Men dronningen skal stå ved vores side," tilføjede han.

The king saw no reason to object to the proposal.

Kongen så ingen grund til at gøre indsigelse mod forslaget.

And so the queen was made to stand beside the king.

Og således blev dronningen stillet ved siden af kongen.

The boy then took the bird out from its cage.

Derefter tog drengen fuglen ud af buret.

On seeing the bird she fell into a fainting fit.

Da hun så fuglen, faldt hun i et besvimelsesanfald.

Then the boy turned to the king, and spoke.

Så vendte drengen sig mod kongen og talte.

"King, you will soon perceive who the monstrous bird is"
"Konge, du vil snart forstå, hvem den uhyrlige fugl er"
"You will see what devours your people every evening"
"Du skal se, hvad der fortærer dit folk hver aften"
"I tear off each limb of this bird"
"Jeg river hvert eneste lem af denne fugl"
"The corresponding limb of the man-eater will fall off"
"Det tilsvarende lem af menneskeæderen vil falde af"
The boy then tore off one leg of the bird in his hand.
Drengen rev derefter det ene ben af fuglen i hånden.
All assembled were astonished at what happened next.
Alle de forsamlede var forbløffede over, hvad der derefter skete.
One of the legs of the queen fell off.
Et af dronningens ben faldt af.
Then the boy squeezed the throat of the bird.
Så klemte drengen fuglens hals.
And as he squeezed the bird, the queen gave up the ghost.
Og idet han klemte fuglen, opgav dronningen ånden.
The boy then retold his history to the king.
Drengen genfortalte derefter sin historie til kongen.
"You used to have seven barren wives"
"Du havde syv ufrugtbare koner"
"To treat their barrenness, you gave them each a mango"
"For at behandle deres ufrugtbarhed gav du dem hver en mango"
"And each of your wives fell pregnant with a child"
"Og hver af jeres hustruer blev gravide med et barn"
"However, you then married an eighth wife"
"Men så giftede du dig med en ottende kone"
"This wife ordered you to blind your other wives"
"Denne kone beordrede dig til at blinde dine andre koner"
"And she ordered you to have your other wives killed"
"Og hun beordrede dig til at få dine andre koner dræbt"
"Your minister blinded your seven wives"
"Din præst blindede dine syv koner"
"But he was too good hearted to kill your wives"

"Men han var for godhjertet til at dræbe dine koner"
"Your seven wives were taken to a hiding place"
"Dine syv koner blev ført til et skjulested"
"And in this hiding place they each gave birth"
"Og i dette skjulested fødte de hver især"
"But they were forced to eat their newly born children"
"Men de blev tvunget til at spise deres nyfødte børn"
"Only my mother did not let me be eaten"
"Kun min mor lod mig ikke blive spist"
"Instead, I was suckled by seven mothers"
"I stedet blev jeg ammet af syv mødre"
"And I grew up strong and capable"
"Og jeg voksede op stærk og dygtig"
"Eventually I came to work in your palace"
"Til sidst kom jeg til at arbejde i dit palads"
"Your wife, my stepmother, sent me on a mission"
"Din kone, min stedmor, sendte mig på en mission"
"She sent me to her mother for a medicine"
"Hun sendte mig til sin mor for at få medicin"
"However, her mother was a Rakshasi"
"Hendes mor var dog en rakshasi"
"From her I found the secret of your wife's life"
"Fra hende fandt jeg hemmeligheden bag din kones liv"
"And so I brought the bird that held your wife's life"
"Og så bragte jeg fuglen, der holdt din kones liv."
The king had listened to the story his son told him.
Kongen havde lyttet til den historie, hans søn fortalte ham.
The seven queens were brought back to the palace.
De syv dronninger blev bragt tilbage til paladset.
And their eyes were miraculously restored.
Og deres øjne blev mirakuløst genoprettet.
The boy that was suckled by seven mothers was crowned.
Drengen, der blev ammet af syv mødre, blev kronet.
And he was recognized by the king as his rightful heir.
Og han blev anerkendt af kongen som sin retmæssige arving.
And they lived together happily.
Og de levede lykkeligt sammen.

The Story of Prince Sobur
Historien om Prins Sobur

Once upon a time there lived a merchant.

Der boede engang en købmand.

This merchant had seven daughters.

Denne købmand havde syv døtre.

One day the merchant asked them a question.

En dag stillede købmanden dem et spørgsmål.

"From whose fortune do you live?"

"Af hvis formue lever du?"

The eldest daughter answered first.

Den ældste datter svarede først.

"Papa, I live from your fortune"

"Far, jeg lever af din formue"

The second daughter gave the same answer.

Den anden datter gav det samme svar.

The same answer was given by the third daughter.

Det samme svar blev givet af den tredje datter.

His fourth daughter also lived from his fortune.

Hans fjerde datter levede også af hans formue.

His fifth daughter was no different.

Hans femte datter var ingen undtagelse.

And his sixth daughter was like the rest.

Og hans sjette datter var ligesom de andre.

But his youngest daughter surprised him.

Men hans yngste datter overraskede ham.

She had a very different answer.

Hun havde et helt andet svar.

"I live from my own fortune"

"Jeg lever af min egen formue"

He did not like this answer.

Han kunne ikke lide dette svar.

Her answer made the merchant very angry.

Hendes svar gjorde købmanden meget vred.

"You are very ungrateful," he told her.

"Du er meget utaknemmelig," sagde han til hende.

"See how well you do on your own"
"Se hvor godt du klarer dig på egen hånd"
"I am kicking you out of my house"
"Jeg smider dig ud af mit hus"
"You will not have a rupee in your pocket"
"Du får ikke en rupi i lommen"
He called his palanquins to come.
Han kaldte sine palanquiner til sig.
And he ordered them to take the girl away.
Og han beordrede dem til at tage pigen væk.
"Leave her in the midst of a forest"
"Efterlad hende midt i en skov"
The girl begged to be allowed one thing.
Pigen bad om at få lov til én ting.
"Please let me take my work-box"
"Lad mig venligst tage min arbejdskasse"
"In the box are my needles and threads"
"I æsken er mine nåle og tråde"
Her father allowed her to take her box.
Hendes far lod hende tage sin kasse.
She got into the seat of the palanquins.
Hun satte sig på palanquinernes sæde.
And the bearers lifted her up.
Og bærerne løftede hende op.
And they put her onto their shoulders.
Og de satte hende på deres skuldre.
As the bearers ran they chanted.
Mens bærerne løb, sang de.
"hoon! hoon! hoon! hoon! hoon!"
"hoon! hoon! hoon! hoon! hoon!"
But they didn't get very far.
Men de kom ikke særlig langt.
An old woman stood in their way.
En gammel kvinde stod i deres vej.
She came up to the carriage.
Hun kom hen til vognen.
"Where are you taking my daughter?"

"Hvor tager du min datter hen?"
She was the maid of the child.
Hun var barnets tjenestepige.
"We have been given orders by the merchant"
"Vi har fået ordrer fra købmanden"
"He told us to take her away"
"Han sagde, at vi skulle tage hende væk"
"We will leave her in a forest"
"Vi efterlader hende i en skov"
"We are going to do his bidding"
"Vi vil gøre hans befalinger"
"I must go with her," said the old woman.
"Jeg må gå med hende," sagde den gamle kvinde.
But the bearers were not sure.
Men bærerne var ikke sikre.
Bearers run when they carry a sedan chair.
Bærere løber, når de bærer en sedanstol.
"How will you be able to keep pace with us?"
"Hvordan skal I kunne holde trit med os?"
The old woman was not deterred.
Den gamle kvinde lod sig ikke afskrække.
"It does not matter how I do it"
"Det er ligegyldigt, hvordan jeg gør det"
"I must go where my daughter goes"
"Jeg må gå derhen, hvor min datter går hen "
The youngest daughter begged the bearers.
Den yngste datter tiggede bærerne.
"Please carry my mother with me"
"Vær sød at tage min mor med mig"
And the bearers gracefully agreed.
Og bærerne indvilligede yndefuldt.
They carried mother and child to the forest.
De bar mor og barn til skoven.
"hoon! hoon! hoon! hoon! hoon!"
"hoon! hoon! hoon! hoon! hoon!"
In the afternoon they reached a dense forest.
Om eftermiddagen nåede de en tæt skov.

They went deeper and deeper into the forest.
De gik dybere og dybere ind i skoven.
Towards sunset they reached their goal.
Hen mod solnedgang nåede de deres mål.
They stopped at the foot of an old tree.
De stoppede ved foden af et gammelt træ.
They lowered the girl and the old woman.
De sænkede pigen og den gamle kvinde ned.
And they left them in the forest.
Og de efterlod dem i skoven.
Then they retraced their steps home.
Så gik de tilbage på deres fodspor hjemad.

The merchant's youngest daughter looked around.
Købmandens yngste datter så sig omkring.
You would not have wanted to be in her shoes.
Du ville ikke have lyst til at være i hendes sko.
Her situation was truly pitiable.
Hendes situation var virkelig ynkelig.
She was hardly fourteen years old.
Hun var knap fjorten år gammel.
She had grown up in luxury.
Hun var vokset op i luksus.
But now there was no luxury for her.
Men nu var der ingen luksus for hende.
She was in the heart of a dark forest.
Hun var midt i en mørk skov.
She had not a rupee in her pocket.
Hun havde ikke en rupi i lommen.
And she had nothing for protection.
Og hun havde intet at beskytte sig med.
Nothing except an old, decrepit, woman.
Intet andet end en gammel, affældig kvinde.
Even the trees of the forest pitied her.
Selv skovens træer havde ondt af hende.
The young girl and old woman sat together.
Den unge pige og den gamle kvinde sad sammen.

They were at the foot of an old tree.
De stod ved foden af et gammelt træ.
And together they cried over their situation.
Og sammen græd de over deres situation.
I should say this all happened long ago.
Jeg må sige, at alt dette skete for længe siden.
In these times the trees could talk.
I disse tider kunne træerne tale.
And the old tree spoke to the girl.
Og det gamle træ talte til pigen.
"Unhappy women, I much pity you"
"Ulykkelige kvinder, jeg har stor medlidenhed med jer"
"There are wild beasts in this forest"
"Der er vilde dyr i denne skov"
"Soon they will come out of their lairs"
"Snart kommer de ud af deres huler"
"They will roam about for prey"
"De vil strejfe omkring efter bytte"
"And they are sure to devour you two"
"Og de vil helt sikkert fortære jer to"
"But I can help you, if you want"
"Men jeg kan hjælpe dig, hvis du vil"
"I will make an opening for you"
"Jeg vil lave en åbning for dig"
"When you see the opening, go into it"
"Når du ser åbningen, så gå ind i den"
"And then I will close the opening up"
"Og så lukker jeg åbningen"
"As long as you are in me you'll be safe"
"Så længe du er i mig, er du tryg"
"This way the wild beasts can't touch you"
"På denne måde kan de vilde dyr ikke røre dig"
And then the tree split itself in two.
Og så delte træet sig i to.
The two women went inside the tree.
De to kvinder gik ind i træet.
And the old tree resumed its natural shape.

Og det gamle træ fik sin naturlige form igen.

The shade of night darkened the forest.
Nattens skygge formørkede skoven.
Everything the tree had said was true.
Alt, hvad træet havde sagt, var sandt.
The wild beasts came out of their lairs.
De vilde dyr kom ud af deres huler.
The fierce tiger came out at night.
Den vilde tiger kom ud om natten.
The wild bear left his lair.
Den vilde bjørn forlod sin hule.
The rhinoceros roamed the forest.
Næsehornet strejfede rundt i skoven.
The bushy bear was there that night.
Den buskede bjørn var der den nat.
The great elephant could be heard.
Den store elefant kunne høres.
And there was the horned buffalo.
Og der var den hornede bøffel.
They all growled as they circled the tree.
De knurrede alle, mens de gik rundt om træet.
They had gotten the scent of human blood.
De havde lugtet menneskeblod.
They could hear the growls of the beasts.
De kunne høre dyrenes knurren.
The beasts came dashing against the tree.
Dyrene kom farende mod træet.
They broke the old tree's branches.
De knækkede det gamle træs grene.
Their horns pierced the tree's trunk.
Deres horn gennemborede træets stamme.
They scratched its bark with their claws.
De kradsede i dens bark med deres kløer.
But all their efforts were in vain.
Men alle deres anstrengelser var forgæves.
The girl and woman were safe in the tree.

Pigen og kvinden var i sikkerhed i træet.
Towards dawn the wild beasts went away.
Hen mod daggry forsvandt de vilde dyr.
After sunrise the good tree spoke again.
Efter solopgang talte det gode træ igen.
"The wild beasts have gone back"
"De vilde dyr er vendt tilbage"
"They are in their lairs again"
"De er i deres huler igen"
"But they did their best to torment me"
"Men de gjorde deres bedste for at plage mig"
"The sun has risen up again"
"Solen er stået op igen"
"So you can come out now"
"Så du kan komme ud nu"
The tree split itself into two again.
Træet delte sig igen i to.
The girl and the old woman came out.
Pigen og den gamle kvinde kom ud.
They saw the extent of the damage.
De så omfanget af skaden.
The tree's branches had been broken off.
Træets grene var blevet brækket af.
The tree's trunk had been pierced.
Træets stamme var blevet gennemboret.
The bark had been stripped off.
Barken var blevet pillet af.
"Good mother, we thank you"
"Gode mor, vi takker dig"
"You have been very kind to us"
"I har været meget venlige mod os"
"You gave us shelter from the beasts"
"Du gav os ly for dyrene"
"But it was at a great cost to yourself"
"Men det kostede dig selv en stor pris"
"You have many wounds from the wilds beasts"
"Du har mange sår fra de vilde dyr"

"You must be in great pain?"
"Du må have store smerter?"
Close by there was a flowing river.
Tæt på var der en strømmende flod.
The young girl went to the river bank.
Den unge pige gik til flodbredden.
At the bank of the river she found mud.
Ved flodbredden fandt hun mudder.
She covered the tree with the mud.
Hun dækkede træet med mudder.
She especially covered the damaged parts.
Hun dækkede især de beskadigede dele.
The tree thanked her for the treatment.
Træet takkede hende for behandlingen.
"My good girl, I thank you"
"Min gode pige, jeg takker dig"
"I am greatly relieved of my pain"
"Jeg er meget lettet over mine smerter"
"I am, however, more concerned for you"
"Jeg er dog mere bekymret for dig"
"You must be hungry"
"Du må være sulten"
"You have not eaten since yesterday"
"Du har ikke spist siden i går"
"But what can I give you?"
"Men hvad kan jeg give dig?"
"I have no fruit of my own"
"Jeg har ingen egen frugt"
"But I do have some advice"
"Men jeg har et par råd"
"Give the old woman whatever money you have"
"Giv den gamle kvinde de penge, du har."
"Let her go into the city"
"Lad hende gå ind i byen"
"In the city she can buy some food"
"I byen kan hun købe noget mad"
They explained their situation to the tree.

De forklarede deres situation for træet.
"We have been sent out with no money"
"Vi er blevet sendt ud uden penge"
But she searched through her work-box anyway.
Men hun ledte alligevel i sin arbejdskasse.
And in the box she found five cowries.
Og i kassen fandt hun fem kaurier.
The tree continued to give its advice.
Træet fortsatte med at give sine råd.
"Go with your cowries to the city"
"Gå med dine kauri til byen"
"Use the cowries to buy some fried rice"
"Brug cowrierne til at købe stegte ris"
So the old woman went to the city.
Så gik den gamle kvinde ind til byen.
Fortunately the city was not far away.
Heldigvis var byen ikke langt væk.
She went to the first shopkeeper she found.
Hun gik hen til den første butiksindehaver, hun fandt.
"Please give me five cowries worth of rice"
"Giv mig venligst ris til en værdi af fem cowries."
The shopkeeper laughed at her.
Butiksindehaveren lo af hende.
"Where can rice be had for five cowries?"
"Hvor kan man få ris til fem cowries?"
"Be off, you old hag," he told her.
"Væk, din gamle heks," sagde han til hende.
So she tried to barter at another shop.
Så prøvede hun at bytte i en anden butik.
This shopkeeper could see her distress.
Denne butiksindehaver kunne se hendes fortvivlelse.
And the shopkeeper took pity on her.
Og butiksindehaveren fik medlidenhed med hende.
She gave her a large quantity of rice.
Hun gav hende en stor mængde ris.
The old woman returned with the rice.
Den gamle kvinde kom tilbage med risen.

And the tree gave further instructions.
Og træet gav yderligere instruktioner.
"Eat less than half of the rice"
"Spis mindre end halvdelen af risen"
"Go to the embankments of the river bank"
"Gå til flodbreddens volde"
"Cast the remaining rice on the river bank"
"Kast den resterende ris på flodbredden"
They did not understand the sense of it.
De forstod ikke meningen med det.
"Why sow the riverbank with rice?"
"Hvorfor så flodbredden med ris?"
But they did as they were advised.
Men de gjorde, som de blev rådet til.
And they threw their rice onto the ground.
Og de kastede deres ris på jorden.

They spent the day lamenting their fate.
De tilbragte dagen med at beklage deres skæbne.
Just as before the beasts came out at night.
Ligesom før kom dyrene ud om natten.
The tree housed them inside of its trunk again.
Træet husede dem igen inde i sin stamme.
Again they mutilated and tortured the tree.
Igen lemlæstede og torturerede de træet.
But that night something else happened.
Men den nat skete der noget andet.
The women only saw it the next day.
Kvinderne så det først dagen efter.
The rice had attracted hundreds of peacocks.
Risen havde tiltrukket hundredvis af påfugle.
The peacocks competed for the rice.
Påfuglene konkurrerede om risen.
And their feathers fell on the floor.
Og deres fjer faldt på gulvet.
The tree had known what would happen.
Træet vidste, hvad der ville ske.

And the tree advised them what to do next.

Og træet rådede dem til, hvad de skulle gøre nu.

"Go back to the bank of the river"

"Gå tilbage til flodbredden"

"Go to where you cast the rice"

"Gå derhen, hvor du kastede risen"

"There you will see many feathers"

"Der vil du se mange fjer"

"Collect all the feathers you can find"

"Saml alle de fjer, du kan finde"

"Use the feathers to make a beautiful fan"

"Brug fjerene til at lave en smuk vifte"

"And take the feather-fan to the city"

"Og tag fjerviften med til byen"

The two women did as they were advised.

De to kvinder gjorde, som de var blevet rådet til.

It was good the girl had taken her work-box.

Det var godt, at pigen havde taget sin arbejdskasse.

In her work-box was some string.

I hendes arbejdskasse var der noget snor.

The tied the feathers together.

De bandt fjerene sammen.

And she had made a fan from the feathers.

Og hun havde lavet en vifte af fjerene.

She took the feather fan to the city.

Hun tog fjerviften med til byen.

The son of the king happened to be there.

Kongens søn var tilfældigvis der.

He admired the feathers greatly.

Han beundrede fjerene meget.

He paid a large sum of money for the feathers.

Han betalte en stor sum penge for fjerene.

Each morning a quantity of feathers was collected.

Hver morgen blev der indsamlet en mængde fjer.

And each day a feather fan was made and sold.

Og hver dag blev der lavet og solgt en fjervifte.

Within a short time the two women got rich.

Inden for kort tid blev de to kvinder rige.
The tree then advised them to build a house.
Træet rådede dem derefter til at bygge et hus.
"Employ men to burn bricks for you"
"Ansæt mænd til at brænde mursten for dig"
"Get them to cut beams and rafters"
"Få dem til at skære bjælker og spær"
"Make them plaster the walls with lime"
"Få dem til at pudse væggene med kalk"
In a few months a stately house was built.
På få måneder blev et herskabeligt hus bygget.
The tree was pleased for the women.
Træet var glad for kvinderne.
"You should add a garden to your house"
"Du burde tilføje en have til dit hus"
"And you want to be able to store water"
"Og du vil gerne kunne opbevare vand"
"Dig a water tank in your garden"
"Grav en vandtank i din have"

The girl had not had much time.
Pigen havde ikke haft meget tid.
So she didn't think of her family.
Så hun tænkte ikke på sin familie.
The merchant's luck had taken a turn.
Købmandens held havde taget en drejning.
The goddess of wealth frowned upon him.
Rigdommens gudinde så panden på ham.
He was struck by a sudden misfortune.
Han blev ramt af en pludselig ulykke.
All at once he lost all of his money.
På én gang mistede han alle sine penge.
He was forced to sell his house.
Han blev tvunget til at sælge sit hus.
But he made a great loss on the property.
Men han led et stort tab på ejendommen.
He and his family were left penniless.

Han og hans familie blev efterladt fattige.
So they were forced to live elsewhere.
Så de blev tvunget til at bo et andet sted.
They happened to move to a nearby village.
De flyttede tilfældigvis til en nærliggende landsby.
The palace was not far from their new house.
Paladset lå ikke langt fra deres nye hus.
But the merchant was not rich anymore.
Men købmanden var ikke længere rig.
And he still had to support his family.
Og han skulle stadig forsørge sin familie.
He had been reduced to doing manual labour.
Han var blevet reduceret til at udføre manuelt arbejde.
He applied for the job at the palace.
Han søgte jobbet på slottet.
He was going to dig the hole for the water.
Han ville grave hullet til vandet.
His wife also offered to work with him.
Hans kone tilbød også at arbejde sammen med ham.
But they got there too late to work.
Men de kom for sent til at arbejde.
The water tank had already been finished.
Vandtanken var allerede færdig.
And they did not know whose house it was.
Og de vidste ikke, hvis hus det var.
The merchant's daughter was looking out the window.
Købmandens datter kiggede ud af vinduet.
She happened to see her parents in the garden.
Hun så tilfældigvis sine forældre i haven.
She could see the rags they were wearing.
Hun kunne se de klude, de havde på.
Her eyes filled with tears at the sight.
Hendes øjne fyldtes med tårer ved synet.
She could not believe what she saw.
Hun kunne ikke tro sine egne øjne.
Her parents had come to her for work.
Hendes forældre var kommet til hende for at få arbejde.

She immediately called her servants.

Hun kaldte straks på sine tjenere.

"Outside in the garden are my parents"

"Udenfor i haven er mine forældre"

"Please offer them these fine clothes"

"Vær venlig at tilbyde dem dette fine tøj"

"And ask them to come into the palace"

"Og bed dem om at komme ind i paladset"

Her servants did as they were told.

Hendes tjenere gjorde, som de fik besked på.

But her parents were frightened beyond measure.

Men hendes forældre var skræmte uendeligt meget.

They had seen that the tank was finished.

De havde set, at tanken var færdig.

There used to be a strange tradition.

Der plejede at være en mærkelig tradition.

In those days human sacrifices were offered.

Dengang ofrede man menneskeofringer.

One of those occasions was after digging a pool.

En af disse lejligheder var efter at have gravet en pool.

You can imagine her parents' fear.

Du kan forestille dig hendes forældres frygt.

They had come to dig the water tank.

De var kommet for at grave vandtanken.

But now servants were calling them.

Men nu kaldte tjenerne på dem.

They thought they going to be sacrificed.

De troede, at de ville blive ofret.

"Throw away your rags" they said.

"Smid jeres klude væk," sagde de.

"Here, wear these fine clothes"

"Her, tag det fine tøj på"

And their fears increased even more.

Og deres frygt voksede endnu mere.

But they did not have to fear for long.

Men de behøvede ikke at frygte længe.

Their rich daughter came out to meet them.

Deres rige datter kom ud for at møde dem.
She hugged and kissed her parents.
Hun krammede og kyssede sine forældre.
And she told them everything that had happened.
Og hun fortalte dem alt, hvad der var sket.
The father felt that she had been right.
Faderen følte, at hun havde haft ret.
"You do live from your own fortune"
"Du lever af din egen formue"
The daughter did not blame her father.
Datteren bebrejdede ikke sin far.
And she gave him a large fortune.
Og hun gav ham en stor formue.
With the money he moved back to the city.
Med pengene flyttede han tilbage til byen.
Soon he became a merchant again.
Snart blev han købmand igen.
And he went to distant countries for trade.
Og han drog til fjerne lande for at handle.

One day he got ready for another business venture.
En dag gjorde han sig klar til endnu et forretningsforetagende.
But that day something strange happened.
Men den dag skete der noget mærkeligt.
The ship was ready to leave the port.
Skibet var klar til at forlade havnen.
But for some reason the ship did not move.
Men af en eller anden grund bevægede skibet sig ikke.
No one could explain what was happening.
Ingen kunne forklare, hvad der skete.
But the merchant had an idea.
Men købmanden havde en idé.
"Perhaps my daughters would like presents"
"Måske ville mine døtre gerne have gaver"
"I need to ask them what they would like"
"Jeg er nødt til at spørge dem, hvad de gerne vil have"
He went to see his daughters.

Han gik hen for at se sine døtre.

He asked them what they would like.

Han spurgte dem, hvad de ville have.

And he promised to bring them presents.

Og han lovede at bringe dem gaver.

But the ship would still not move.

Men skibet ville stadig ikke bevæge sig.

He had not asked all his daughters.

Han havde ikke spurgt alle sine døtre.

His youngest daughter was not there.

Hans yngste datter var ikke der.

She was living in a different city.

Hun boede i en anden by.

So he ordered his servants go to her palace.

Så beordrede han sine tjenere til at gå til hendes palads.

The messenger came at the wrong time.

Budbringeren kom på det forkerte tidspunkt.

The young girl was engaged in devotions.

Den unge pige var engageret i andagter.

But the messenger asked her anyway.

Men budbringeren spurgte hende alligevel.

She just told him"sobur"

Hun sagde lige "sobur" til ham.

The meaning of this was"wait"

Betydningen af dette var "vent"

But the messenger didn't know this.

Men budbringeren vidste ikke dette.

He thought she wanted something called"sobur"

Han troede, hun ville have noget, der hed "sobur".

So he went back to the city of the merchant.

Så vendte han tilbage til købmandens by.

And he delivered the message he received.

Og han overbragte den besked, han modtog.

"Your daughter wants something called 'sobur'"

"Din datter ønsker sig noget, der hedder 'sobur'"

This time the ship could move again.

Denne gang kunne skibet bevæge sig igen.

So the merchant started on his travels.
Så begyndte købmanden sine rejser.
He visited many ports on his journey.
Han besøgte mange havne på sin rejse.
And he made good profits from his trades.
Og han tjente gode penge på sine handler.
Finding the presents was not difficult.
Det var ikke svært at finde gaverne.
He found everything his oldest daughters wanted.
Han fandt alt, hvad hans ældste døtre ønskede sig.
But his youngest daughter's wish was difficult.
Men hans yngste datters ønske var vanskeligt.
He could not find the thing called"sobur"
Han kunne ikke finde den ting, der hedder "sobur".
He asked at every port he came to.
Han spurgte i hver havn, han kom til.
"Do you have something called 'sobur'?"
"Har du noget, der hedder 'sobur'?"
But the merchants all shook their heads.
Men købmændene rystede alle på hovedet.
"We've never heard of 'sobur'"
"Vi har aldrig hørt om 'sobur'"
His voyage had almost come to its end.
Hans rejse var næsten ved at være slut.
He was soon going to head back home.
Han skulle snart tage hjem igen.
But he wanted"sobur" for his daughter.
Men han ville have "sobur" til sin datter.
So he went calling through the streets.
Så ringede han gennem gaderne.
"Sobur, does anyone have sobur?!"
"Sobur, er der nogen, der har sobur?!"
The son of the King was in his castle.
Kongens søn var på sit slot.
He happened to be looking out the window.
Han kiggede tilfældigvis ud af vinduet.
And the calls attracted his attention.

Og opkaldene tiltrak hans opmærksomhed.
Because his name happened to be Sobur.
Fordi hans navn tilfældigvis var Sobur.
He came to the merchant to speak with him.
Han kom til købmanden for at tale med ham.
"I have the Sobur that you want"
"Jeg har den Sobur, du ønsker"
"Take this box, but be careful with it"
"Tag denne kasse, men vær forsigtig med den"
"In the box is a magical feather fan and mirror"
"I æsken er en magisk fjervifte og et spejl"
"This is the Sobur your daughter wishes for"
"Dette er den Sobur, din datter ønsker sig"
The merchant thanked the prince for the box.
Købmanden takkede prinsen for æsken.
And he returned back to his country.
Og han vendte tilbage til sit land.

He gave the box to his daughter.
Han gav æsken til sin datter.
But the daughter didn't think about it.
Men datteren tænkte ikke over det.
She thought it was just a common box.
Hun troede bare, det var en almindelig kasse.
She had forgotten about the messenger.
Hun havde glemt budbringeren.
But one day she decided to open the box.
Men en dag besluttede hun sig for at åbne kassen.
Inside the box she found a beautiful fan.
Inde i kassen fandt hun en smuk vifte.
In the feather fan there was a beautiful mirror.
I fjerviften var der et smukt spejl.
She waved the feather fan to cool herself.
Hun viftede med fjerviften for at køle sig ned.
And Prince Sobur appeared before her.
Og prins Sobur viste sig for hende.
"You called me, so here I am," he said.

"Du ringede til mig, så her er jeg," sagde han.
"What is it you wish for?" he asked.
"Hvad ønsker du dig?" spurgte han.
She was astonished at what she saw.
Hun var forbløffet over, hvad hun så.
A handsome prince had suddenly appeared!
En flot prins var pludselig dukket op!
"Who are you?" she asked the prince.
"Hvem er du?" spurgte hun prinsen.
"And how did you suddenly appear?"
"Og hvordan dukkede du pludselig op?"
The Prince explained what had happened.
Prinsen forklarede, hvad der var sket.
"Your father was looking for 'sobur'"
"Din far ledte efter 'sobur'"
"I am prince Sobur," he explained.
"Jeg er prins Sobur," forklarede han.
"I gave your father a box"
"Jeg gav din far en æske"
"In this box there is a feather fan and mirror"
"I denne æske er der en fjervifte og et spejl"
"When you shake the feather fan I will appear"
"Når du ryster fjerviften, vil jeg vise mig"
She asked the prince to stay as a guest.
Hun bad prinsen om at blive som gæst.
And for two days the prince stayed with her.
Og i to dage blev prinsen hos hende.
And she entertained him in her palace.
Og hun underholdt ham i sit palads.
During that time the two fell in love.
I den tid blev de to forelskede.
They made their vows to each.
De aflagde deres løfter til hver især.
And they became husband and wife.
Og de blev mand og kone.
After this the prince returned to his father.
Efter dette vendte prinsen tilbage til sin far.

He told him that he had selected a wife.
Han fortalte ham, at han havde valgt en kone.
The day for the wedding was decided.
Dagen for brylluppet var besluttet.
All the family was invited.
Hele familien var inviteret.
And they had a beautiful wedding.
Og de havde et smukt bryllup.

But there was a death in the marriage bed.
Men der var et dødsfald i ægtesengen.
The six daughters of the merchant were envious.
Købmandens seks døtre var misundelige.
They were jealous of their sister's success.
De var misundelige på deres søsters succes.
So they decided to destroy her happiness.
Så besluttede de at ødelægge hendes lykke.
They broke several glass bottles.
De knuste adskillige glasflasker.
And they ground the glass into fine powder.
Og de malede glasset til fint pulver.
Then they scattered the powder on the bed.
Så spredte de pulveret på sengen.
The prince suspected no danger.
Prinsen havde ingen mistanke om fare.
He laid himself down in the bed.
Han lagde sig ned i sengen.
Soon he felt an acute pain.
Snart følte han en stærk smerte.
All of his whole body ached.
Hele hans krop gjorde ondt.
The powder had gone through his skin.
Pulveret var gået gennem hans hud.
The prince became restless through pain.
Prinsen blev rastløs af smerte.
And he started to kick and scream.
Og han begyndte at sparke og skrige.

He was taken away to his own country.

Han blev ført bort til sit eget land.

The king and queen were very worried.

Kongen og dronningen var meget bekymrede.

They consulted all the kingdom's physicians.

De rådførte sig med alle rigets læger.

But their efforts were in vain.

Men deres indsats var forgæves.

Day and night the young prince was screaming.

Dag og nat skreg den unge prins.

No one could ascertain the disease.

Ingen kunne konstatere sygdommen.

So they had no way of knowing the remedy.

Så de havde ingen mulighed for at kende løsningen.

You can imagine the grief of his wife.

Du kan forestille dig hans kones sorg.

The marriage knot had only just been tied.

Bryllupsknuden var lige blevet knyttet.

She thought a terrible disease had attacked him.

Hun troede, at en frygtelig sygdom havde angrebet ham.

Then he was carried hundreds of miles away.

Så blev han båret hundredvis af kilometer væk.

She had never been to his country.

Hun havde aldrig været i hans land.

But she was determined to go there.

Men hun var fast besluttet på at tage dertil.

And she was determined to nurse him better.

Og hun var fast besluttet på at pleje ham bedre.

She put on the garb of a Sannyasi.

Hun iførte sig en sannyasi-klædning.

And she carried a dagger in her hand.

Og hun bar en dolk i hånden.

And then she set out on her journey.

Og så begav hun sig ud på sin rejse.

The princess was still relatively young.

Prinsessen var stadig relativt ung.

She was unaccustomed to long journeys.
Hun var uvant med lange rejser.
And she wasn't used to walking so far.
Og hun var ikke vant til at gå så langt.
She soon got weary of walking.
Hun blev hurtigt træt af at gå.
So she sat under a tree to rest.
Så satte hun sig under et træ for at hvile.
On the top of the tree there was a nest.
På toppen af træet var der en rede.
It was the nest of two divine birds.
Det var reden for to guddommelige fugle.
Bihangami and Bihangama lived here.
Bihangami og Bihangama boede her.
They were not in their nest at the time.
De var ikke i deres rede på det tidspunkt.
But two of their chicks were in the nest.
Men to af deres kyllinger var i reden.
Suddenly the chicks gave a scream.
Pludselig udstødte kyllingerne et skrig.
This roused the half-drowsy princess.
Dette vækkede den halvt døsige prinsesse.
The little birds had seen huge serpent.
De små fugle havde set en enorm slange.
The snake was about to climb the tree.
Slangen var lige ved at klatre op i træet.
This would have been the end of the birds.
Dette ville have været enden for fuglene.
But the Sannyasi took out her dagger.
Men sannyasi tog sin dolk frem.
And she cut the serpent in two.
Og hun skar slangen over i to.
Of course even this frightened the young birds.
Selvfølgelig skræmte selv dette de unge fugle.
And they flew from the nest screaming.
Og de fløj skrigende fra reden.
Bihangama and Bihangami were on their way back.

Bihangama og Bihangami var på vej tilbage.

They came sailing through the air.

De kom sejlende gennem luften.

They thought they already knew what had happened.

De troede, at de allerede vidste, hvad der var sket.

"I don't expect to see our children"

"Jeg forventer ikke at se vores børn"

"The nest will be empty again"

"Reden vil være tom igen"

"All our previous children were eaten"

"Alle vores tidligere børn blev spist"

"They were eaten by our great enemy the serpent"

"De blev spist af vores store fjende, slangen"

"They will have met the same fate"

"De vil have mødt samme skæbne"

"I do not hear the cries of my young ones"

"Jeg hører ikke mine unges gråd"

The two birds got to their nest.

De to fugle kom til deres rede.

And as predicted, the nest was empty.

Og som forudsagt var reden tom.

This seemed to confirm their suspicions.

Dette syntes at bekræfte deres mistanke.

But soon the young birds returned.

Men snart vendte de unge fugle tilbage.

The divine birds were pleasantly surprised.

De guddommelige fugle blev positivt overraskede.

The young birds told them what had happened.

De unge fugle fortalte dem, hvad der var sket.

"There was a young Sannyasi under the tree"

"Der var en ung sannyasi under træet"

"He destroyed the serpent"

"Han ødelagde slangen"

"He cut the snake in two with his dagger"

"Han skar slangen over i to med sin dolk"

The parents went to foot of the tree.

Forældrene gik til foden af træet.

Two halves of the snake were still there.
To halvdele af slangen var der stadig.
"The young Sannyasi has saved our offspring"
"Den unge Sannyasi har reddet vores afkom"
"I wish we could do him some service in return"
"Jeg ville ønske, vi kunne gøre ham en tjeneste til gengæld"
The divine bird Bihangama replied.
Den guddommelige fugl Bihangama svarede.
"We shall do our service to HER"
"Vi skal gøre HENDE vores tjeneste"
"The Sannyasi under the tree is not a man"
"Sannyasi under træet er ikke en mand"
"The Sannyasi under the tree is a woman"
"Sannyasi under træet er en kvinde"
"Last night she got married to Prince Sobur"
"I går aftes blev hun gift med prins Sobur"
"Shortly after their marriage he was poisoned"
"Kort efter deres bryllup blev han forgiftet"
"His skin was pierced with small shards of glass"
"Hans hud var gennemboret af små glasskår"
"His sisters-in-law envied his wife"
"Hans svigerinder misundte hans kone"
"Her sisters spread the powder over the bed"
"Hendes søstre spredte pulveret ud over sengen"
"He is still suffering from his pain"
"Han lider stadig under sine smerter"
"But he is in his native land"
"Men han er i sit hjemland"
"And now he is at the point of death"
"Og nu er han dødens grænse"
"Beneath the tree is his heroic bride"
"Under træet er hans heroiske brud"
"She is wearing the garb of a Sannyasi"
"Hun bærer en sannyasi-dragt"
"And she is going to nurse him"
"Og hun skal amme ham"
The Bihangami asked the Bihangama.

Bihangami spurgte Bihangama.
"Is there no cure for the prince?"
"Findes der ingen kur mod prinsen?"
"Yes, there is a cure" replied the Bihangama.
"Ja, der findes en kur," svarede Bihangama.
"There is hardened dung lying on the ground"
"Der ligger hård gødning på jorden"
"She must take this hardened dung"
"Hun må tage denne hårde gødning"
"Then she must reduce the dung to powder"
"Så skal hun pulverisere gødningen"
"And then she must bathe the prince"
"Og så skal hun bade prinsen"
"She must bathe him in seven jars of water"
"Hun skal bade ham i syv vandkrukker"
"Then she must bathe him in seven jars of milk"
"Så skal hun bade ham i syv krukker mælk"
"Then she must apply the powder to his body"
"Så skal hun påføre pulveret på hans krop "
"After this Prince Sobur will get well"
"Efter dette vil Prins Sobur blive rask"
"I have no doubts about this remedy"
"Jeg er ikke i tvivl om dette middel"
The Bihangami saw a problem though.
Bihangami så dog et problem.
"The princess is but a young girl"
"Prinsessen er kun en ung pige"
"She cannot walk such a distance"
"Hun kan ikke gå så langt"
"The journey would take her many days"
"Rejsen ville tage hende mange dage"
"By that time the poor prince will have died"
"På det tidspunkt vil den stakkels prins være død"
"I can," replied the Bihangama.
"Det kan jeg," svarede Bihangama.
"I will take the young lady on my back"
"Jeg tager den unge dame på min ryg"

"I will fly her to Prince Sobur's city"
"Jeg flyver hende til Prins Soburs by"
"If she takes no presents, I will fly her back"
"Hvis hun ikke tager gaver med, flyver jeg hende tilbage"
The merchant's daughter heard this conversation.
Købmandens datter hørte denne samtale.
She begged the Bihangama to take her on his back.
Hun bad Bihangama om at tage hende på sin ryg.
And of course the bird willingly consented.
Og fuglen samtykkede selvfølgelig villigt.
First she gathered some of the birds dung.
Først samlede hun noget af fuglegødningen.
And then she reduced the dung to fine powder.
Og så knuste hun gødningen til fint pulver.
She was armed with this potent drug.
Hun var bevæbnet med dette potente stof.
And she got on the back of the kind bird.
Og hun kom op på ryggen af den venlige fugl.

The Bihangama flew as fast as lightning.
Bihangama fløj lige så hurtigt som lynet.
They soon reached Prince Sobur's city.
De nåede snart Prins Soburs by.
The young Sannyasi went up to the palace.
Den unge Sannyasi gik op til paladset.
And she spoke to the guards at the gate.
Og hun talte til vagterne ved porten.
"Send word to the king that I have a drug"
"Send bud til kongen om, at jeg har et lægemiddel"
"This drug will save the prince's life"
"Denne medicin vil redde prinsens liv"
"Within hours I will have cured the prince"
"Inden for få timer vil jeg have helbredt prinsen"
The king had tried all the best doctors.
Kongen havde prøvet alle de bedste læger.
But no doctor had been able to cure his son.
Men ingen læge havde været i stand til at helbrede hans søn.

So he didn't believe the Sannyasi's words.
Så han troede ikke på Sannyasiernes ord.
But his councilors advised him otherwise.
Men hans byrådsmedlemmer rådede ham til noget andet.
The Sannyasi ordered for seven jars of water.
Sannyasien bestilte syv krukker vand.
And seven jars of milk were ordered.
Og syv glas mælk blev bestilt.
He poured a jar of water on the prince.
Han hældte en krukke vand over prinsen.
And he poured a jar of milk on the prince.
Og han hældte en krukke mælk over prinsen.
He had a feather from the divine bird.
Han havde en fjer fra den guddommelige fugl.
And he used the feather to apply the powder.
Og han brugte fjeren til at påføre pudderet.
All of the prince's body was covered.
Hele prinsens krop var dækket.
This was repeated another six times.
Dette blev gentaget yderligere seks gange.
The last treatment did the magic.
Den sidste behandling gjorde magien.
The prince started to feel well again.
Prinsen begyndte at få det godt igen.
The king was happier than words can describe.
Kongen var lykkeligere end ord kan beskrive.
"Give the Sannyasi the finest treasures"
"Giv sannyasierne de fineste skatte"
But the Sannyasi refused to take presents.
Men sannyasi nægtede at tage imod gaver.
"Let me have the ring on the prince's finger"
"Lad mig få ringen på prinsens finger"
The king and the prince were happy.
Kongen og prinsen var glade.
And they gave him what he wanted.
Og de gav ham, hvad han ønskede.
The merchant's daughter hastened back.

Købmandens datter skyndte sig tilbage.

The Bihangama was waiting at the sea-shore.

Bihangama ventede ved kysten.

They reached the tree of the divine birds.

De nåede de guddommelige fugles træ.

The young bride walked back to her palace.

Den unge brud gik tilbage til sit palads.

The following day she shook the magical feather fan.

Den følgende dag rystede hun den magiske fjervifte.

Just as before, her husband appeared.

Ligesom før dukkede hendes mand op.

Of course he was happy to see his wife.

Selvfølgelig var han glad for at se sin kone.

But he was infinitely surprised.

Men han var uendeligt overrasket.

She had his ring on her finger.

Hun havde hans ring på fingeren.

His own wife was his doctor.

Hans egen kone var hans læge.

It was his wife that had cured him!

Det var hans kone, der havde helbredt ham!

The prince took his bride to his palace.

Prinsen tog sin brud med til sit palads.

He forgave his sisters-in-law.

Han tilgav sine svigerinder.

They lived happily for many years.

De levede lykkeligt i mange år.

And they were blessed with children.

Og de var velsignede med børn.

The Origins of Opium
Opiums oprindelse

Once upon on a time there lived a Rishi.
Der var engang en Rishi.
He lived on the banks of the holy Ganges.
Han boede ved bredden af den hellige Ganges.
This Rishi was a very religious man.
Denne Rishi var en meget religiøs mand.
He spent his days performing religious rites.
Han tilbragte sine dage med at udføre religiøse ritualer.
From sunrise to sunset he sat on the river bank.
Fra solopgang til solnedgang sad han ved flodbredden.
For the whole time he sat engaged in devotion.
Hele tiden sad han engageret i andagt.
At night he took shelter in his hut.
Om natten søgte han ly i sin hytte.
His hut was made from palm-leaves.
Hans hytte var lavet af palmeblade.
The palms he had grown from saplings.
Palmerne havde han dyrket fra små træer.
There was no one around for miles.
Der var ingen i nærheden i miles omkreds.
However, in the hut there was a mouse.
Men i hytten var der en mus.
She lived from what the Rishi left for her.
Hun levede af det, Rishi efterlod til hende.
The Rishi was a kind-hearted man.
Rishi var en godhjertet mand.
He would not hurt any living thing.
Han ville ikke skade nogen levende væsener.
So our mouse never ran away from him.
Så vores mus løb aldrig væk fra ham.
In fact, our mouse went to him.
Faktisk gik vores mus hen til ham.
She touched his feet when he was sitting.
Hun rørte ved hans fødder, mens han sad.

And she enjoyed playing with him.
Og hun nød at lege med ham.
The Rishi also liked the little mouse.
Rishien kunne også lide den lille mus.
So he wanted to be kind to her.
Så han ville være god ved hende.
And he wanted someone to talk to.
Og han ville have nogen at snakke med.
So he gave her the power of speech.
Så gav han hende taleevnen.

One night the mouse stood up.
En nat rejste musen sig op.
She got onto her hind legs.
Hun kom op på bagbenene.
And she stood in front of the Rishi.
Og hun stod foran Rishien.
And she put her front paws together.
Og hun satte sine forpoter sammen.
"Holy Sage, you have been kind to me"
"Hellige vismand, du har været venlig mod mig"
"And you have given me human language"
"Og du har givet mig menneskesprog"
"I hope it doesn't displease your reverence"
"Jeg håber ikke, det mishager din ærbødighed"
"But I have one more boon to ask"
"Men jeg har én velsignelse mere at bede om"
The Rishi listened to his mouse.
Rishien lyttede til sin mus.
"What is it?" asked the Rishi.
"Hvad er der?" spurgte Rishi.
"Say what you want, little mouse"
"Sig hvad du vil, lille mus"
The mouse answered the Rishi.
Musen svarede Rishi.
"By day your reverence goes to the river"
"Om dagen går din ærbødighed til floden"

"And there you practice your devotions"
"Og der praktiserer du din andagt "
"During this time a cat comes to the hut"
"I løbet af denne tid kommer en kat til hytten"
"This cat has been trying to catch me"
"Denne kat har prøvet at fange mig"
"She still has some fear of your reverence"
"Hun har stadig en vis frygt for din ærbødighed"
"Otherwise she would have eaten me long ago"
"Ellers havde hun spist mig for længe siden"
"But I fear the cat will eat me someday"
"Men jeg er bange for, at katten en dag vil æde mig."
"So I have one prayer to ask of you"
"Så jeg har én bøn at bede dig om"
"Please may I be changed into a cat!"
"Må jeg venligst blive forvandlet til en kat!"
"Then I would be a match for my foe"
"Så ville jeg være en match for min modstander"
The Rishi understood the mouse's plight.
Rishien forstod musens situation.
He threw some holy water on the mouse.
Han kastede noget vievand på musen.
And the mouse instantly turned into a cat.
Og musen forvandlede sig øjeblikkeligt til en kat.

She had lived as a cat for some days.
Hun havde levet som en kat i nogle dage.
One night she went to the Rishi again.
En aften gik hun til Rishi igen.
And the Rishi spoke to his pet.
Og Rishi talte til sit kæledyr.
"Well, little kitty, how are you!"
"Nå, lille killing, hvordan har du det!"
"How do you like your present life!"
"Hvordan kan du lide dit nuværende liv!"
The cat thought about what to say.
Katten tænkte over, hvad den skulle sige.

But she didn't have to say anything.
Men hun behøvede ikke at sige noget.
The Rishi could tell by her expression.
Rishien kunne se det på sit ansigtsudtryk.
"Why don't you like it?" asked the sage.
"Hvorfor kan du ikke lide det?" spurgte vismanden.
"Are you not as strong as the other cats!"
"Er du ikke lige så stærk som de andre katte!"
"Yes, I am strong enough," answered the cat.
"Ja, jeg er stærk nok," svarede katten.
"Your reverence has made me a strong cat"
"Din ærbødighed har gjort mig til en stærk kat"
"As strong as any cat in the world"
"Lige så stærk som enhver anden kat i verden"
"Now I do not fear cats anymore"
"Nu er jeg ikke bange for katte længere"
"But now I have got a new foe"
"Men nu har jeg fået en ny fjende"
"By day your reverence goes to the river"
"Om dagen går din ærbødighed til floden"
"During this time dogs come to the hut"
"I denne periode kommer hundene til hytten"
"These dogs have been barking at me"
"Disse hunde har gøet ad mig"
"And I have been frightened for my life"
"Og jeg har været bange for mit liv"
"So I have one more prayer to ask of you"
"Så har jeg endnu en bøn til dig"
"Please may I be changed into a dog!"
"Må jeg venligst blive forvandlet til en hund!"
The Rishi understood the cat's plight.
Rishien forstod kattens situation.
He threw some holy water on the cat.
Han hældte noget vievand på katten.
And the cat instantly became a dog.
Og katten blev øjeblikkeligt til en hund.

She lived as a dog for some days.
Hun levede som en hund i nogle dage.
But one night she spoke to the Rishi.
Men en aften talte hun med Rishi.
"I cannot thank your reverence enough"
"Jeg kan ikke takke din ærbødighed nok"
"You have been most kind to me"
"Du har været yderst venlig mod mig"
"I was but a poor mouse"
"Jeg var kun en stakkels mus"
"You not only gave me speech"
"Du gav mig ikke kun tale"
"But you also turned me into a cat"
"Men du forvandlede mig også til en kat"
"And your kindness didn't end there"
"Og din venlighed sluttede ikke der"
"Then you changed me into a dog"
"Så forvandlede du mig til en hund"
"As a dog, however, I suffer greatly"
"Som hund lider jeg dog meget"
"I do not get enough to eat"
"Jeg får ikke nok at spise"
"My only food is what you leave me"
"Min eneste mad er den, du efterlader mig"
"That was fine when I was a mouse"
"Det var fint, da jeg var en mus"
"But you have made me much larger"
"Men du har gjort mig meget større "
"And it is not enough to fill my mouth"
"Og det er ikke nok til at fylde min mund"
"OH your reverence, how I envy those monkeys"
"Åh, Deres Ærværdighed, hvor jeg misunder de aber"
"They jump about from tree to tree"
"De hopper fra træ til træ"
"They eat all sorts of delicious fruits!"
"De spiser alle mulige lækre frugter!"
"Please may reverence not get angry"

"Må ærbødigheden ikke blive vred"
"I pray to be changed into an monkey"
"Jeg beder om at blive forvandlet til en abe"
The sage was a very understanding man.
Vismanden var en meget forstående mand.
His heart was filled with patience.
Hans hjerte var fyldt med tålmodighed.
He was happy to grant his pet's wish.
Han var glad for at opfylde sit kæledyrs ønske.
He threw some holy water on the dog.
Han hældte noget vievand på hunden.
And the dog instantly became an monkey.
Og hunden forvandlede sig øjeblikkeligt til en abe.

Our monkey was at first wild with joy.
Vores abe var først vild af glæde.
She leaped from one tree to another.
Hun sprang fra det ene træ til det andet.
She sucked every luscious fruit.
Hun sugede på alle de lækre frugter.
But her joy was short-lived again.
Men hendes glæde varede igen kort.
Summer had brought with it its drought.
Sommeren havde bragt sin tørke med sig.
Monkeys find it hard to climb down.
Aber har svært ved at klatre ned.
So she couldn't drink from the river.
Så hun kunne ikke drikke af floden.
She saw how the wild boars lived.
Hun så, hvordan vildsvinene levede.
All day they splashed in the water.
Hele dagen plaskede de i vandet.
She envied their life now.
Hun misundte deres liv nu.
"Oh how happy those wild boars are!"
"Åh, hvor er de vildsvin glade!"
"All day their bodies are cooled"

"Hele dagen er deres kroppe afkølede"
"All day they are refreshed by water"
"De bliver forfrisket af vand hele dagen"
"How I wish I were a wild boar"
"Hvor jeg dog ville ønske, jeg var et vildsvin"
That night she went to the Rishi.
Den aften gik hun til Rishi.
She recounted her troubles to him.
Hun fortalte ham om sine problemer.
She told him all about the wild boars.
Hun fortalte ham alt om vildsvinene.
"Oh how pleasant their lives must be"
"Åh, hvor må deres liv være dejligt"
And she begged to be changed again.
Og hun bad om at blive forandret igen.
"I pray to be changed into a wild boar"
"Jeg beder om at blive forvandlet til et vildsvin"
The sage's kindness knew no bounds.
Vismandens venlighed kendte ingen grænser.
and he complied with his pet's request.
og han efterkom sit kæledyrs anmodning.
He threw some holy water on the monkey.
Han hældte noget vievand på aben.
And the monkey instantly became a wild boar.
Og aben forvandlede sig øjeblikkeligt til et vildsvin.

Our boar was now very content.
Vores orne var nu meget tilfreds.
She kept her body soaking wet.
Hun holdt sin krop gennemblødt.
Every day she went to the river.
Hver dag gik hun til floden.
She splashed about in her favorite element.
Hun plaskede rundt i sit yndlingselement.
But life is not safe for wild boars.
Men livet er ikke sikkert for vildsvin.
One day the king was out hunting.

En dag var kongen ude på jagt.
He was riding on an adorned elephant.
Han red på en udsmykket elefant.
Only by luck did our wild boar escape.
Kun ved et held slap vores vildsvin væk.
She thought a lot about her experience.
Hun tænkte meget over sin oplevelse.
She dwelt on the dangers of her life.
Hun dvælede ved farerne i sit liv.
And she envied the stately elephant.
Og hun misundte den statelige elefant.
The elephant was more fortunate than her.
Elefanten var mere heldig end hende.
He got to carry the king on his back.
Han måtte bære kongen på ryggen.
Now she longed to be an elephant.
Nu længtes hun efter at være en elefant.
And at night she besought the Rishi.
Og om natten bønfaldt hun Rishien.

Our elephant was roaming the wilderness.
Vores elefant strejfede rundt i vildmarken.
On her adventures she saw the king.
På sine eventyr mødte hun kongen.
Our elephant went towards the king's suite.
Vores elefant gik mod kongens suite.
She had every intention of being caught.
Hun havde fuldt ud til hensigt at blive fanget.
The king saw the elephant from a distance.
Kongen så elefanten på afstand.
He couldn't help but admire her beauty.
Han kunne ikke lade være med at beundre hendes skønhed.
He gave his orders to his servants.
Han gav sine ordrer til sine tjenere.
"Catch and tame this elephant"
"Fang og tæm denne elefant"
Our elephant was easily caught.

Vores elefant blev let fanget.
She was taken into the royal stables.
Hun blev ført ind i de kongelige stalde.
And she was tamed without any trouble.
Og hun blev tæmmet uden problemer.

One day the queen had a wish.
En dag havde dronningen et ønske.
She wished to go to the holy Ganges.
Hun ønskede at komme til den hellige Ganges.
She wished to bathe in the holy waters.
Hun ønskede at bade i det hellige vand.
The king wanted to accompany his wife.
Kongen ville ledsage sin kone.
So he made his orders to his servants.
Så gav han sine tjenere sine ordrer.
"Bring us the newly caught elephant"
"Bring os den nyfangede elefant"
The king and queen mounted on her back.
Kongen og dronningen steg op på hendes ryg.
Our elephant had gotten her wish.
Vores elefant havde fået sit ønske opfyldt.
Well... she seemed to have gotten her wish.
Nå ... hun så ud til at have fået sit ønske opfyldt.
The king had mounted on her back.
Kongen var steget op på hendes ryg.
But no, the elephant didn't get her wish.
Men nej, elefanten fik ikke sit ønske opfyldt.
She looked upon herself as a lordly beast.
Hun så på sig selv som et herskabeligt dyr.
She could not a woman riding on her back.
Hun kunne ikke have en kvinde, der sad på hendes ryg.
It wasn't enough that she was a queen.
Det var ikke nok, at hun var dronning.
She could not bear the idea of it.
Hun kunne ikke holde tanken om det ud.
She felt she had been degraded.

Hun følte, at hun var blevet nedværdiget.
She jumped up as violently as elephants can.
Hun sprang op så voldsomt, som elefanter kan.
Both the king and queen fell to the ground.
Både kongen og dronningen faldt til jorden.
The king carefully picked up the queen.
Kongen løftede forsigtigt dronningen op.
He took the queen in his arms.
Han tog dronningen i sine arme.
He asked her whether she had been hurt.
Han spurgte hende, om hun var kommet til skade.
He wiped off the dust from her clothes.
Han tørrede støvet af hendes tøj.
And he tenderly kissed her a hundred times.
Og han kyssede hende blidt hundrede gange.
Our elephant witnessed the king's caresses.
Vores elefant var vidne til kongens kærtegn.
And she scampered off to the woods.
Og hun pilede afsted mod skoven.
She ran as fast as her legs could carry her.
Hun løb så hurtigt, som hendes ben kunne bære hende.
As she ran, she thought within herself;
Mens hun løb, tænkte hun ved sig selv;
"I have experienced many different lives"
"Jeg har oplevet mange forskellige liv"
"And I have experienced different happiness"
"Og jeg har oplevet en anden form for lykke"
"But those lives cannot be compared"
"Men de liv kan ikke sammenlignes"
"A queen is the happiest creature of all"
"En dronning er den lykkeligste skabning af alle"
"Of what infinite regard is she the object of!"
"Hvilken uendelig agtelse er hun genstand for!"
"The king lifted her off the ground"
"Kongen løftede hende fra jorden"
"And he carefully took her in his arms"
"Og han tog hende forsigtigt i sine arme"

"He made many tender inquiries to her"
"Han stillede hende mange kærlige spørgsmål"
"And he wiped off the dust from her clothes"
"Og han tørrede støvet af hendes tøj"
"And he kissed her a hundred times!"
" Og han kyssede hende hundrede gange!"
"Oh, the happiness of being a queen!"
"Åh, sikke en lykke det er at være dronning!"
"I must ask the Rishi to make me a queen!"
"Jeg må bede Rishien om at gøre mig til dronning!"

The sun was just about to set.
Solen var lige ved at gå ned.
Our elephant made it back to the hut.
Vores elefant nåede tilbage til hytten.
The Rishi had just finished his devotions.
Rishien havde netop afsluttet sine andagter.
She fell on the ground at his feet.
Hun faldt om på jorden for hans fødder.
She was still the little mouse.
Hun var stadig den lille mus.
And he was still the holy sage.
Og han var stadig den hellige vismand.
"What's the news?" inquired the Rishi.
"Hvad er nyhederne?" spurgte Rishi.
"Why have you left the king's palace!"
"Hvorfor har du forladt kongens palads!"
Our elephant thought about her words.
Vores elefant tænkte over sine ord.
"What shall I say to your reverence!"
"Hvad skal jeg sige til Deres ærbødighed!"
"You have been very kind to me"
"Du har været meget venlig mod mig"
"You have granted every wish of mine"
"Du har opfyldt alle mine ønsker"
"I was a mouse and you gave me speech"
"Jeg var en mus, og du gav mig tale"

"But as a mouse my life was in danger"
"Men som en mus var mit liv i fare"
"You saved me by turning me into a cat"
"Du reddede mig ved at forvandle mig til en kat"
"But as a cat my life was no safer"
"Men som kat var mit liv ikke mere sikkert"
"And you helped me become a dog"
"Og du hjalp mig med at blive en hund"
"But as a dog I had not enough to eat"
"Men som hund havde jeg ikke nok at spise"
"You provided for me again"
"Du sørgede for mig igen"
"And you turned my into a monkey"
"Og du forvandlede mig til en abe"
"I had all I could wish to eat"
"Jeg fik alt, hvad jeg kunne ønske mig at spise"
"But I had no way of cooling my body"
"Men jeg havde ingen måde at køle min krop på"
"You helped me with this too"
"Du hjalp mig også med dette"
"And you turned me into a wild boar"
"Og du forvandlede mig til et vildsvin"
"Wild boars have a comfortable life"
"Vildsvin har et behageligt liv"
"But they don't live without danger"
"Men de lever ikke uden fare"
"And again you protected me"
"Og igen beskyttede du mig"
"And you turned me into an elephant"
"Og du forvandlede mig til en elefant"
"Being an elephant has increased my bulk"
"At være en elefant har øget min størrelse"
"But being an elephant has not increased my happiness"
"Men det at være en elefant har ikke øget min lykke"
"I have one more boon to ask of you"
"Jeg har endnu en velsignelse at bede dig om"
"It will be the last boon I ask for"

"Det bliver den sidste velsignelse, jeg beder om"
"I see now who the happiest creature is"
"Jeg ser nu, hvem den lykkeligste skabning er"
"A queen is the happiest in the world"
"En dronning er den lykkeligste i verden"
"Holy father, please make me a queen"
"Hellige fader, gør mig venligst til dronning"
"Silly child," answered the Rishi.
"Tåbeligt barn," svarede Rishi.
"How can I make you a queen!"
"Hvordan kan jeg gøre dig til dronning!"
"Where can I get a kingdom for you!"
"Hvor kan jeg få fat i et kongerige til dig!"
"Where would I find a royal husband!"
"Hvor skulle jeg finde en kongelig ægtemand!"
But the Rishi was still patient.
Men Rishi var stadig tålmodig.
"There is one thing I can do for you"
"Der er én ting jeg kan gøre for dig"
"I can change you into a beautiful girl"
"Jeg kan forvandle dig til en smuk pige"
"You will be as beautiful as a queen"
"Du vil blive smuk som en dronning"
"You will possess all the charms you need"
"Du vil besidde alle de charme, du har brug for"
"Your charms can captivate a prince's heart"
"Din charme kan fortrylle en prins' hjerte"
"But you must wait for what the gods decide"
"Men du må vente på, hvad guderne bestemmer"
"They will grant you an interview"
"De vil give dig en samtale"
"Tou will have your chance with a prince!"
"Du får din chance med en prins!"
Our elephant agreed to the change.
Vores elefant indvilligede i ændringen.
The beast was transformed by the Rishi.
Udyret blev forvandlet af Rishi.

And now she was a beautiful young lady.

Og nu var hun en smuk ung dame.

The holy sage named her Postomani.

Den hellige vismand kaldte hende Postomani.

Her name meant 'the poppy-seed lady'.

Hendes navn betød 'valmuefrøkvinden'.

Postomani lived in the Rishi's hut.

Postomani boede i Rishiernes hytte.

She spent her time tending the flowers.

Hun brugte sin tid på at passe blomsterne.

And she watered the plants in the garden.

Og hun vandede planterne i haven.

One day she was sitting at the hut.

En dag sad hun ved hytten.

The Rishi was at the holy Ganges.

Rishien var ved den hellige Ganges.

A richly dressed man came towards the cottage.

En rigt klædt mand kom hen imod hytten.

She stood up to welcome the man.

Hun rejste sig for at byde manden velkommen.

And she asked the stranger who he was.

Og hun spurgte den fremmede, hvem han var.

"What have you come for?" she asked.

"Hvad er du kommet for?" spurgte hun.

"I have been on a hunt"

"Jeg har været på jagt"

"But we chased the deer in vain"

"Men vi jagtede hjorten forgæves"

"Now I am thirsty from the heat"

"Nu er jeg tørstig af varme"

"I thought that a Rishi lives here"

"Jeg troede, at der boede en Rishi her"

"I had come to ask him for water"

"Jeg var kommet for at bede ham om vand"

"But now I see you live here"

"Men nu ser jeg, at du bor her"

Postomani answered the stranger.
Postomani svarede den fremmede.
"Look upon this hut as your own"
"Se på denne hytte som din egen"
"I am sorry, but we are poor"
"Undskyld, men vi er fattige"
"We cannot offer you any entertainment"
"Vi kan ikke tilbyde jer nogen form for underholdning"
"But let me make your visit comfortable"
"Men lad mig gøre dit besøg behageligt"
"Because, I believe you are a king"
"Fordi jeg tror, du er en konge"
"If I am not mistaken," she added.
"Hvis jeg ikke tager fejl," tilføjede hun.
The stranger smiled in recognition.
Den fremmede smilede genkendende.

Postomani then brought a pot of water.
Postomani bragte så en kande med vand.
She went to wash her royal guest's feet.
Hun gik hen for at vaske sin kongelige gæsts fødder.
But the visitor did not let her do this.
Men gæsten lod hende ikke gøre dette.
"Holy maid, do not touch my feet"
"Hellige jomfru, rør ikke mine fødder"
"I am only a Kshatriya," he confessed.
"Jeg er kun en Kshatriya," indrømmede han.
"And you are the daughter of a holy sage"
"Og du er datter af en hellig vismand"
"Noble sir;" Postomani begun to confess.
"Ædle herre;" begyndte Postomani at tilstå.
"I am not the daughter of the Rishi"
"Jeg er ikke Rishis datter"
"And am I not a Brahmani girl either"
"Og er jeg ikke heller en brahmani-pige?"
"There is no harm in me touching your feet"
"Det er ingen skade i, at jeg rører dine fødder"

"Besides, you are my guest"
"Desuden er du min gæst"
"And I am bound to wash your feet"
"Og jeg er forpligtet til at vaske dine fødder"
"Forgive my impertinence," the king wished.
"Tilgiv min uforskammethed," ønskede kongen.
"What caste do you belong to?" he asked.
"Hvilken kaste tilhører du?" spurgte han.
"I only know what the sage told me"
"Jeg ved kun, hvad vismanden fortalte mig"
"I heard my parents were Kshatriyas"
"Jeg hørte, at mine forældre var Kshatriyaer"
The stranger wanted to know more.
Den fremmede ville vide mere.
"May I ask whether your father was a king!"
"Må jeg spørge, om din far var konge!"
"You have an uncommon beauty," he said.
"Du har en usædvanlig skønhed," sagde han.
"And you possess a stately demeanor"
"Og du besidder en statelig opførsel"
"These qualities cannot be worked for"
"Disse kvaliteter kan man ikke arbejde for "
"It shows that you were born a princess"
"Det viser, at du blev født som prinsesse"
Postomani avoided answering the question.
Postomani undgik at besvare spørgsmålet.
Instead she went inside the hut.
I stedet gik hun ind i hytten.
She brought out a tray of delicious fruits.
Hun bragte en bakke med lækker frugt frem.
And she set the fruits before the king.
Og hun satte frugterne frem for kongen.
The king, however, did not touch the fruits.
Kongen rørte dog ikke frugterne.
He waited until his question was answered.
Han ventede, indtil hans spørgsmål var blevet besvaret.
"I only know what the holy sage says"

"Jeg ved kun, hvad den hellige vismand siger"
"He says that my father was a king"
"Han siger, at min far var konge"
"But he was overcome in a battle"
"Men han blev besejret i en kamp"
"So he, with my mother, fled into the woods"
"Så flygtede han, sammen med min mor, ind i skoven"
"My poor father was eaten by a tiger"
"Min stakkels far blev spist af en tiger"
"My mother closed her eyes as I opened mine"
"Min mor lukkede øjnene, da jeg åbnede mine"
"There was a bee-hive on the tree"
"Der var en bikube på træet"
"I lay at the foot of that tree"
"Jeg lå ved foden af det træ"
"Drops of honey fell into my mouth"
"Dråber af honning faldt ned i min mund"
"The honey maintained the spark inside me"
"Honningen bevarede gnisten i mig"
"And then the kind Rishi found me"
"Og så fandt den venlige Rishi mig"
"The holy sage brought me into his hut"
"Den hellige vismand førte mig ind i sin hytte"
"This is the simple story of this wretched girl"
"Dette er den enkle historie om denne elendige pige"
"The girl who now stands before the king"
"Pigen, som nu står foran kongen"
"Call not yourself wretched," replied the king.
"Kald dig ikke elendig," svarede kongen.
"You are the most beautiful of women"
"Du er den smukkeste af kvinder"
"And you are the loveliest of women"
"Og du er den dejligste af kvinder"
"You would adorn the grandest palaces"
"Du ville pryde de største paladser"

Postomani had gotten her interview.

Postomani havde fået hende til interview.
She fell in love with the king.
Hun forelskede sig i kongen.
And the king fell in love with her.
Og kongen forelskede sig i hende.
The Rishi joined them in marriage.
Rishi sluttede sig til dem i ægteskab.
Postomani became the king's favourite queen.
Postomani blev kongens yndlingsdronning.
And the former queen was in disgrace.
Og den tidligere dronning var i unåde.
But Postomani's happiness was short-lived.
Men Postomanis lykke var kortvarig.
One day as she was standing by a well.
En dag, da hun stod ved en brønd.
She was overcome by a moment of giddiness.
Hun blev overvældet af et øjebliks svimmelhed.
Fortune had her fall into the water.
Fortune fik hende til at falde i vandet.
And she died in the water of the well.
Og hun døde i brøndens vand.
The Rishi then came to the king.
Rishien kom derefter til kongen.
"O king, grieve not over the past"
"O konge, sørg ikke over fortiden"
"What is fixed by fate must come to pass"
"Hvad skæbnen bestemmer, må ske"
"The queen drowned in your well"
"Dronningen druknede i din brønd"
"But she was not of royal blood"
"Men hun var ikke af kongelig blod"
"She was born to a family of mice"
"Hun blev født ind i en musefamilie"
"Each evening she came to my hut"
"Hver aften kom hun til min hytte"
"And I gave her the power of speech"
"Og jeg gav hende taleevnen"

"With speech she could express her wishes"
"Med tale kunne hun udtrykke sine ønsker"
"I changed her according to her wishes"
"Jeg ændrede hende efter hendes ønsker"
"As a mouse she feared the cat"
"Som en mus frygtede hun katten"
"And so I changed her into a cat"
"Og så forvandlede jeg hende til en kat"
"As a cat she feared the dogs"
"Som kat frygtede hun hundene"
"And so I changed her into a dog"
"Og så forvandlede jeg hende til en hund "
"As a dog she had not enough to eat"
"Som hund havde hun ikke nok at spise"
"And so I changed her into a monkey"
"Og så forvandlede jeg hende til en abe"
"As a monkey she couldn't bear the heat"
"Som en abe kunne hun ikke udholde varmen"
"And so I changed her into a wild boar"
"Og så forvandlede jeg hende til et vildsvin"
"As a boar her life was not safe"
"Som vildsvin var hendes liv ikke trygt"
"And so I changed her into an elephant"
"Og så forvandlede jeg hende til en elefant"
"That was the elephant you caught"
"Det var den elefant, du fangede"
"But as an elephant she was not loved"
"Men som elefant var hun ikke elsket"
"And so I changed her one last time"
"Og så skiftede jeg hende en sidste gang"
"I changed her into a beautiful girl"
"Jeg forvandlede hende til en smuk pige"
"That is the girl that you married"
"Det er pigen, du giftede dig med"
"And that is the girl that drowned"
"Og det er pigen, der druknede"
"Take into favor your former queen"

"Giv din tidligere dronning din gunst"
"And don't worry for my daughter"
"Og du skal ikke bekymre dig om min datter"
"I will make her name immortal"
"Jeg vil gøre hendes navn udødeligt"
"Let her body remain in the well"
"Lad hendes krop blive i brønden"
"Fill the well up with earth"
"Fyld brønden med jord"
"In her flesh there is a seed"
"I hendes kød er der en frø"
"From her bones a tree will grow"
"Fra hendes knogler skal et træ vokse op"
"We will name this tree after her"
"Vi vil opkalde dette træ efter hende"
"The tree shall be called 'Posto'"
"Træet skal kaldes 'Posto'"
"This means 'the Poppy tree'"
"Det betyder 'valmuetræet'"
"From this tree there will come a drug"
"Fra dette træ skal der komme en medicin"
"This drug will be called opium"
"Dette stof vil blive kaldt opium"
"Opium will be a powerful medicine"
"Opium vil være en stærk medicin"
"People will consume opium in every epoch"
"Folk vil indtage opium i enhver epoke"
"Opium will either be swallowed or smoked"
"Opium vil enten blive synket eller røget"
"And opium will be a wonderful narcotic"
"Og opium vil være et vidunderligt narkotisk middel"
"Opium will be used till the end of time"
"Opium vil blive brugt til tidernes ende"
"You will recognize the opium smoker"
"Du vil genkende opiumsrygeren"
"He will have many different qualities"
"Han vil have mange forskellige kvaliteter"

"One quality for each of the animals"
"Én kvalitet for hvert af dyrene"
"The animals which Postomani had lived as"
"De dyr, som Postomani havde levet som"
"He will be mischievous, like a mouse"
"Han vil være drilsk, som en mus"
"He will be fond of milk, like a cat"
"Han vil være glad for mælk, ligesom en kat"
"He will be quarrelsome, like a dog"
"Han vil være stridbar som en hund"
"He will be filthy, like a monkey"
"Han vil være beskidt, som en abe"
"He will be savage, like a boar"
"Han vil være vild som et vildsvin"
"He will be confident, like an elephant"
"Han vil være selvsikker, som en elefant"
"And he will be high-tempered, like a queen"
"Og han vil være ophidset som en dronning"

Strike, but Listen First
Slå, men lyt først

There was once a king who had three sons.
Der var engang en konge, som havde tre sønner.
His royal subjects came to him one day and said;
Hans kongelige undersåtter kom en dag til ham og sagde;
"Oh incarnation of justice! hear our plea"
"O, retfærdighedens inkarnation! hør vores bøn"
"The kingdom is infested with thieves and robbers"
"Kongeriget er inficeret med tyve og røvere"
"Our property is not safe from their thievery"
"Vores ejendom er ikke sikker fra deres tyveri"
"We pray your majesty to catch hold of these thieves"
"Vi beder Deres Majestæt om at fange disse tyve"
"We beg you punish them to the full extent of the law"
"Vi beder jer om at straffe dem i lovens fulde omfang"
The king said to his sons, "Oh, my sons, I am old"
Kongen sagde til sine sønner: "Åh, mine sønner, jeg er gammel."
"But you are all in the prime of manhood"
"Men I er alle i deres bedste alder"
"How is it that my kingdom is full of thieves?"
"Hvordan kan det være, at mit rige er fuldt af tyve?"
"I look to you to catch hold of these thieves"
"Jeg ser hen til dig for at fange disse tyve"
The three princes then made up their minds.
De tre prinser besluttede sig derefter.
They were going to patrol the city every night.
De skulle patruljere byen hver nat.
They set up a watch out in the outskirts of the city.
De opsatte en vagtpost i udkanten af byen.
The early part of the night had arrived.
Den tidlige del af natten var kommet.
So the eldest prince took on his duties.
Så påtog den ældste prins sine pligter.
He rode upon his horse through the whole city.

Han red på sin hest gennem hele byen.

But did not see a single thief anywhere he looked.

Men så ikke en eneste tyv nogen steder, hvor han kiggede.

He came back to the policing station.

Han kom tilbage til politistationen.

The middle part of the night had arrived.

Midten af natten var kommet.

So the second prince took on his duties.

Så påtog den anden prins sig sine pligter.

And he too rode through every part of the city.

Og han red også gennem alle dele af byen.

But he did not see or hear of a single thief.

Men han hverken så eller hørte om en eneste tyv.

He came also back to the policing station.

Han kom også tilbage til politistationen.

The latter part of the night had arrived.

Den sidste del af natten var kommet.

So the youngest prince took on his duties.

Så påtog den yngste prins sig sine pligter.

He went near the gate of his father's palace.

Han gik hen til porten til sin fars palads.

There he saw a beautiful woman leaving the palace.

Der så han en smuk kvinde forlade paladset.

The prince asked the woman, "who are you?"

Prinsen spurgte kvinden: "Hvem er du?"

"Where are you going at this hour of the night?"

"Hvor skal du hen på denne tid af natten?"

The woman answered the young prince.

Kvinden svarede den unge prins.

"I am Rajlakshmi, the guardian deity of this palace"

"Jeg er Rajlakshmi, dette palads' skytsguddom"

"The king will be killed this night"

"Kongen vil blive dræbt i nat"

"I am therefore not needed here"

"Jeg er derfor ikke nødvendig her"

"And that is why I am going away"

"Og det er derfor, jeg tager afsted"

The prince did not know what to make of this message.

Prinsen vidste ikke, hvad han skulle mene om denne besked.

After a moment's reflection he said to the goddess;

Efter et øjebliks overvejelse sagde han til gudinden;

"But, suppose the king is not killed tonight"

"Men lad os sige, at kongen ikke bliver dræbt i nat."

"Have you any objection to return to the palace?"

"Har du nogen indvendinger mod at vende tilbage til paladset?"

"I have no objection," replied the goddess.

"Jeg har ingen indvendinger," svarede gudinden.

The prince then begged the goddess to go back.

Prinsen bad derefter gudinden om at vende tilbage.

And he promised to do his best to protect the king.

Og han lovede at gøre sit bedste for at beskytte kongen.

Then the goddess entered the palace again.

Så gik gudinden ind i paladset igen.

Within a moment she disappeared into the palace.

I løbet af et øjeblik forsvandt hun ind i paladset.

The prince went straight into the palace too.

Prinsen gik også direkte ind i paladset.

And he went into the bedroom of his royal father.

Og han gik ind i sin kongelige fars soveværelse.

There his father lay immersed in deep sleep.

Der lå hans far i dyb søvn.

The king had a second, younger wife.

Kongen havde en anden, yngre kone.

This woman was the stepmother of our prince.

Denne kvinde var stedmor til vores prins.

She was sleeping in another bed in the room.

Hun sov i en anden seng på værelset.

There was a light that was burning dimly.

Der var et lys, der brændte svagt.

But then the prince saw something that surprised him!

Men så så prinsen noget, der overraskede ham!

A huge cobra going round and round the golden bedstead.

En kæmpe kobra går rundt og rundt om den gyldne seng.
The bedstead on which his father was sleeping.
Sengen, som hans far sov på.
The prince with his sword cut the serpent in two.
Prinsen huggede slangen i to med sit sværd.
But he was not satisfied with killing the cobra.
Men han var ikke tilfreds med at dræbe kobraen.
So he cut the cobra up into a hundred pieces.
Så skar han kobraen i hundrede stykker.
And he put the pieces of the cobra inside a pan.
Og han lagde stykkerne af kobraen i en gryde.
But while cutting the cobra a misfortune happened.
Men mens han huggede kobraen ned, skete der en ulykke.
A drop of blood fell on the breast of his stepmother.
En dråbe blod faldt på hans stedmors bryst.
The prince was in great distress by what had happened.
Prinsen var meget fortvivlet over det, der var sket.
"I have saved my father, but killed my stepmother"
"Jeg har reddet min far, men dræbt min stedmor"
How could he remove the drop of blood from her breast?
Hvordan kunne han fjerne bloddråben fra hendes bryst?
He wrapped round his tongue a piece of cloth sevenfold.
Han viklede et stykke stof syvfold om tungen.
And with the cloth he licked up the drop of blood.
Og med kluden slikkede han bloddråben op.
But his stepmother's sleep was not so deep.
Men hans stedmors søvn var ikke så dyb.
And in his attempt to save her he awoke her.
Og i sit forsøg på at redde hende vækkede han hende.
When opening her eyes she saw it was her stepson.
Da hun åbnede øjnene, så hun, at det var hendes stedsøn.
The young prince rushed out of the room.
Den unge prins skyndte sig ud af værelset.
The queen, hated her stepson, the youngest prince.
Dronningen hadede sin stedsøn, den yngste prins.
And she had every intention to ruin his reputation.
Og hun havde til hensigt at ødelægge hans omdømme.

She called out to her husband, "My lord, my lord"
Hun råbte til sin mand: "Min herre, min herre!"
"Are you awake? are you awake? Rouse yourself up"
"Er du vågen? Er du vågen? Vågn op"
"Here is a nice piece of news for you"
"Her er en dejlig nyhed til dig"
The king on awaking inquired what the matter was.
Da kongen vågnede, spurgte han, hvad der var i vejen.
"What the matter is, my lord, let me tell you"
"Hvad der er galt, herre, lad mig fortælle dig det."
"Your worthy son was just here in this room"
"Din værdige søn var lige her i dette rum"
"The youngest prince, of whom you speak so highly"
"Den yngste prins, som du taler så højt om"
"I caught him in the act of touching my breast"
"Jeg tog ham på fersk gerning i at røre ved mit bryst"
"I don't doubt he came with wicked intents"
"Jeg tvivler ikke på, at han kom med onde hensigter"
The king was horror-struck by what he heard.
Kongen blev rædselsslagen over det, han hørte.
The prince went back to where his brothers kept watch.
Prinsen gik tilbage til det sted, hvor hans brødre holdt vagt.
But he told them nothing of what had happened.
Men han fortalte dem intet om, hvad der var sket.

Early in the morning the king called his eldest son.
Tidligt om morgenen kaldte kongen på sin ældste søn.
"I entrust my life and my honor to men"
"Jeg betror mit liv og min ære til mænd"
"But what if one of these men prove faithless?
"Men hvad nu hvis en af disse mænd viser sig at være utro?"
"How should such a man be punished?"
"Hvordan skal sådan en mand straffes?"
The eldest prince replied to his father, the king.
Den ældste prins svarede sin far, kongen.
"Doubtless such a man's head should be cut off"
"Uden tvivl bør sådan en mands hoved hugges af"

"But first you should establish the facts"
"Men først bør du fastslå fakta"
"You must see whether the man is really faithless"
"Du må se, om manden virkelig er vantro"
"What do you mean?" inquired the king.
"Hvad mener du?" spurgte kongen.
"Let your majesty be pleased to listen"
"Må Deres Majestæt behage at lytte"
Once upon on a time there lived a goldsmith.
Der var engang en guldsmed.
This goldsmith had a son who had a wife.
Denne guldsmed havde en søn, som havde en kone.
His wife had the rare faculty of understanding beasts.
Hans kone havde den sjældne evne til at forstå dyr.
But she never told anyone about her uncommon gift.
Men hun fortalte aldrig nogen om sin usædvanlige gave.
Not even her husband knew she could understand animals.
Ikke engang hendes mand vidste, at hun kunne forstå dyr.
One night she was lying in bed beside her husband.
En nat lå hun i sengen ved siden af sin mand.
From the river by their house she heard a jackal howl.
Fra floden ved deres hus hørte hun en sjakal hyle.
"There goes a carcass floating on the river"
"Der flyder et kadaver på floden"
"There's a diamond ring on the dead man's finger"
"Der er en diamantring på den døde mands finger"
"Will anyone take the ring and give me the corpse?"
"Vil nogen tage ringen og give mig liget?"
The woman understood the jackal's language.
Kvinden forstod sjakalens sprog.
She got up from bed and went to the river-side.
Hun stod op af sengen og gik ned til flodbredden.
The husband had not been in deep sleep.
Manden havde ikke sovet dybt.
So with his wife's movements he woke up too.
Så med sin kones bevægelser vågnede han også.
And he followed his wife to see where she went.

Og han fulgte efter sin kone for at se, hvor hun gik hen.

But he kept his distance, so that he could observe her.

Men han holdt afstand, så han kunne observere hende.

The woman went into the water next to their house.

Kvinden gik i vandet ved siden af deres hus.

She tugged the floating corpse towards the shore.

Hun trak det flydende lig mod kysten.

And she saw the diamond ring on the finger.

Og hun så diamantringen på fingeren.

She was unable to loosen the ring with her hand.

Hun kunne ikke løsne ringen med hånden.

Because the fingers of the dead body had swelled.

Fordi fingrene på den døde krop var hævede.

So she bit off the finger with her teeth.

Så bed hun fingeren af med tænderne.

And she put the dead body upon land, for the jackal.

Og hun lagde liget på land til sjakalen.

Then she returned to bed, where her husband already was.

Så gik hun tilbage til sengen, hvor hendes mand allerede lå.

The young goldsmith lay almost petrified with fear.

Den unge guldsmed lå næsten forstenet af frygt.

He was convinced he was lying next to a Rakshasi.

Han var overbevist om, at han lå ved siden af en Rakshasi.

He spent the rest of the night tossing in his bed.

Han tilbragte resten af natten vendende og vendende i sin seng.

And early in the morning spoke to his father.

Og tidligt om morgenen talte han med sin far.

"The woman thou hast given me is not a real woman"

"Kvinden, du har givet mig, er ikke en rigtig kvinde"

"The woman thou hast given me to wife is a Rakshasi"

"Kvinden, du har givet mig til hustru, er en rakshasi."

"Last night I was lying in bed with her"

"I går aftes lå jeg i sengen med hende"

"By the river I heard the howl of a jackal"

"Ved floden hørte jeg en sjakals hyl"

"My wife too, heard the howl of the jackal"

"Min kone hørte også sjakalens hyl"
"Thinking I was asleep; she went towards the howl"
"Hun troede, jeg sov; hun gik hen imod hylende lyd."
"I was surprised to see her go out of bed alone"
"Jeg var overrasket over at se hende gå ud af sengen alene"
"Suspecting some sort of evil, I followed her outside"
"Da jeg havde mistanke om en eller anden form for ondskab,
fulgte jeg efter hende udenfor"
"But she could not see that I had followed her"
"Men hun kunne ikke se, at jeg havde fulgt efter hende"
"What did she do, do you think? O horror of horrors!"
"Hvad tror du, hun gjorde? O rædslernes rædsel!"
"From the stream she dragged a dead body out"
"Fra bækken slæbte hun et lig op"
"And what do you think she did with the dead body?"
"Og hvad tror du, hun gjorde med liget?"
"She wasted no time devouring the dead man!"
"Hun spildte ingen tid med at fortære den døde mand!"
"All this I had the misfortune to see with my own eyes"
"Alt dette havde jeg den ulykke at se med mine egne øjne"
"While she feasted on the carcass I went back to bed"
"Mens hun spiste kadaveret, gik jeg tilbage i seng."
"In a few minutes she also returned to bed"
"Om få minutter gik hun også tilbage i seng"
"She bolted the door shut, and lay beside me"
"Hun låste døren i og lagde sig ved siden af mig"
"Oh my father, how can I live with a Rakshasi?"
"Åh min far, hvordan kan jeg leve med en Rakshasi?"
"She will certainly kill me and eat me up one night"
"Hun vil helt sikkert dræbe mig og æde mig op en nat"
You can imagine the shock of the old goldsmith.
Du kan forestille dig chokket hos den gamle guldsmed.
Both father and son agreed about what should be done.
Både far og søn var enige om, hvad der skulle gøres.
The woman should be taken deep into the forest.
Kvinden bør føres dybt ind i skoven.
And she should be left for wild beasts to devoured.

Og hun burde overlades til vilde dyr at fortære.

Accordingly, the young goldsmith spoke to his wife.

Derfor talte den unge guldsmed til sin kone.

"My dear love," he said to his wife.

"Min kære elskede," sagde han til sin kone.

"You had better not cook much this morning"

"Du må hellere ikke lave ret meget mad i morges"

"Boil a little rice and burn a brinjal"

"Kog lidt ris og brænd en aubergine"

"Because today we are going to see your parents"

"Fordi vi skal se dine forældre i dag"

"Your mother and father are dying to see you"

"Din mor og far er ved at dø af lyst til at se dig"

The woman was full of joy at the unexpected news.

Kvinden var fuld af glæde over den uventede nyhed.

She loved returning to her father's house.

Hun elskede at vende tilbage til sin fars hus.

And she finished the cooking in no time.

Og hun blev færdig med madlavningen på ingen tid.

The husband and wife snatched a hasty breakfast.

Manden og konen snuppede en hurtig morgenmad.

And soon after breakfast they started their journey.

Og kort efter morgenmaden begyndte de deres rejse.

The way to her father's house was through dense jungle.

Vejen til hendes fars hus gik gennem tæt jungle.

It was the perfect place to abandon his wife.

Det var det perfekte sted at forlade sin kone.

She was bound to be eaten up by wild beasts there.

Hun var dømt til at blive spist op af vilde dyr der.

But while they were walking the woman heard a snake.

Men mens de gik, hørte kvinden en slange.

"Oh passer-by, in yonder hole there is a frog"

"Åh, forbipasserende, i det hul der er en frø"

"How thankful I would be if you caught the frog"

"Hvor ville jeg være taknemmelig, hvis du fangede frøen"

"And the hole is full of gold and precious stones"

"Og hullet er fuldt af guld og ædelsten"

"Give me the frog, and take the treasure for yourself"
"Giv mig frøen, og tag skatten selv"
The woman forthwith went to the frog's hole.
Kvinden gik straks hen til frøens hul.
And she began digging the hole with a stick.
Og hun begyndte at grave hullet med en pind.
The young goldsmith was now quaking with fear.
Den unge guldsmed rystede nu af frygt.
He thought his Rakshasi-wife was about to kill him.
Han troede, at hans Rakshasi-kone var ved at dræbe ham.
And then his wife called for him to help her.
Og så råbte hans kone til ham om hjælp.
"Take all this gold and these precious stones"
"Tag alt dette guld og disse ædelsten"
The goldsmith did not understand her request.
Guldsmeden forstod ikke hendes anmodning.
Timidly he went to where she had dug the hole.
Sky gik han hen til det sted, hvor hun havde gravet hullet.
But he was infinitely surprised by what he saw.
Men han var uendeligt overrasket over, hvad han så.
The hole was full of gold and precious stones.
Hullet var fyldt med guld og ædelsten.
"How did you know there was a treasure here?"
"Hvordan vidste du, at der var en skat her?"
And finally his wife told him of her gift.
Og endelig fortalte hans kone ham om sin gave.
"I can understand all the beasts in the forest"
"Jeg kan forstå alle dyrene i skoven"
"Just over there, there is a snake coiled up"
"Lige derovre er der en slange, der er krøllet sammen"
"She had told me there was a treasure here"
"Hun havde fortalt mig, at der var en skat her"
The husband now felt very blessed with his wife.
Manden følte sig nu meget velsignet med sin kone.
"My love, it has gotten very late today"
"Min skat, det er blevet meget sent i dag"
"I don't think we will reach your father's house"

"Jeg tror ikke, vi når frem til din fars hus"
"Nightfall will catch us before we get there"
"Mørket vil indfange os, før vi når dertil"
"If we stay we might be devoured by wild beasts"
"Hvis vi bliver, kan vi blive fortæret af vilde dyr"
"I propose therefore that we both return home"
"Jeg foreslår derfor, at vi begge vender hjem"
You can imagine the wife's disappointment.
Du kan forestille dig konens skuffelse.
But she agreed with her husband's assessment.
Men hun var enig i sin mands vurdering.
It took them a long time to reach home.
Det tog dem lang tid at nå hjem.
They were laden with a large quantity of gold.
De var lastet med en stor mængde guld.
And they were carrying many precious stones.
Og de bar mange ædelsten.
But eventually the got close to their home.
Men til sidst kom de tættere på deres hjem.
"My dear, go by the back door," said the goldsmith.
"Min kære, gå ad bagdøren," sagde guldsmeden.
"I will go by the front door and see my father"
"Jeg går ind ad hoveddøren og ser min far."
"And I will show him all this treasure"
"Og jeg vil vise ham hele denne skat"
So she entered the house by the back door.
Så gik hun ind i huset ad bagdøren.
But the old goldsmith had reason to be there too.
Men den gamle guldsmed havde også grund til at være der.
He had gone there to collect a hammer.
Han var gået derhen for at hente en hammer.
The old goldsmith saw his Rakshasi daughter-in-law.
Den gamle guldsmed så sin Rakshasi-svigerdatter.
He concluded she had swallowed up his son.
Han konkluderede, at hun havde slugt hans søn.
And he therefore struck her with the hammer.
Og derfor slog han hende med hammeren.

The blow immediately killed his daughter-in-law.
Slaget dræbte øjeblikkeligt hans svigerdatter.
At that moment the son came into the house.
I det øjeblik kom sønnen ind i huset.
But it was too late for him to explain.
Men det var for sent for ham at forklare det.
And so the eldest prince's story concluded.
Og således sluttede den ældste prins' historie.
"You might have to cut a man's head off"
"Du bliver måske nødt til at hugge hovedet af en mand"
"But first you should establish the facts"
"Men først bør du fastslå fakta"
"You must see whether the man is really faithless"
"Du må se, om manden virkelig er vantro"

The king then called his second son to him.
Kongen kaldte da sin anden søn til sig.
"I entrust my life and my honor to men"
"Jeg betror mit liv og min ære til mænd"
"But what if one of these men prove faithless?
"Men hvad nu hvis en af disse mænd viser sig at være utro?"
"How should such a man be punished?"
"Hvordan skal sådan en mand straffes?"
The second prince replied to his father, the king.
Den anden prins svarede sin far, kongen.
"Doubtless such a man's head should be cut off"
"Uden tvivl bør sådan en mands hoved hugges af"
"But first you should establish the facts"
"Men først bør du fastslå fakta"
"What do you mean?" inquired the king.
"Hvad mener du?" spurgte kongen.
"Let your majesty be pleased to listen"
"Må Deres Majestæt behage at lytte"
Once upon a time there reigned a king.
Der var engang en konge, der regerede.
This king was very fond of going out hunting.
Denne konge var meget glad for at gå på jagt.

One day his horse took him into a dense forest.
En dag tog hans hest ham med ind i en tæt skov.
He went far from his followers, deep into the woods.
Han gik langt fra sine tilhængere, dybt ind i skoven.
He rode on and on through the endless, quiet forest.
Han red videre og videre gennem den endeløse, stille skov.
He saw neither villages nor towns, only trees.
Han så hverken landsbyer eller byer, kun træer.
On the long, lonely journey he became very thirsty.
På den lange, ensomme rejse blev han meget tørstig.
He could see no pond, nor lake, nor stream.
Han kunne hverken se dam, sø eller bæk.
But then he saw something dripping from a tree.
Men så så han noget dryppe fra et træ.
He concluded it was rainwater resting in a cavity.
Han konkluderede, at det var regnvand, der lå i et hulrum.
He stood on horseback beneath the tree, cup in hand.
Han stod til hest under træet med koppen i hånden.
He caught the drops slowly dripping into the small cup.
Han fangede dråberne, der langsomt dryppede ned i den lille kop.
The water, however, was not rain from the sky.
Vandet var dog ikke regn fra himlen.
A huge cobra sat on top of the tall tree.
En enorm kobra sad på toppen af det høje træ.
The snake had struck the tree in rage with its sharp fangs.
Slangen havde ramt træet i raseri med sine skarpe hugtænder.
The snake's poison came out and fell downward in heavy drops.
Slangens gift kom ud og faldt nedad i tunge dråber.
The king thought the falling liquid was simple rainwater.
Kongen troede, at den faldende væske simpelthen var regnvand.
The horse sensed the danger and tried to warn him.
Hesten fornemmede faren og forsøgte at advare ham.
The cup was nearly filled with the deadly snake-poison.
Koppen var næsten fyldt med den dødbringende slangegift.

The king raised the cup and prepared to drink.
Kongen løftede bægeret og gjorde sig klar til at drikke.
But the horse moved wildly, with the king on its back.
Men hesten bevægede sig vildt, med kongen på ryggen.
The cup fell from his hand, and the poison spilled.
Bægeret faldt fra hans hånd, og giften spildtes.
The king became angry and struck the horse's neck.
Kongen blev vred og slog hesten på halsen.
The blow from the sword immediately killed his horse.
Sværdslaget dræbte øjeblikkeligt hans hest.
And so the second prince's story concluded.
Og således sluttede den anden prins' historie.
"You might have to cut a man's head off"
"Du bliver måske nødt til at hugge hovedet af en mand"
"But first you should establish the facts"
"Men først bør du fastslå fakta"
"You must see whether the man is really faithless"
"Du må se, om manden virkelig er vantro"

The king then called to him his third youngest son.
Kongen kaldte da sin tredje yngste søn til sig.
"I entrust my life and my honor to men"
"Jeg betror mit liv og min ære til mænd"
"But what if one of these men prove faithless?
"Men hvad nu hvis en af disse mænd viser sig at være utro?"
"How should such a man be punished?"
"Hvordan skal sådan en mand straffes?"
"Doubtless such a man's head should be cut off"
"Uden tvivl bør sådan en mands hoved hugges af"
"But first you should establish the facts"
"Men først bør du fastslå fakta"
"What do you mean?" inquired the king.
"Hvad mener du?" spurgte kongen.
"Let your majesty be pleased to listen"
"Må Deres Majestæt behage at lytte"
Once long ago there reigned a wise and noble king.
For længe siden regerede der engang en vis og ædel konge.

In his palace he kept a bird of Suka species.
I sit palads holdt han en fugl af Suka-arten.
One day the bird went out flying into the fields.
En dag fløj fuglen ud på markerne.
There he saw his father and mother calling from above.
Der så han sin far og mor kalde ovenfra.
They asked him to come visit them in their nest.
De bad ham om at komme og besøge dem i deres rede.
The nest was far away in a distant hidden land.
Reden var langt væk i et fjernt, skjult land.
The Suka said, "I'll come if I get king's leave"
Sukaen sagde: "Jeg kommer, hvis jeg får kongens tilladelse."
"I'll speak to the king today and return tomorrow"
"Jeg vil tale med kongen i dag og vende tilbage i morgen "
"Please wait at this same spot in the morning"
"Vent venligst på dette samme sted i morgen."
That very day, Suka spoke with the gentle, kind king.
Samme dag talte Suka med den blide, venlige konge.
The king gave permission for the bird to leave.
Kongen gav fuglen tilladelse til at forlade stedet.
Although he was sad to part with his bird.
Selvom han var ked af at skulle skilles af med sin fugl.
The next morning, Suka met his parents again.
Næste morgen mødte Suka sine forældre igen.
He flew with them to their nest on a tall tree.
Han fløj med dem til deres rede i et højt træ.
The three birds lived together happily in peaceful joy.
De tre fugle levede lykkeligt sammen i fredelig glæde.
They stayed like this for a fortnight of lovely days.
De blev sådan i fjorten dage med dejlige dage.
But even those quiet and pleasant days had to end.
Men selv de stille og behagelige dage måtte slutte.
Suka said, "Beloved parents, the king gave me two weeks"
Suka sagde: "Elskede forældre, kongen gav mig to uger."
"That time is now over, so I must return tomorrow"
"Den tid er nu forbi, så jeg må tilbage i morgen"
His father and mother agreed and blessed his decision.

Hans far og mor var enige og velsignede hans beslutning.
They told him to carry a gift for the king.
De bad ham om at medbringe en gave til kongen.
After some talk, they chose some fruit as a gift.
Efter lidt snak valgte de noget frugt som gave.
The fruit had grown from the Immortality Tree.
Frugten var vokset fra Udødelighedstræet.
Early the next morning, Suka went to the tree.
Tidligt næste morgen gik Suka hen til træet.
And he plucked a magical glowing fruit.
Og han plukkede en magisk glødende frugt.
He held the fruit gently in his beak, full of care.
Han holdt frugten blidt i sit næb, fuld af omsorg.
The fruit was heavy and slowed his swift flying pace.
Frugten var tung og sænkede hans hurtige flyvetid.
He could not reach the city before night arrived.
Han kunne ikke nå byen, før natten kom.
Suka stopped to rest in a tree along the way.
Suka stoppede for at hvile sig i et træ undervejs.
He feared the fruit might drop while he slept.
Han frygtede, at frugten ville falde ned, mens han sov.
If he kept the fruit in his beak, it could fall.
Hvis han beholdt frugten i sit næb, kunne den falde.
But he saw a hole in the trunk of the tree.
Men han så et hul i træstammen.
He placed the fruit safely inside the dark tree.
Han placerede frugten sikkert inde i det mørke træ.
But inside the hole, there lived a poisonous black snake.
Men inde i hullet levede der en giftig sort slange.
In the night, the snake bit the fruit with venom.
Om natten bed slangen frugten med gift.
And the fruit became smeared with deadly poison.
Og frugten blev smurt ind i dødelig gift.
At dawn Suka took the fruit back in his beak.
Ved daggry tog Suka frugten tilbage i sit næb.
He flew again on his journey to the king's palace.
Han fløj igen på sin rejse til kongens palads.

As he reached the palace the king was sitting with ministers.
Da han nåede paladset, sad kongen sammen med ministrene.
The king was overjoyed to see Suka return once more.
Kongen var overlykkelig over at se Suka vende tilbage endnu
engang.
He greatly admired the beautiful, shining fruit gift.
Han beundrede meget den smukke, skinnende frugtgave.
The fruit was lovely to look at and admire.
Frugten var dejlig at se på og beundre.
It was the finest fruit found across the earth.
Det var den fineste frugt, der fandtes på hele jorden.
And anyone who ate the fruit was granted immortality.
Og enhver, der spiste frugten, blev skænket udødelighed.
The king was about to eat the beautiful fruit.
Kongen var lige ved at spise den smukke frugt.
But his ministers warned him the fruit might be poisoned"
Men hans ministre advarede ham om, at frugten kunne være
forgiftet.
"It would be better to test the fruit before you eat it"
"Det ville være bedre at teste frugten, før du spiser den"
He threw the fruit to a crow sitting on the wall.
Han kastede frugten til en krage, der sad på væggen.
The crow ate from the fruit, and dropped dead instantly.
Kragen spiste af frugten og faldt øjeblikkeligt død om.
The king, thinking Suka tried to kill him, grew furious.
Kongen, der troede, at Suka forsøgte at dræbe ham, blev
rasende.
He seized the bird and killed him with his bare hands.
Han greb fuglen og dræbte den med sine bare hænder.
He ordered the seed to be planted outside the city.
Han beordrede, at sæden skulle sås uden for byen.
The seed became a tree with the same glowing fruit.
Frøet blev til et træ med den samme glødende frugt.
The king feared the fruit would bring more death.
Kongen frygtede, at frugten ville bringe mere død.
So he had the tree fenced off and guarded.
Så han fik træet indhegnet og bevogtet.

There lived in that city an old, poor Brahman man.
I den by boede en gammel, fattig brahmin-mand.
He and his wife survived only on the town's charity.
Han og hans kone overlevede kun på byens velgørenhed.
One day the Brahman mourned his long, miserable, life.
En dag sørgede brahmanen over sit lange, elendige liv.
He said, "Instead of begging, I will eat poison fruit."
Han sagde: "I stedet for at tigge, vil jeg spise giftig frugt."
"I'll end my life beneath that deadly tree in silence."
"Jeg vil afslutte mit liv under det dødbringende træ i stilhed."
That very night, he rose quietly and left his home.
Samme nat stod han stille op og forlod sit hjem.
His wife suspected and followed behind in silence.
Hans kone havde mistanke og fulgte efter i stilhed.
She had decided to die too, alongside her sad husband.
Hun havde også besluttet at dø, sammen med sin triste mand.
She loved him deeply and didn't wish to stay behind.
Hun elskede ham dybt og ønskede ikke at blive tilbage.
The palace guard was asleep that night, unaware of visitors.
Paladsvagten sov den nat, uvidende om besøgende.
The Brahman reached the garden and plucked a hanging
fruit.
Brahmanen nåede haven og plukkede en hængende frugt.
He looked at it once and ate the entire fruit.
Han kiggede på den én gang og spiste hele frugten.
His wife cried, "If you die, my life becomes nothing"
Hans kone råbte: "Hvis du dør, bliver mit liv til ingenting."
"I will also eat and die here with you now"
"Jeg vil også spise og dø her med dig nu"
So saying she plucked a fruit and ate it.
Med det sagt plukkede hun en frugt og spiste den.
They thought the poison would act slowly through the
night.
De troede, at giften ville virke langsomt hen over natten.
So they both went home and quietly lay down in bed.
Så gik de begge hjem og lagde sig stille og roligt i sengen.

They believed they would never again rise from sleep.
De troede, at de aldrig ville vågne op af søvnen igen.
To their surprise, they woke up feeling full of life.
Til deres overraskelse vågnede de op og følte sig fulde af liv.
Not only were they alive, but they were young again.
Ikke alene var de i live, men de var unge igen.
And they were strong and had new found energy.
Og de var stærke og havde nyfundet energi.
Neighbors hardly recognized them, so changed they looked.
Naboerne genkendte dem næsten ikke, så forandrede så de
ud.
The old Brahman was now handsome and full of youth.
Den gamle brahman var nu smuk og fuld af ungdom.
His grey hair vanished, and had colour again.
Hans grå hår forsvandt og fik farve igen.
His wrinkled cheeks turned smooth, and his skin shone.
Hans rynkede kinder blev glatte, og hans hud strålede.
And as for his wife, she became extremely beautiful.
Og hvad hans kone angår, blev hun yderst smuk.
She looked as beautiful as any lady of the kingdom.
Hun så lige så smuk ud som enhver anden dame i kongeriget.
The king heard of their miraculous transformation.
Kongen hørte om deres mirakuløse forvandling.
He asked his guards to send the Brahman to him.
Han bad sine vagter om at sende brahmanen til ham.
And he asked the Brahman the source of his youth.
Og han spurgte brahmanen om kilden til hans ungdom.
The Brahman told the king every detail of the story.
Brahmanen fortalte kongen alle detaljer i historien.
The king then wept for his poor, loyal pet bird.
Kongen græd derefter over sin stakkels, loyale kæledyrsfugl.
He deeply regretted killing his faithful bird.
Han fortrød dybt at have dræbt sin trofaste fugl.
And he wished he had known the bird's loyalty.
Og han ønskede, at han havde kendt fuglens loyalitet.
And so the second prince's story concluded.
Og således sluttede den anden prins' historie.

"You might have to cut a man's head off"
"Du bliver måske nødt til at hugge hovedet af en mand"
"But first you should establish the facts"
"Men først bør du fastslå fakta"
"You must see whether the man is really faithless"
"Du må se, om manden virkelig er vantro"
"I know Your Majesty suspects me of evil last night"
"Jeg ved, at Deres Majestæt mistænkte mig for ondskab i går aftes"
"Please allow me to explain myself before punishing me"
"Lad mig lige forklare mig, før du straffer mig"
"While making rounds I saw a woman leave the palace"
"Mens jeg gik rundt, så jeg en kvinde forlade paladset"
"I stopped her, and she said her name was Rajlakshmi"
"Jeg stoppede hende, og hun sagde, at hun hed Rajlakshmi"
"She claimed to be the guardian deity of the palace"
"Hun hævdede at være paladsets skytsguddom"
"She said she was leaving because death was near"
"Hun sagde, at hun ville gå, fordi døden var nær"
"The king," she said, "would be killed later that night"
"Kongen," sagde hun, "ville blive dræbt senere samme nat"
"I begged her to go back into the palace"
"Jeg bad hende om at gå tilbage til paladset"
"And I promised to do my best to protect you."
"Og jeg lovede at gøre mit bedste for at beskytte dig."
"I ran quickly into Your Majesty's chamber without delay."
"Jeg løb hurtigt ind i Deres Majestæts gemak uden forsinkelse."
"There I saw a cobra circling your golden bedstead."
"Der så jeg en kobra kredse om din gyldne seng."
"I fought the snake and killed it with my blade."
"Jeg kæmpede mod slangen og dræbte den med mit sværd."
"I chopped the body into many exactly one hundred pieces."
"Jeg huggede liget i præcis mange hundrede stykker."
"I placed those pieces inside the pan for proof."
"Jeg lagde de stykker i gryden som bevis."
"But something occurred as I was cutting up the snake."

"Men der skete noget, mens jeg var ved at skar slangen op."
"A drop of blood fell onto the breast of your wife."
" En dråbe blod faldt på din kones bryst."
"I feared I had saved my father, but killed my stepmother."
"Jeg frygtede, at jeg havde reddet min far, men dræbte min stedmor."
"I wrapped my tongue tightly with cloth seven times."
"Jeg viklede min tunge tæt ind i et stykke stof syv gange."
"Then I licked up the drop of venomous blood."
"Så slikkede jeg dråben af giftigt blod op."
"While I was licking the blood, my stepmother awoke."
"Mens jeg slikkede blodet, vågnede min stedmor."
"She saw me and opened her eyes with confusion."
"Hun så mig og åbnede øjnene med forvirring."
"This is the truth of what I did last night."
"Dette er sandheden om, hvad jeg gjorde i går aftes."
"If Your Majesty commands, then cut off my head now."
"Hvis Deres Majestæt befaler det, så hug mit hoved af nu."
The king, full of love and joy, embraced his son.
Kongen, fuld af kærlighed og glæde, omfavnede sin søn.
From that moment, he loved him more than ever before.
Fra det øjeblik elskede han ham mere end nogensinde før.

www.ingramcontent.com/pod-product-compliance
Lightning Source LLC
Chambersburg PA
CBHW010430170726
48283CB00011B/3145